아픔까지
사랑할
수 있기를

아픔까지 사랑할 수 있기를

발행일 2018년 3월 16일

지은이 문 연 주
펴낸이 손 형 국
펴낸곳 (주)북랩
편집인 선일영 편집 권혁신, 오경진, 최승헌, 최예은
디자인 이현수, 김민하, 한수희, 김윤주, 허지혜 제작 박기성, 황동현, 구성우, 정성배
마케팅 김회란, 박진관, 유한호
출판등록 2004. 12. 1(제2012-000051호)
주소 서울시 금천구 가산디지털 1로 168, 우림라이온스밸리 B동 B113, 114호
홈페이지 www.book.co.kr
전화번호 (02)2026-5777 팩스 (02)2026-5747

ISBN 979-11-6299-003-2 03810(종이책) 979-11-6299-004-9 05810(전자책)

폭력 남편의 손아귀에서 벗어나기 위해

절에 들어갔던 여인이 CEO로 거듭나기까지

그 몸부림과 성장의 기록

북랩book Lab

To be able to
love to the pain

PROLOGUE

새해 무술년이 시작된 지도 벌써 일주일이 지나가는 주말이다. 모질게도 추웠던 2017년의 겨울을 보내며 완성해 놓았던 원고를 다시 쳐다보게 된다. 누구의 엄마, 누구의 아내, 누구의 며느리로 살아온 인생 여정을 고스란히 기록해 둔 나의 쓰라린 과거와 현실을 놓고 '아픔까지 사랑할 수 있기를'이란 제목을 붙이게 되기까지, 마음 한구석에 너무 아파서 곪아 터져버렸던 나의 흔적들과 철없이 방황하던 칠 년 연애 끝에 한 이십 년의 결혼생활을 녹여내기란 쉬운 일이 아니었다. 나만큼 아픈 사람이 없는 것 같았고, 나보다 더 험한 인생을 사는 사람이 없었을 거라고 자책하며, 용기조차 가질 수 없었던 나에게 어떤 한마디 달콤함보다 경험과 실행이라는 명제가 놓였었다.

'아픈 만큼 성숙'이란 말이 어울렸을까? 내 영혼이 송두리째 흔들렸고, 혈육의 정을 송두리째 앗아가버린 한 남자를 미워했다. 한탄과 원망과 미움과 증오로 세상 밖으로 얼굴을 들고 다닐 수 없을 만큼 부끄럽고 치욕스러운 그 단어, '이혼'이라는 말이 싫었다. 그림자처럼 붙어 다니던 두 단어를 지우기 위해 몸이 지쳐서 쓰러지길 원했던 적도 있었다. 그 순간을 잊기 위해 무신론자였던 내가 불교에 귀의하여 삼 년이란 세월도 보내며, 정진도 해보고 삭발의식도 해보았다. 내 지나온 세월을 이즈음에 표현하게 될 줄은 꿈에도 상상하지 못했다. 그런 일들이 내 눈앞에 펼쳐지고 있다.

이혼녀란 딱지를 붙이고 사는 시간 속에 내 주위의 모든 사람과 인연이 된 모든 이들이 나의 과거를 아는 건 아니다. 새로운 인연으로 만난 사람들은 모르는 경우가 대부분이긴 하다. 두려워서 감추고만 살았던 긴 세월은 내가 가장 사랑하고 보살펴야 했던 내 분신들을 속앓이시켰던 지난날들이었다. 이제 숨김없이 자유롭고 싶은 내 결정에 또다시 상처받는 이가 있을 수 있겠으나 이미 그들에게 마음의 각오를 하게 했다. 이젠 더 아파하지도 말고 서러워 눈물 흘리지도 말자 굳게 마음을 가졌다. 치유되지 않는 집착이란 단어를 더 이상 상기하지 않기로 했다.

언어폭력과 육체적·정신적 폭력에 시달리며 살아오면서도 지혜 부족이라는 단어로 포장했던 과거의 트라우마 속에 허우적거렸던 지난날. 매일 밤 악몽에 힘겨워하는 나를 이제 그 속에서 끄집어내주고 싶다고 용기를 얻었다. "당신을 만났습니다." 첫 책을 쓸 때 내 처한 현실을 토로할 수 없었던 그때 유난히도 더 힘들었던 시간이 있었다. 지금 내 곁에서 나를 위해 어떤 결정이라도 힘이 되어 주는 또 한 사람이 있었기에 이제 더 이상 아파하지 않으련다. 얼마 전 어느 작가님의 글에서 본 구절이 생각난다.

> 내 결정을 비난하는 사람이 있다면 과감히 무시할 수 있는 사람이 돼라.

이 말씀에 힘을 얻어서 기꺼이 세상에 내 아픔을 드러내기로 했다. 이 모든 현실에 감사하며 꿋꿋이 살아가련다. 의부증, 의처증이란 모진 병에 걸린 사람들의 폭력에 시달려 헤어나지 못하는 사람들을 주위에서도 볼 수 있다. 한때는 폭력적인 모습을 매스컴에서라도 보면 치가 떨릴 정도로 미워했던 시간도 있었다. 나의 자존감을 스스로 높여야 한다. 이 세상 어느 곳에서도 나란 존재 가치가 가장 위대하다. 내가 없는 이 세상은 존재하지 않기 때문에 명심해야 할 부분이다. 이 글을 통해서 내 삶의 가치를 찾기 바라는 마음에 글을 썼다. 많은 독자에게 읽히기를 소망해본다.

2018년 3월

문연주

To be able to
love to the pain

CONTENTS

Part **003**

가슴을 울리는 사람

Part **004**

또 다른 사랑을 찾다

Part **005**

마음이 성장하는 시간

PART

001

내 삶의 가치

50년을 살아 봤더니

시골 마을 넓은 들이 없어 산속을 헤매며 소 먹이던 소녀가 엄마의 마음을 이해하게 되기까지. 지금 이 나이가 되어서야그 마음을 조금은 알 것 같은 내가 되어 간다. 가마솥에 보리밥 바닥이 보이도록 긁어 저녁상에 올리고, 보리 밥알 몇 개 둥둥 떠 있는 솥 안에 맑은 물 부어 숭늉 돼라 끓여놓고, 엄마는 이마에 오른손 얹어 큰 키에 다리 꼬아 갈치 모양 자세로 눕는다. 허리는 개미허리가 되어 할아버지 저녁 밥상 물릴 때까지 대청마루에 누워서 배고픔의 탄식을 노래하던 엄마가 생각나는 여름이 지나가고 가을은 소리 없이 주남들녘에도 젖어 든다.

먹거리가 넘쳐나서 물만 먹어도 살찐다고 건강을 위한다며 헬스며, 수영이며, 걷기 운동으로 일과를 메우는 현실이다. 넉넉한 살림살이는 아니어도 분수에 맞게, 하고 싶은 일을 하고 사는 시대에 살다 보니 삶이 나에게 무한한 것을 알게 해줬다. 연습 없는 삶에서 해답 없는 문제풀이를 하느라 오십 년 세월이 순탄치만은 않았다. 2남 2녀 중 장녀로 태어나 어린 시절 가난하게 살아온 기억만 남아 있다. 유년시절에 배고픔도 겪었고, 세상살이 힘들고 어려움이 많음도 깨달았다. 가난이 싫어서 힘겹게 돈을 찾아 헤매어 보기도 했다.

열일곱 어린 나이에 허리띠 졸라매고 가난을 극복하려고, 산업일꾼으로 밤잠을 설쳐 가며 안간힘을 다해서 살았다. 꿈 많은 여고 시절에 지독한 가난의 설움도 경험해보았다. 배움의 산실에서 다가온 사랑의 경험, 첫사랑이 안겨다 준 엄청난 사랑의 고통도 경험해보았다. 비록 헤어지는 아픔을 겪었지만, 이별이 안겨다 준 아픔이다. 아픈 만큼 성숙한다는 말도 경험해본 나였다. 이제 이별, 아픔, 슬픔, 그리움에 대해 많이 초연한 삶을 살 수 있을 만큼 내 안에 내가 성숙해 있음을 알게 되었고, 제2의 인생을 새롭게 시작하게 되었다.

살면서 내게 가장 잘한 것이 뭐냐고 묻는다면, 아마 자식 둘 낳은 보람이 아닐까 생각해 본다. 깊은 곳이 있으면 낮은 곳이 있고, 멀게만 느껴지던 내 행복도 가까운 곳에서 찾을 수 있음도 느꼈다. 삶의 지혜는 살아봐야 얻을 수 있는 것인지 이만큼 살고 보니 이제야 비로소 보이는 내가 되었다. 인생 육십부터라는 말이 있듯이, 이제 육십을 바라보며 아직도 못다 이룬 꿈을 향해 달려가고 있다. 더욱 나은 삶을 위한 것이라고 말하면서,

내 인생에서 가장 소중한 것은 나 자신이다. 현재는 늦은 나이에 다시 만난 인연으로 매 순간 행복을 느끼며 살아가고 있다.

삶에 필요한 원동력이 되어 서로를 아끼고 존중하며 믿고 의지하며 살아간다. 이만큼 살아 보았더니, 요즈음은 건강이 최고라 느끼며 살고 있다. 청춘을 노래할 땐 몰랐던 사실이다. 작은 것에 만족하며 살아야 할 것 같다. 아침에 눈을 떠서는 건강하게 살아있어서 감사하고, 자연과 함께 숨 쉬며 운동하는 지금 이 순간을 즐기며 살고 있다. 별것 아닌 일에 다투고 미워하고, 시기하며 질투하고, 포용하지 못한 삶을 살았던 것도 같다. 시간의 흐름에 순응하며 보고 싶은 것은 보고 살고, 먹고 싶은 것은 먹고 살아야 한다. 날 낳아준 부모님께 감사하지만 보고 싶어도 편히 다가갈 수 없는 딸, 자식으로 해야 할 의무를 다하지 못한 채 바보 같은 딸이 되어 살고 있다.

자식이 이별하는 아픔을 보고 돌아가신 아버지를 위해 힘겨웠던 세월만큼 아파도 해봤다. 미움과 증오로 인생이 흔들려 죽을 것만 같아도 살 수밖에 없더라는 경험도 해보고, 벼랑 끝에서 있다가 구원의 손길이 닿아 다시 오뚝이처럼 살아 보기도 했다. 배움의 갈망으로 늦은 나이에 만학도 해보고, 문학소녀가 꿈이었던 내가 그 꿈을 이루기도 했다. 내가 아파서 타인의 눈을 의식한 채 말 못 하고 살았던 세월도 있었다. 이 세상 나만 아픈 것이 아님을 알게 되었다. 잠시 쉬어가는 인생의 길목에 믿음으로 나를 인도해주는 사람이 있어서, 그곳에서 그 임을 만나 불법의 인연도 지어보았다.

왜 나에게만 이런 아픔을 줄까? 고통스러워서 속절없이 울어도 보았다. 산과 바다를 미친 듯이 다녀 보기도 했다. 남보다 더 많이 해외여행도 다녀 보고 갖가지 운동도 해보았다. 이제 예순이 넘으면 어떤 인생이 주어질지 모를 일이다. 미래를 위해서 열심히 배움으로 도전하기도 하며, 하루하루 최선을 다해 살아가고 있다.

오십 년 이상을 살다 보니 이제는 알 것 같기도 하다. 지독한 가난이 있었기 때문에 근검절약하고 검소한 생활을 실천하는 삶을 배우게 되었다. 힘든 십대 소녀 시절의 꿈이 있었기에 지금까지 그 꿈을 실현하겠다는 각오로 살게도 된 것 같다.

청춘 시절이 아름답지 않은 사람이 어디 있을까만 죽도록 사랑하는 사람이 있었기에 가난하고 재력 없는 살림에 선 한 번 보지 않고 결혼에 성공했다. 감사한 일이다. 사랑한 것이 죄였다. 너무나 사랑한 나머지 이별의 아픔을 맛본 것도 사랑받지 못하느니보다는 행복한 일이 아닐까? 사회성이 모자라지 않고 열심히 자기 일에 충실했던 애들 아버지를 만난 것도, 20년 결혼생활에서 부를 축적한 만큼 근면성실했던 전 남편도 감사해야 하는 일이었다. 한 사람을 죽도록 사랑하던 것이 집착으로 변한 그 사람이 불쌍할 뿐, 뒤돌아보면 나를 만난 것이 불행이 아니었을까? 죽도록 사랑한 죄로 이별의 아픔을 경험해 본 그 사람의 입장이 되어 보진 않았지만, 이해는 되는 나이이다.

아이들이 잘 자라 주었기에 더없이 고마울 뿐이다. 엄마가 해야 할 일을 못 했지만, 잘 성장하여 자기 앞가림을 잘하는 아이들을 바라보기만 하는 엄마로 살아서 미안한 마음뿐이다. 내 생에 딸아들을 전부로 생각하며 살지 못한 미안함도 속죄해야 할 부분이다. 내 안의 열정과 하고 싶은 욕망에 눌려서 살았던 세월이 오십을 살고 나서야 알 것 같다. 이제 정리되어 가는 삶을 살고 싶다. 아직 일선에서 일할 만한 나이이지만, 아프다는 이유로 이 모든 것을 편하게 합리화시키고 있다. 계절의 변화에 민감한 나이가 되고, 가을은 소리 없이 찾아와 가을 여인이 되어 본다.

눈 뜨는 아침이면 함께 손잡고 운동할 수 있는 시간에, 대자연이 주는 아름다운 주남마을에서 행복을 누려 보는 현실이 고마운 나이이다. 취미 생활이 되어버린 사진 찍기와 글 쓰는 삶이 되게 해준 이 모든 여건에 감사한다. 낮은 곳 바라보며 함께 행복을 공유하는 내가 되게 해달라고 오늘 아침도 마음의 기도를 올린다. 오십을 살다 보니 36살의 방황 때 함께했던 친구도 같이 늙어 가게 되고 멀리 떨어져 살았던 고향 친구도 진영 내 곁에 와서 살고 있다. 때로는 아픈 흔적을 이야기하기도 하고 아이들 자란 모습도 이야기하며 죽마고우가 함께 할머니가 되어 간다. 이 우주 공간에서 숨 쉬며, 건강하고 복된 날들로 살아갈 수 있음이 행복이라고 느끼며 남은 길을 가련다.

길을 가려네

노을빛 연주

길을 걸었네
무척이나 먼 길을 걸었네
걷다 보니 지쳐서 쉴 곳을 찾았네

쉬고 싶어 앉은 곳이
풀섶도 아니었고
잘 만들어진 벤치도 아니었네

햇볕이 비추면 따가웠고
바람 불면 머리카락이 날리었네
비가 내리면 온전히 비를 맞았네

사계절이 여러 번을 지나고
그리움이 병이 되어
지나온 길을 다시 돌아보았네

머물러 있지 않은 그 길 위에
퇴색되지 않은 우정이 있고
이해와 용서 그리고 사랑이 있었네

다시 길을 가려 하네

쉬엄쉬엄 아주 천천히 나를 돌아보면서

지치면 쉬었다 가더라도

후회 없이 또 가려네……

내 안에 맑은 거울

아버지가 세상을 떠나신 지가 벌써 12년 흘렀다. 오래된 기억에서 아버지 이름을 불러 보고 싶다. 유월 중순 하지가 얼마 남지 않아 앞뜰에는 모내기가 90% 완성되어 가는 들판을 바라본다. 날씨가 전날보다는 더 시원한 것 같다. 내가 살던 고향 집은 3칸 툇마루 집이라고 불렀던 것 같다. 대문에서 앞을 보고 들어가자면 왼쪽에는 부엌과 쪽방이 있었고 큰방 앞에는 좁은 마루와 쪽문이 있었으며 작은 방 앞에는 넓은 대청마루가 있었는데 그 당시엔 할아버지께서 대목수셨기에 아버지 등짐으로 지었던 집은 잘 지은 한옥이었다고 한다. 그런데도 성인이 되어 친정집에 가노라면 예전에 자랄 때 느꼈던 집보다는 작게 느껴진다. 서쪽 집이라 유난히 여름은 더웠다. 선풍기도 귀하던 그 시절에 낮잠 들면 엄마가 부채질을 해주던 생각이 난다.

마당에는 비가 오면 고무신 발자국이 나는 흙 마당이었다. 아래채에는 아버지 기거하시던 방 앞에 칼과 낫을 가는 숫돌이 철재 틀에 끼어 있었다. 낫을 갈아주던 아버지 모습을 연상하며 지금도 주방에서 숫돌을 쓴다. 칼이 무디어질 때면 아버지 생각에 칼을 비벼 본다. 그때 기억을 더듬어 쓱쓱싹싹 칼갈이도 하게 된다. 이 계절처럼 소먹이 풀이 왕성하던 시기였나 보다. 중학교에서 하교해서 오면 항상 소 풀을 뜯어야 했다. 여성스러운 일을 하는 것보다 남자가 하는 일을 좋아했던 나는 아버지께서 갈아주시는 낫으로 해 질 녘 동네 길가에 앉으면 일어날 줄을 몰랐다. 손에 걸리는 풀은 남아 있지를 않았다.

소가 먹는 풀도 끓여서 소죽으로 해주던 때라 돼지 풀도 베어다가 삼아주기 일쑤였다. 온 동네가 자연 들풀로 소먹이를 먹였던 때라 풀 또한 귀한 때였다. 여름 모내기 철이면 논두렁 언덕엔 풀 구경하기 어려웠던 때라 수로 가의 풀이라도 뜯어야 했다. 밥하기 싫어하던 나는 지고 오기 어려울 만큼 소 풀을 잘 뜯었다.

자상하신 아버지셨다. 그러하신 아버지를 화나게 했던 일을 만들고 말았던 건 초등학교 3학년쯤인 것 같다. 그때 공책 한 권이 2원 정도 했었고 1원을 주면 비가 2개, 라면땅 1봉지를 살 수 있었다. 동네 육촌 동생이자 초등학교 동창인 순희네 집은 부자였다. 앞뜰에 있는 논 한 벌판이 순희네 것이었다. 농사짓기 좋은 논을 많이 보유한 알부자였다.

도시락의 하얀 쌀밥이 부러울 일이 없는 집의 동생이었다. 어느 날, 순희에게 10원을 빌려서 과자를 3원어치 사먹고 공책 1권을 사고 보니 잔돈이 5원 남았다. 10원을 맞춰서 돌려줘야 하는데 차마 엄마에게 그 이야기를 하지 못하고 약속한 날 하루가 지났다. 오촌 당숙 부인 순희 아버지께서 모내기 논물을 대려고 왔다가 식전에 사촌 형인 우리아버지를 찾아오셨다. 아버지께서 식전부터 무슨 말씀을 들으셨는지 까마득히 모르고 있던 나는 큰방에서 아버지와 엄마, 동생, 작은 오빠랑 둥근 밥상에 모여 앉아 아침을 먹으려 앉았다. 아버지께서 물으셨다. "희수야(나의 아명은 문희수다), 너 어제 순희에게 돈 십 원 빌렸나?" 지은 죄가 있어서 고개 숙이고 대답도 하지 못하는 나에게 휙 날아온 것이 있었다. 책 보따리였다.

코에서 코피가 주룩 흘렀고, 엄마께서 큰 목소리로 아버지를 원망하시는 소리가 들렸다. 밥상 앞에서 날아온 일이라 아침은 엉망이었고, 생전 처음으로 흘려본 코피라 아마 많이 놀랐지 싶다. 아버지께서 식전에 사촌 동생이 와서 하신 말씀을 듣고, 자초지종을 따지기도 전에 화가 나셨을 것 같다. 가난과 처절하게 싸워야 했던, 한 가정의 가장으로서 풍족하게 키우지 못하는 아버지의 자존심이 상했을 수도 있었겠지만, 그날 내 마음의 상처는 너무 컸었다. 아버지께 책 보따리로 맞았다는 사실과 순희가 오촌 당숙부님께 말했다는 사실이 원망스럽기도 했다.

지금 생각해보면 동생 또한 10원이 용돈으로 받은 돈이 아니었기 때문에, 당숙부님께 나에게 빌려준 돈 이야기를 했던 것이 아니었을까? 그 시절 보릿고개가 있었다고 말하면, 내 나이 또래 친구들은 웃는다. 하지만 지독한 가난이 있었기에 절실하게 가난을 헤쳐 나가고 싶었다. 더욱 끈기가 있었으며, 이후 성실한 산업의 역군으로 발돋움하는 계기가 된 것이 아닐까 생각한다. 초등학교 시절에 아버지를 찾아갈 일은 거의 없었다. 위에 오빠가 있었기 때문이다. 바로 위의 작은 오빠는 나와 두 살 터울로 졸업 후 가난을 탈피하고 싶어서 서울로 상경하고 없었다. 그때 일들을 떠올려본다. 중학교 1학년 때, 5일 만에 한 번씩 시골 장터가 형성되었던 구기 장날이면 어김없이 아버지께서는 자전거를 타고 소전 끝에 가시곤 했다.

그때 그 시절에 아버지들의 모임 장소는 주막인 셈이다. 소전 끝에 가신 아버지들은 안곡마을, 소고마을, 평전 마을 할 것 없이 죄다 모이는 5일 만에 장터를 거쳐 저녁이 되면, 주막집에서 화투놀이를 하셨다. 장날이면 하교하다가 주막마다 들러서 아버지 자전거를 확인해 놓아야 했다. 밤이면 어김없이 엄마의 요청으로 등불을 들고 아버지 찾아 나섰다. 한두 번도 아니었지만 어두운 밤길 자갈밭 길 걷기는 쉬운 일이 아니었다. 낮에 걸어왔던 비포장도로를 밤에 또다시 걷는다. 발부리에 부딪치는 돌멩이의 감각들이 글 쓰는 지금도 생각나 아파오는 것 같다.

한 시간쯤 걸어서야 도착한 주막집 마당에서 아버지를 부른다. 한창 열 올리며 화투 놀이하시다가 부르는 소리에 놀라 문을 빠끔히 열고 내다본다. 어떤 어르신인지 "어이 두환이 자네 여식이 부르네." 이 말이 끝나면 한참 만에 나오시던 아버지. 아침에 보았던 아버지 모습이 아니었다. 담배 연기 내음은 코끝을 찌르고 상기된 얼굴엔 화가 난 모습이 역력했다. 자전거를 끌고 앞에서 가시는 아버지 뒷모습에 대고, 엄마의 높은 음성이 들려왔었다. 어두운 밤길에도 엄마와 아버지가 싸우시던 그땐 혼자서 가슴이 콩닥콩닥 뛰었다.

장날마다 노름하려고 장에 가시느냐고 따지던 엄마. 화내시며 심지어 집구석에 불 지르겠다고 하시던 아버지. 노름판에서 돈을 따거나 잃은 건 뒷전이고 딸 앞장세워 모시러 왔다는 그 사실을 인정하시지 않던 아버지였다. 지금 생각해보면 아마 부끄럽기도 하셨을 테다. 다른 집 엄마들은 안 가는데 왜 우리 엄마만 줄기차게 모시러 다녔을까? 수십 년이 흘러 엄마와 아버지를 생각해보면 14살 어린 나이에 시집와서 의지할 곳이라곤 아버지밖에 없는데 밖으로 나다니시는 걸 좋아하시던 아버지가 못마땅했던 것이 아닌가 생각해본다. 아버지보다는 엄마가 아버지를 더 사랑하시기도 했었나 보다.

여름철 모내기가 끝나고 한가로운 시간이 있을 때면, 엄마는 삼베적삼에 풀 먹여 일류신사 부럽지 않은 솜씨로 아버지를 변장시키기도 하셨다. 그런 어머니셨기에 아마도 그랬던 게 아닐까 생각해본다. 81세까지 사셨던 우리 아버지. 작은 체구에 하얀 백발, 인자한 성품. 항상 남들에게 칭송받던 아버지셨다. 할

아버지 3남매 중 막내였던 아버지. 군 제대 후에는 시골 농사 규모도 작고 먹거리가 귀하던 시절이라 무안으로 분가하는 것이 꿈이었다. 없는 돈에 장사라도 해서 우리 4남매를 키우시겠다고 분가를 시도했던 아버지셨다고 들어서 알고 있다. 막내지만 등짐을 지시고 농사일 잘 할 사람은 아버지뿐이셨다. 큰 백부는 경북 청도군에 사셨고 둘째 백부는 부산에 사셨기에 막내인 아버지께서 할아버지를 봉양하시고 사셨다. 끝내 이루지 못한 도시 생활이었지만 후회해본 적 없이 열심히 사셨다고 하셨다. '회심곡'을 좋아하셨다. 상여 앞소리를 잘하시던 우리 아버지, 지금처럼 노래방이 있었다면 노래 실력을 평가할 수 있었을지도 모른다.

정월 대보름날 마을 노래자랑에서 상도 타 오시던 아버지, 부상으로 받은 상품은 그 시절 아주 유용한 상품이었다. 스테인리스 세숫대야, 고무 함지박, 물통 등등 생활필수품을 받아오셨던 아버지. 그 끼를 작은 오빠가 물려받았나 보다. 요즈음 초등학교 총동문회 회장을 맡기도 하는 오빠는 소문난 가수라고 칭한다. 아버지의 대물림인 것 같다. 아버지를 생각하면 아픈 기억이 많다. 엄마의 어두운 귀 때문에 항상 큰 소리로 이야기하셔야 했다. 큰소리로 하다 보면 음성이 높아진다고 노하셨던 우리 엄마, 어설프게 알아듣고 자기주장만 강하셨던 엄마와 67년 동안이란 세월을 살아온 아버지. 우리 4남매를 키우시고 운명이 다하는 그날까지 엄마를 사랑하셨다. 돌아가시기 몇 달 전 병상생활하실 때도 엄마를 그리워하시던 모습이 아버지를 더욱 그럽게 만드는 것 같다.

그동안 힘들게 살아줘서 고맙고 끝까지 당신을 지켜줘서 고맙다고 하시며 손 내밀던 아버지 돌아가셨던 날은 산사의 생활을 시작한 지 두 달 남짓한 때였다. 비보를 듣는 그 순간에는 하늘이 무너지는 것 같았다. 자정에 경기도에서 출발하여 밀양 청도면에 도착하기까지 4시간도 채 안 걸렸다. 임종을 지키지 못한 불효 여식이지만, 아버지의 큰딸 열심히 잘 살아왔습니다. 두 아이의 엄마로, 한 남자의 아내로, 종갓집의 큰며느리로 살아온 세월이 부끄럽지 않은 딸이 주남들녘 너머 김해시 진영이 보이는 사무실에 앉아서 아버지를 그리워 해봅니다.

6·25사변 때 군대 생활을 하셨던 아버지. 7년간 군 복무 생활을 하셔서, 국립묘지 신청자격이 주어졌을 때 명단 제출을 거부하셨던 아버지이시다. 지금 생각해보면 그때가 후회되기도 하지만, 선산에 이녁이 가실 자리까지 마련해놓으시고, 할아버지와 증조부모 산소까지 손수 정리해놓으신 아버지의 조상숭배 정신은 흉내 낼 수 없는 사랑이었다. 산소에서 내려다보이는 친정집 동네는 아담하고, 서산에 해 질 녘이 아름답다. 아버지 계신 그곳에 요즘은 전혀 가지 못하고 있다. 어린 시절 함께 뛰어놀던 친정집 안마당에 출가한 딸이 오려나 아들이 오려나 기다리던 아버지 모습이 눈에 선해 온다.

박하사탕을 유난히 좋아하셨다. 말랑말랑한 젤리를 좋아하셨던 아버지셨다. 할아버지 쓰시던 작은 벽장에 사탕 봉지가 바스락거렸고, 손자라도 온다는 소식이 들리면 장작불 피워 방바닥에 불이 날 정도로 뜨거웠던, 그때가 아버지 사랑이었음을 이제야 기억해본다. 한 번만이라도 꿈결에서조차 보고 싶은 아버지. 그리울 때 앨범 펼쳐 놓고, 백발이 성성했던 모습이지만 살아있는 것 같은 느낌으로 아버지를 기억하곤 한다. 가난했던 유년시절 딸이 없는 큰엄마께서 양딸 달라는 말을 들으셨을 땐 굶어도 함께 굶고 고생해도 함께한다며 부탁을 만류했던 아버지셨다. 가난을 대물림할 수 없어서 열심히 최선을 다해 살아온 날들을 되돌아보며, 오늘 이만큼 행복하게 살 수 있음도 아버지가 계셨기에 큰 힘이 되었다는 생각이 든다. 아버지 보고 싶습니다. 사랑합니다.

힘겨웠던 세월

그해 겨울은 이미 마음에서 추위를 느끼고 있었던 것 같다. 방학을 십여 일 남겨둔 중3 때, 고등학교는 꿈꿀 수도 없었다. 지독하게 가난했던 가정사를 담임선생님께서는 이미 짐작하셨는지 그때 반장이었던 나에게 원서 한 장을 써보라고 하셨다. 졸업예정자로 한일합섬섬유 주식회사에 지원하게 된 것이다. 마산에 연고가 없었던 터라 반 친구 중 귀순이 언니에게 신세를 지기로 했다. 회성동 어느 뒷골목의 두 칸짜리 방이었던 것으로 기억한다. 십여 명 정도의 친구들이 한 방에서 하룻밤 신세를 지고 면접을 보았는데, 혼자만 합격하게 되었다. 훗날 2차로 4명 정도 더 입사하게 되었지만, 그 어린 나이에 힘들었던 섬유공장을 버티지 못하고 퇴사한 친구도 있었다.

경희와 난 4회 졸업생으로, 재희와 귀순이는 5회 졸업생으로 졸업했던 것을 기억한다. 현재 양덕타운이 들어서 있던 곳에 기숙사가 있었다. 동마다 A동, B동, C동, 정동, 숙동 이렇게 이름이 붙여져 있었다. 24시간 완전가동하는 섬유회사라 3교대 반과 주전 반이 있었다. 그중에 내가 배치된 반은 B반이었다. 기숙사 전체 난방은 지금 생각해 보면, 중앙집중식이었던 것 같다. 방이 따뜻해지는 시간은 별로 없었다. 기숙사 복도는 항상 냉골이었다. 저녁 8시 점호시간이 지나 한 시간 후면 소등시간이었고, 방에 불이 꺼지면 공부할 친구들과 편지 쓰는 친구들은 복도로 나왔다. 모포 한 자락은 바닥에 깔고 한 자락은 뒤집어썼다. 군용모포였는데 짙은 카키색 모포 중에 어쩌다 베이지색 꽃무늬 모포도 있었던 것으로 기억한다.

내가 입사했을 때 작업복 색깔은 청색이었다. 주전 반 친구들 옷은 하얀 색이 있었던 것으로 기억된다. 시골에서 자유분방하게 뛰어놀던 때와는 달리 8시간 규정에 얽매여 일한다는 자체도 힘들어하는 친구들이 많았다. 삼일 교육을 통한 일자리 배치는 섬유회사에서 전방에 해당하는 방적과 2부 1과로 되었다. 실습으로 몇 개월 다녔었다. 그다음엔 석전동 자리 2부 5과가 새 동으로 공장을 확장하여 그곳으로 배치가 되었다. 같이 입사한 신입생들이 많았다. 같은 해에 학교에 가게 될 친구들이었다. 우리 B조에서도 일이 배치되었는데 며칠 기계 뒤에서 보조로 일을 하다가 숙련이 되면 기계를 맡을 수 있었다. 난 유달리 키가 컸고 시골에서 손수레를 끌어본 경험이 있어서 힘든 일자리에 배치되었다.

w큰 슬리버 뭉치를 기계마다 나르는 일이었다. 생산량이 무엇인지 일의 성과가 무엇인지도 모르는 때였지만, 하루에 해야 할 일을 측정하고, 성실성으로 학교실습점수를 주던 때였다. 12월에 입사하여 몇 달간의 여유가 있었다. 온종일 힘든 일을 하고 왔는데 밤에 공부하기가 쉽진 않았지만, 중학교 때 꽤 실력이 있었기에 자만하는 마음도 있었다. 다음해 2월에 입사한 언니들은 입학시험 공부를 너무 안 하는 나를 보고 "너는 공부 왜 안 해? 그렇게 공부를 안 해서 시험은 어쩔 거야?"라고 했다. 그때 난 자만하며 '한일여고에 안 붙으면 자살하지 왜 살아' 하는 생각도 했다.

일은 힘들고 한창나이라 배가 자주 고팠다. 하루에 기숙사 밥 두 끼, 회사 밥 한 끼를 먹었는데 밥 한 끼 먹으려면 뛰고 또 뛰어야 하는 현실이었다. 식사시간이 정해져 있었는데, 긴 밥줄을 기다려서 먹기가 제일 지겨웠다. 그때 새치기를 배웠다. 회사 부서에서 익숙한 얼굴이 있으면 무조건 뛰어가 새치기를 했었다. 정부미 냄새가 진동을 해와도 난 항상 밥판을 쑥 안쪽으로 밀어 넣곤 했다. 아침엔 맑은 콩나물국, 점심엔 북어 콩나물국, 저녁에는 붉은 시래기 종합 콩나물 김칫국이었다. 국을 끓이는 데도 순서가 있었던 까닭이라 생각된다. 많은 사람을 수용하려면 밥도 동이 나기 일쑤였다. 맨 꽁지에 서 있다가 밥이 없어서 돌아가는 사람들도 많았지만, 난 배고픔은 참기 어려워했다. 사람들은 새치기를 잘하는 뻔뻔한 사람이라고 생각했을지도 모른다. 친구들이 누구나 다 그랬지만 난 밥 잘 먹는 밥순이였다. 부족한 잡비로는 간식조차 마음껏 사 먹을 수 없어서, 끼니마다 밥만 먹는 밥순이였는지도 모른다. 사실 밥을 잘 먹게 된 건 그때부터는 아니었다.

시골에 태어난 그 시절 가난은 말로 표현할 수 없었다. 중학교 등록금 6,350원이 없어서 일 년을 쉬다가 중학교에 갔었고, 보리밥 한 번 배불리 먹어 본 적이 없었다. 기억 속에 잠재하고 있는 가난이 싫었다. 첫 봉급은 13,500원 정도였다. 학교는 무상으로 다닐 수 있었기에 저축을 50% 이상 했었다. 나머지로 기숙사비를 내고 나면 한 달 잡비가 1,500원 정도였다. 백 원짜리 샌드위치 하루에 하나 정도만 간식으로 먹을 수 있었다면… 부자였는데 난 늘 가난했었다. 가난했으므로 끈기와 집념, 부자가 돼야지 하는 신념으로 살았는지 모른다. 배고프고 춥고 서러운 현실에서 기숙사 생활의 유일한 낙은 밤마다 편지 쓰는 일이었다.

집에 있었을 때는 주막에 아버지 모시러 가는 일이 힘겨웠고, 엄마와 아버지가 싸우는 모습이 싫었다. 그래서 떠나고 싶었던 엄마 품이었는데, 불 꺼진 기숙사와 힘든 산업 현장 속에서 오로지 생각나는 사람은 엄마였다. 기숙사 복도 차디찬 기운이 온몸으로 엄습해 와도, 엄마와 친구들에게 쓰는 편지를 유일한 낙으로 알고 살았다. 점호시간이면 사감 선생님은 어김없이 카랑카랑한 목소리로 편지와 소포에 쓰인 이름을 불렀다. 며칠 만에 한 번씩이라도 답장을 받아보는 희소식에 자정을 넘기는 편지쓰기를 많이 했었다. 받은 편지는 방침이라고 부르는 개인 소지품을 넣는 곳에 넣어놨다. 시골집으로 말하자면 아버지 방에 있던 작은 벽장인 셈이다. 이 층으로 되어 있었고, 12명이 한 방에 기거하였는데 방침은 10개 정도 되었던 듯하다. 위 칸을 쓰는 사람은 혼자 한 칸을 썼고 아래 칸을 쓰는 사람은 두 명씩 썼던 것 같다.

유일하게 처음 방침을 같이 썼던 친구, 현옥이와 진영이는 우리 방에 있었던, 일 학년 시절의 가장 오랜 기억 속에 있는 친구들이다. 하다못해 같은 방침을 쓰는 친구에게도 편지를 썼다. 경남 모직으로 전출갔던 진영이와 현옥이는 삼총사라고 불릴 만큼 친한 친구들이었다. 함께 생활하던 그때 간절했던 우정의 친구 진영이는 학교에서 만날 수 있었지만, 항상 아쉬웠고 애틋했다. 사귄다고 오해할 만큼 쪽지를 주고받는 대상이 되기도 했다. 덜렁순이 같고 사내아이 같은 나와는 정반대로 여성스럽고 단정하며 우윳빛 피부에 눈망울이 사슴같이 예뻤던 고운 소녀. 진영이는 목소리도 예뻤다. 충청도 특유의 느릿함이 배어 있는 표준말을 쓰는 친구였다. 그 반면 현옥이는 거창군 가조면이 고향이며, 얼굴에 여드름이 많이 났지만, 쌍꺼풀이 예뻤으며 구슬픈 목소리를 가졌던 친구였다.

헤어진 지 사십 년이 넘은 지금 동창들의 소식이 가끔 전해져 오지만, 제천시 백운면이 고향인 친구 진영이는 고등학교를 졸업하자마자 과수원이 큰 농장주의 마님이 되었다. 이후 삼 남매의 엄마로 살고 있으며, 종교 생활을 열심히 하고 있다. 수십 년 전의 통화와 편지로 내가 친구에 대해 아는 건 이게 전부이다. 현옥이는 김해 구산동에 살다가 이사를 부산으로 갔었다는 소식을 들었다. 찾고 싶은 친구였는데 어느 날 카카오스토리에 실린 이야기를 보고 전화가 왔다. 졸업 이후에 한 번도 만나지는 못한 이 친구들이 이젠 할머니가 되어 있을 거라고 믿고 있다.

내 기억 속에 친구들, 꼭 한 번은 만나고 싶은 친구들이 어찌 이 둘뿐이겠는가? 다녔던 직장에서도 일일이 나열하지 못할 만큼 많은 친구가 있지만, 저번에 했던 동창 모임은 양산 봉옥이 초대로 32명의 친구가 모였다. 아직도 찾지 못하는 친구들이 너무 많다. 함께 십대의 불타는 청춘을 노래했고, 가난한 시절에 만나 정부미를 함께 먹고, 섭씨 40도를 오르내리는 방적 공장의 산업역군으로 삼 년을 함께했던, 여고 시절의 아름다운 우정이 있기에 꼭 만나야 한다. 힘들었던 시절을 이야기하고, 이젠 당당한 자존감을 내세울 나이가 되었다. 그 시절 김한수 이사장이 안 계셨으면 고등학교 졸업이라는 말도 없었을지 모른다. 한편으론 너무도 감사한 이름마저 잊고 있었다.

섬유계에서 1인자였고, 본인이 가난했으므로 전국에 교복을 입지 못하는 젊은 십대들에게 예쁜 교복을 입히고 싶었다고 말했다는 그분. 이번 동창 모임에서 많은 이야기를 듣게 되었다. 혼자만이 생각하고 있었던 악몽 같은 세월, '인간 사육 현장'으로 가슴 깊이 막혀 있던 멍에를 벗었다. 그 시절에도 학구열만큼은 빼놓을 수 없었는지 모른다. 초등학교 졸업 후 일 년을 울지 않았다면, 중학교도 갈 수가 없었을 테다. 지나고 보면 중학교 때 담임 선생님의 넓은 안목이 없었다면 한일여고를 졸업할 수 있었겠는가. 경영인으로 살면서 꿈을 이룰 수 있었겠는가. 만학도로 지금 이 자리에 사회 복지 상담학과 석사과정에 임할 수 있었겠는가. 나에게 많은 의문을 던져 보는 날이다.

사십 년이 지난 지금 마산 한일합섬 기숙사용 땅 9425평에 세워진 한일 타운 근접한 도시, 통합된 창원 주남마을에 살기까지 많은 변화를 거쳤다. 그 시간 속에 그때 그 시절이 있고, 운명처럼 받아들인 날들과 숙명처럼 여기고 살았던 날들이 있다. 그랬기에 지금 행복한 시간을 맞이하는 것이 아니겠는가. 기억 속에 사라졌던 교시가 친구들을 만나면서 다시 떠올리게 되었다. "시련은 있어도 실패는 없다"라는 말 한마디가 안겨다 준 십대 시절의 아름다운 추억이 있다. 고난 극복이라는 야심 찬 희망을 가슴에 품고, 절절한 가난의 굴레를 벗어나기 위해 졸업 후 딱 한 번의 회사 생활로 20대 젊은 시절은 24살에 마감하게 되었다.

이 시간 이렇게 추억하며 글쓰기 할 수 있는 것도, B동 3층 기숙사 복도 차가운 바닥에서 3년을 의지하며 편지 보내고 답장 받으며 유년시절 감성을 불 지를 수 있었던 친구 희야와 동네 오빠와 고인이 된 재율이 외 삼총사 친구들이 있었기 때문이다. 배고프고 힘들고 가난했던 지난 일들이 이젠 희노애락이었음을 이야기할 수 있는 중년이 되었고, 이후의 삶은 내 안에 있는 모든 것들을 피력할 수 있기를 소망해본다.

나를
돌아보는 시간

섬유회사 밥을 먹은 지도 이 년이 지났다. 정부미 냄새와 스팀 냄새에 적응이 되어가며, 익숙한 학교생활과 산업전선을 뛰어다니는 일도 자리 잡혀 가고 있었다. 점차 학교생활이 이상적으로 물들어가고 있을 즈음, 고등학교 이 학년 후반기였다. 방적 2부 5과와 전방, 정방, 후방이 건물 내에 있었다. 섬유의 기본 실 뽑는 과정은 최전방이었지만 그런 우리 과에 남자는 기사를 포함해서 조별로 3명이 전부였다. 기사가 태부족이었던 터라 A조에 군 복무를 마치고 입사한 신임 기사 한 명이 B조인 우리 조로 넘어온다는 소문이 났다. 키는 176센티미터쯤 되어 보이고, 바짝 마른 타입에 머리는 유행 스타일인 올백이었다.

전방 기계시설은 SM기계 낮은 것 3대와 큰 것 2대로 구성되었다. 배치된 전방에서 슬리버 뭉치를 손수레로 끌어다 주면, 투

입된 큰 실뭉치가 8시간 내내 잘게 쪼개진다. 슬리버가 담긴, 캔통을 수십 개 비치하여 가는 실을 정방으로 보내는 작업이 우리 과의 업무였다. 생산성에 중점을 둘 때였다. 그 기계를 봐주는 기사가 우리 반에 전출왔다. 그때부터 나에겐 전쟁이 선포됐다. 조마다 여자 조장 1명에 지도공이 2명이었다. 그중에 한 명을 추천대상에 올렸는데 기사가 뽑는 가산점수도 포함되었다. 나는 B반에 있었다. 나와 교대 하던 언니는 "너희 반으로 전출되어가는 기사가 너한테 관심이 많던데"라고 했다.

이미 들어서 알고 있었지만, 기사는 기계 고장나도 실실 웃기만 하고, 가까이 와서 기계를 고쳐주기는커녕 골탕 먹이기 시작했다. 장난이겠지 했는데 지도공을 시켜서 함께 잘 지내보자고 하는 수작이란 것을 지도공이 되고 나서야 알았다.

아직은 어린 18세 소녀인 나에게 그가 이성으로 다가와 귀찮게 한다는 사실이 믿을 수가 없었다. 업무촉진을 지향하는 회사의 생산성에 지대한 영향을 끼치게 되는 기사가 생각 이상으로 힘들게 했다. 매일 만나줄 것을 종용하는 쪽지를 보내왔다. 2학년이 지나가도록 실랑이는 계속되었다. 3학년이 되면서부터 집착 증세를 보이면서, 만나 달라고 했다. 차일피일 미루다 6개월이 지났고 3학년 2학기가 되었다.

차츰 부담을 주고 옥죄어 오는 그 남자를 피할 수 없어서 기숙사에서 되도록 먼 곳에 있는 양덕동 효성다방에서 첫 만남을 가졌다. 쑥스럽고 불편했다. 매일 만나는 현장 사람에게 무슨 할 말이 있었겠는가. 그날 한 번 만나준 뒤로는 기숙사에서 숨어 있는 날이 대부분이었다. 야간반이 끝난 다음날 하루 동안 쉬는 주에는 시골로 달려왔다. 외출을 쉬이 할 수 없는 기숙사 생활이었기에 근무하는 8시간 동안은 불편한 심정으로 일을 했다. 지도공 하루일지를 쓰는 시간이 제일 괴로웠다.

기사일지도 함께 쓰기 때문이었다. 나는 늘 한일합섬 기사는 내 이상형이 아니라며 대학을 나오지 않는 사람과는 더더욱 결혼할 수 없다고 말했다. 그러자 그 남자는 문성대학교 야간을 다녔다. 끈질기게 따라다녀서 졸업할 때쯤 몇 번을 만나주었다. 회사에서는 절대 알지 못하게 했다. 3학년 졸업하는 날, 회사에 사직서를 내고 도망을 와버렸다. 그렇게 졸업하면 안 만나줄 작정이었기 때문에 2학기 때 몇 번을 만나준 것이었다. 그랬기에 다시 돌아온 시골에서의 생활이 답답하기는 했지만, 다시 마산으로 간다는 생각은 함부로 할 수 없었다.

그 남자가 있는 곳이라 더욱 갈 수가 없다고 생각했다. 고향에 머물러 있는 동안 그 남자에서 하루에 한 통씩 편지가 왔다. 5월 보리타작을 하는 어느 날이었다. 아랫마을 사는 꼬맹이 깜깜 후배가 어떤 아저씨가 전해주라고 했다면서 쪽지 한 장을 주는 것이었다. 직감적으로 그 남자가 왔나 보다 했다. 이렇게 쓰여 있었다. 동산리 정유소에서 밤을 새우고 기다리겠다고. 아니면 동네에 소문나게 집으로 온다는 것이었다. 보리타작을 겨우 끝내놓고 한일합섬 다닐 때 입었던 청바지와 교복 윗도리를 입고 밀짚모자를 쓴 채 집을 나섰다. 씻지도 않고 입은 옷차림으로 잠시 다녀오겠다며 서편에 영옥이가 오라고 한다는 말만 남기고 걸어서 40분 정도 되는 거리를 갔다.

한편으론 반가웠지만 끝나지 않은 인연이 불안했고 시골 동네 지인들에게 눈에 띌까 봐 걱정되어 할 말이 없었다. 갈 곳이라곤 없는 동네 넓은 강변에서는 자갈만 발길에 차이고 있었다. 비포장 도로엔 가끔 지나는 차량과 경운기들 소음이 들려왔을 뿐, 먹을거리도 없었고 지금처럼 가게가 있지도 않았다. 정류소 앞에 구멍가게 하나 달랑 있는 동네. 어디 갈 곳도 숨을 곳도 없는 동네에서 여름밤은 어두워졌다. 들모기가 온몸에 나붙었다. 마지막 차도 놓쳤고 어찌할 수 없었다. 시냇물은 있었던 것으로 기억이 된다. 보리타작을 하다 나섰던 나는 슬리퍼 차림이었다.

그런 얼굴을 보고도 예뻐서 어쩔 줄 모르는 그 사람은 그날 밤을 보리타작을 한 껍질을 쌓아둔 보릿대 더미에서 지냈다. 쇠똥을 깔고 앉았는데 바지를 벗어 씻을 수 없는 상황이었다. 보릿대 속에서 이야기를 하며 그 밤을 하얗게 지새웠다. 5월에는 새벽 4시 반이면 저 멀리서 희뿌연 새벽이 시작되었다. 소문날까 무서웠던 소녀는 한달음에 도망치듯 집으로 향했다. 전화도 없는 때라 밤새 기다리던 엄마는, 이 노무 가스나 어디 갔다가 날밤 새우고 오냐고 소리 질렀고, 서편 영옥이가 회사 다니다가 주말이라 집에 와서 같이 밤을 샜다는 거짓말로 둘러댔다. 옥이에게는 세월이 흐른 후에 이 이야기를 했지만, 웃지 못할 에피소드가 된 다음의 일이었다. 그로 하여금 보릿대 사랑이 시작되었다. 매일 오는 편지 배달부는 선배였다.

선배는 "희수 마산 가드만 어떤 남자를 만들어 놓고 와서 이렇게 더운 날에 자전거 타고 네 편지 때문에 매일 오려면 힘들다. 일주일 치 한꺼번에 갖다 주면 안 되겠나"라고 했다. 그 이후로는 정말 일주일에 한 번씩만 배달을 왔다. 그렇게 그해 여름이 지났다. 창원공단에 다니던 작은 오빠와 큰오빠는 양덕동에 함께 살았었는데 가을 무렵에 큰오빠가 밀양으로 오게 된 후 작은 오빠가 나와 둘이 있자고 졸랐다. 그래서 그곳으로 가게 됐다. 졸업 후 시골 생활은 아주 잠깐이었지만, 힘들게 일하던 한일합섬이 그립기도 했다. 낮엔 일하고 밤이면 순희와 지독한 집착을 가진 사람 이야기도 하며 시간을 보내던 때였다. 작은 오빠는 약속과는 달리 월급 타고 나서 한 푼도 주지 않았다.

방세가 밀리기 시작해서 나 스스로 동경 전자에 입사원서를 냈고 취직이 되었다. 자취집과 가까워서 항상 차림새는 작업복이었다. 풀을 먹인 하얀 칼라에 청색 옷이었던 한일합섬과는 달리 옅은 하늘색 옷이었다. 작은 오빠는 같이 지낸 지 일 년 정도 지났을 무렵 장가를 가겠다고 했다. 벌어 놓은 돈도 없는 상황에서 결혼 적령기를 맞이한 오빠는 내가 벌어놓은 돈으로 싸두었던 송아지 수입금과 현숙 언니에게 70만 원 빌린 돈으로 결혼했다. 혼자 남게 된 나는 동생을 또 부르게 되었다. 내가 동경 전자에 다니는 동안에 그 사람은 야간대학을 마쳤고 공채시험을 거쳐 굴지의 제약회사에 다니게 되었다. 인연을 거부하면 할수록 짙어가는 집착이 사랑으로 변해갔다.

동생과 함께 지내는 시간 동안에 연애 기간은 계속되었다. 처녀와 총각이 자주 만나는 것이 흉허물이 안 되는 도시 생활에서 월세만 주고 있기는 아까워, 전세 보증금 150만 원에 1만 5천 원짜리 방으로 옮겨갔다. 작은 주택이었다. 주인아줌마는 트럭에 짐을 싣고 다니는 일을 하는 사람이었다. 남편과 항상 같이 일하는 사람이라, 외동아들이자 막내둥이인 어린 소년을 돌볼 사람이 없어서 문간방 세를 준다고 했다. 그 아이도 이젠 자라서 장가갔을 테다. 지금 생각해보면 물류 이동 차량을 운행했던 것으로 생각된다. 비 오는 날이면 시멘트 바닥을 솔로 문지르던 것과 소리소리 지르던 아줌마 얼굴이 떠오른다. 물세를 아끼려고 비 오는 날에만 마당 청소를 하던 알뜰한 아줌마였다.

일 년쯤 지나서 합성동으로 이사를 했다. 이후에 일어날 일들에 대해서는 전혀 예감하지 못했다. 그 사람은 창원에서 한일합섬까지 다니려니 출퇴근이 힘들다며, 방을 얻을 때 두 칸짜리로 얻자고 했다. 그것이 동거 생활의 시작인 줄도 몰랐다. 큰방에는 그 사람이 살았고, 작은방엔 동생이랑 내가 살았다. 동생과 나는 동경 전자에 다녔다. 그 사람은 한일합섬에 여전히 다니고 있었는데, 문성대학교 동기생이 합성동에 살고 있었다. 그분도 처가에서 원하지 않는 결혼이라서 합성동에서 동거부터 시작했다. 한 마을에 살다 보니 가끔 저녁이면 우리 집 마루에 모이기도 했는데, 그 시절 청춘남녀는 모여 봐도 별로 할 일이 없었다.

영화 보기, 음악다방 가기, 실내 야구 게임하기, 두더지 잡기 등등. 그러고 놀았던 기억 속에 잊지 못할 이야기가 있다. 그 사람은 친구가 놀다가 간 다음이면 나를 이상한 눈초리로 쳐다보며 꼬투리를 잡았다. 왜 바짝 붙어 앉았느냐, 말할 때 왜 자주 웃느냐, 사람을 왜 그렇게 빤히 들여다보느냐, 관심 있는 사람처럼 오해하기 쉽게 쳐다본다는 말을 퍼붓는 그 사람을 보며 처음 당하는 일이라 어처구니없었지만 그 친구가 당신 친구임에도 의심하는 게 말이 되냐며 성질을 냈다. 헤어지면 되지 이런 상황에서 어떻게 지내겠냐며 가라고 했더니, 이성을 잃은 사람처럼 소리를 지르고 주먹질을 하는 것이다. 폭언과 폭행을 시작한 그 사람을 보고 황당하고 무서워서 숨었다.

칠흑같이 어두운 밤 연탄광에 숨어 있던 난, 새벽이 돼서야 잠을 청하는 그 사람을 보고 친구네로 향했다. 작업복을 그 집에서 갈아입고 출근했던 날 저녁이었다. 그런 일을 저질러 놓고도 퇴근 시간에 자유수출 후문 앞에서 기다리던, 그 사람의 손에 이끌려 다시 살 수밖에 없었던, 그때 일은 생각하기도 싫다. 그 악연이 필연이 되어 한 결혼이었다. 20년간의 결혼생활도 순탄치 않았다. 내가 겪은 고통과 아픔을 함께 나눔으로 누군가는 마음에 병이 치유되어가고, 헤어짐이 무엇인지 알고, 살아있어야만 했던 과거를 떠올리며, 아픔을 간직하고 살아온 15년 세월을 털어놓고 이제 말하려 한다. 용기 있는 이야기를 기록해본다.

절절히 목 놓아 울어도 보았다. 삶을 송두리째 던져 버린 아픔이 있었기에 이제 다시 나는 행복이 무엇인지 살아가는 이유를 말하고 싶다. 『당신을 만났습니다』라는 책 초고를 완성하고도 끝내 용기가 없었다. 이은대 작가님의 수업을 반복해서 청강하고 난 후에야 내 속에서 무언가 꿈틀거림이 올라오는 것을 느꼈다. 그러던 어느 날 아침, 사랑하는 사람과 대화를 나누던 중에 당신의 삶에 내 인생이 방해된다면 굳이 말하지 않으련다는 말을 했다. 남편이 말했다. 그보다 더 심한 무엇을 이야기한다고 하여도 난 당신을 사랑하고, 내게 주어진 이 현실을 사랑한다고. 끝까지 용기와 힘을 주는 남편이 지금 내 곁에 있으므로 행복하다.

운명의 첫 발걸음

자유수출 동경 전자에 입사한 지 삼 년쯤 되었다. 운명처럼 다가온 그 사람이 대학 졸업을 하게 되면서 공채로 제약회사에 취직이 되었던 그해가 1983년 하반기였다. 내 나이 24살 10월쯤으로 기억된다. 무섭게 집착하는 것 또한 사랑이라고 인정할 수밖에 없던 나이였다. 그 사람은 입사교육이 끝난 다음에 주말마다 내려와서 서울로 올라오기를 종용했다. 난 그 사람이 하자고 하는 대로 따를 수밖에 없는 상황이 되고 말았다. 3년 동안 다니던 회사에는 내년 봄에 결혼할 거라고, 신부수업을 위해서 퇴직한다고 말하고 서울로 떠나게 되었다. 서울행 고속버스를 타고 도착한 곳은 방배동의 어느 부동산이었다. 첫 번째, 두 번째, 세 번째, 부동산에서 방을 구하게 된 집이 3층짜리 저택이었다.

창원에서 가져온 이불 보따리 속에는 큰 냄비 두 개와 솜이불

한 채가 다였다. 오리털처럼 가벼운 이불이 아니고, 묵직한 솜이불을 둘이 낑낑대며 들고 찾아간 집은 반지하에 월세 12만 원짜리였다. 연탄값도 포함되어 있고, 주인 할머니가 사용하고 계시던 방이었으며, 응접실과 큰 부엌도 이용할 수 있었다. 주인 할머니의 넓은 마음씨에 감동했다. 셋방살이를 시작한 첫 몇 주일은 오붓한 둘만의 시간이 달콤했다. TV도 없는 방이었지만 서울에서의 눈치 볼일 없는 동거 생활이었다. 청순한 민낯의 처녀 시절이라 화장품은 스킨로션뿐이었다. 살림살이 없이 시작한 동거였지만 행복했던 때였다.

주인 할머니의 배려로 몇 주일은 방배동 시장도 가고, 새벽에 일찍 일자리로 나간 운명의 그 사람은 하루 일비 7천 원을 받았다. 버스로 영업 활동을 다니면서도 3천 원을 아껴 나를 준다는 기쁨으로 살던 사람이었다. 몇 주간의 행복한 시간이 지나갔다. 시골 사람들은 서울에 오면 서울 친척들이 걱정해주기도 했다. 그래서 6촌 언니가 나에 대해 신경을 많이 쓰게 되었다. 우리 두 사람은 6촌 형부 언니네와, 7촌 아재 집으로 인사 가기도 하며, 처음 몇 주일은 재미있게 지내고 있었다. 그렇게 서울 생활이 시작된 지 4주일 정도 되었다. 친정쪽 친척 언니 오빠들이 서울에 많이 살았기에 나의 서울 생활 적응은 쉬운 편이었다. 그러던 어느 날 밤, 잠자던 나는 알몸으로 쫓겨나고 말았다.

자다가 무슨 이유인지도 모른 채였다. 그냥 잠결에 뺨따귀 한 대 맞고, 도망갈 곳이라고 없는 할머니 반지하 집 화장실에 숨어 있게 되었다. 왜 그러냐는 반문도 하지 못 한 채로, 몇 시간을 추위에 떨며, 욕실 변기에 앉아서 시계 없는 화장실에 숨었다. 얼마만큼의 시간이 흘렀을까? 할머니 인기척이 들렸다. 화장실을 이용하기 위해서 오신 할머니 발소리가 들렸다. 왜 숨어 있는지 숨소리조차도 크게 낼 수 없었던, 나는 할머니가 세 번째 노크 때 죽어가는 목소리로 할머니가 묻는 말에 대답만 했다. "색시야 무슨 일 있냐? 네, 문 열어봐라." 깜짝 놀란 할머니는 수건으로 둘러싼 내 몸을 보시더니 큰일 났다 하시며 할머니 옷 방으로 데려가셨다.

빈방에 전기 코드를 꽂아 몸을 녹여 주셨다. 할머니께서 놀라서 나를 보며 이래서는 안 된다고 하시며, 할머니 집 이 층에 사는 딸 이야기를 해주셨다. 이화여대를 졸업한 큰딸이 53세 나이에 집착하는 사위 때문에 이혼하게 되었단다. 두 달 전에 이사와서 3층에 손자들이 살고, 2층에는 딸이 살고 있다고 하시며, 너 이렇게 해놓는 거 보니 아무래도 이녁의 사위와 같은 병을 앓는 의처증인 것 같다고 하셨다. 평생을 힘들게 살다가 끝내 이혼한 딸이었단다. 늦은 나이에 불행하게 되지 말고, 지금 당장 그만두고 시골로 가라고 하셨다.

결혼하지 않았으니 시골 엄마에게 내려가서 병이라는 사실을 알리고, 꼭 헤어지라는 것이었다. 지금 생각해보면 할머니의 선견지명이었다. 삶의 연륜에서 나왔던 지혜였겠지만 처음 당하는 나는 참 어이없는 일이기도 했다. 할머니 말처럼 쉽게 정리될 상황이 못 되었다. 아침이 돼서야 할머니 방에서 나왔는데 내가 쓰던 방문이 잠겨있고, 운명의 그 사람은 출근하고 난 후였다. 주인 할머니의 도움으로 방문을 열고 그 사람이 매일 3천 원씩 줬던 그 돈으로 차비를 마련하여 말없이 시골집으로 내려왔다. 당시 엄마는 유교적인 사상이 팽배하던 밀양 문 씨 씨족들만 모여 사는 동네의 집안사람들 눈을 의식했다.

연애해서 시집보내는 첫 번째 타자로 주목받던 딸이었던 터라 집안사람들에게 창피하기도 했고 속으로 남모르는 눈물을 흘렸을 것이다. 하지만 엄마는 나를 이해하려 하지 않았다. 집에 들어서는 순간 엄마의 눈빛은 의구심으로 가득했다. 말없이 울기만 하던 나에게 죽어도 그 집에 가서 죽고 살아도 그 집에서 살아야 한다며, 온갖 욕설을 퍼부었다. 엄마도 어찌 할 바를 몰랐던 것이다.

서울로 떠날 때 아버지께도 말씀드리지 않았었다. 큰오빠도 몰랐고 이 시골 동네 사람들은 모르는 상황이었기에 엄마의 무서운 결단력은 나를 힘겨운 구렁텅이로 빠트리는 것 같았다. 그렇게밖에 할 수 없는 현실이 되어 가고 있었다.

온 동네에서 5촌 당숙부 집에만 전화기 한 대 있을 때였는데, 그 사람은 창원에서 매일 아침저녁으로 전화를 걸어 나를 바꿔 달라고 했다. 이듬해 봄에 결혼을 약속하고 결혼식 날 받아 놓고 올려보냈던 터라, 사돈네에서 오는 전화는 불편하기 그지없었다. 전화를 받으면 서울에서 아들이 아침저녁으로 전화해서 시골로 전화하게 했다고 했다. 1983년 주민등록증을 일제 갱신하던 해였다. 플라스틱이 아닌 구 주민증을 쓸 때였고, 핑계가 없어서 주민등록증을 갱신하러 왔다는 거짓말을 했다. 엄마는 내 얼굴만 봐도 내 맘을 알았겠지만, 이미 마음에서 시집을 보냈던 때였다.

집안에 창피했고 아버지께 말할 수 없는 처지여서, 딸의 고통쯤은 모른 척해야 할 수밖에 없었을 테다. 열흘이 넘게 서울을 가지 않자 엄마는 몸져누우셨고, 결국 내가 떠나야 살 수 있겠다며 큰방 차지를 하고 누우셨다. 그런 엄마를 보며 마음 아프게 할 수 없다며 내 마음을 고쳐먹었다. 창원으로 와서 겨울 김장김치 한 양동이를 들고 두 번째 서울 상경을 했다. 올라가서 바로 방배동 주인 할머니 집에서 쫓겨나는 신세가 되었다. 한 달 반쯤 살았던 그 집에 다시 갔을 때, 오동동이 고향이시고 동갑의 할아버지와 사시는 주인 할머니의 단호한 선언으로 어쩔 수 없이 다른 곳으로 이사하게 되었다. 딸이 그렇게 사는 것도 억울하고 이해가 안 되는데 집에 월세 사는 사람까지 그런 사람을 들일 수 없다 하여 이사를 감행하게 되었다.

방배동에서는 살지 말고 멀리 가라시던, 할머니께 제대로 인사도 못 하고 역삼동 말죽거리로 이사를 하게 되었다. 방배동보다 시골이었다. 빈민촌에 불과한 그곳에서 일 년 계약으로 월세를 얻어서 생활하게 되었다. 그해 눈은 왜 그렇게 자주 오던지,

춥기는 또 왜 그렇게 추웠던지, 마음이 추운 것인지 서울이 추운 것인지, 참으로 추운 시절을 경험하게 되었다. 이후 운명의 그 사람은 호됐던 할머니의 충고로 변한 것인지, 속을 드러내지 않고 몇 달을 지냈다. 1984년 1월 14일에 결혼식을 할 거라고 약속을 한 후에 인사이동이 되었다. 창원으로 발령을 받고 냄비 2개로 시작한 동거 생활은 종지부를 찍게 된다.

3개월의 동거 생활 중에 잊지 못할 아픈 상처를 만들고, 결혼이라는 굴레 속으로 들어가 멍에를 지게 되었다. 기쁨 반 설렘 반으로 시작한 결혼이었다. 신혼 생활은 시댁에서 시작되었다. 추운 1월에 결혼식을 했다. 부산 진시장에서 혼수 예단을 주고받을 때부터 양가 집안 사이에 의견충돌이 있었지만, 딸 가진 사람이 진다는 말처럼 우리 집이 늘 졌다. 없는 살림살이에 춥지 말라고 목화솜 이불을 원앙금침으로 보냈다. 그 원앙금침을 덮고 백년해로하지는 못하는 지경이 되고 말았지만.

밀양에서 먼 예식장이라 결혼식 전날에는 외사촌 오빠네 집에서 잤다. 외사촌 오빠의 따뜻한 배려와 친언니 못지않은 올케언니로부터 결혼 생활에서 지켜야 할 사항을 신신당부 받았다. 엄마보다 더 따뜻한 정을 받으며, 축복된 결혼식을 올렸다. 167㎝ 큰 키의 신부는 높은 하이힐을 신지 않았다. 내 인생에 없어서는 안 될 친구 희야와 몇몇 친구들의 축복을 받으며 결혼식을 올렸다. 부케는 희야가 받았다. 그때는 제주도로만 가도 A급 신혼여행이라고 했다. 그러나 소망하던 제주도행은 이루어지지 않았다. 해운대로 신혼여행지가 정해졌고 설악산이나 제주도로 가자던 내 말은 무시당했다. 추운 겨울에 떠난 부산에서 신혼여행 사진은 10장도 찍지 못했다. 결혼식 다음날 진시장에 들러 집안 식구들 선물로 내의를 샀다.

신혼여행 첫날밤은 호텔도 아닌 여인숙이었다. 12시가 되기 전에 퇴실하여 갈 곳 없는 부산에서 벗어나 너무 일찍 시골집에 도착했다. 더 할 말 없는 일은 그때부터 시작이었다. 사위 장가오는 첫날은 상다리가 부러지도록 차린다는 이야기는 들었는데, 그때 우리 집은 참으로 가난에서 벗어나지 못하는 시기였던 것 같다. 지금 생각해보면 불을 지피고, 무엇을 하긴 하는 거 같은데 두 오빠가 방에 있었다. 한 가지씩 차려 들어 온 음식은 함께 앉은 사람이 다 먹어버렸다. 그날의 일은 떡국 한 그릇 제대로 변변하게 차려 주지 못했다는 말로 화살이 되어 내게 돌아왔다. 하룻밤 지나고 시집으로 가는 택시에 아버지와 큰아버지, 작은오빠, 큰오빠, 6촌 언니가 따라 왔었다.

낯선 땅 내동으로 시집을 보내는 나를 떠나보내는 오빠는 닭똥 같은 눈물을 흘리며 크게 훌쩍였다. 그 모습을 33년이 지난 지금도 잊을 수 없지만, 당시의 아름다운 신부가 된 동생을 두고 떠나는 오빠의 마음은 알지 못했다. 세월이 흘러 아픔의 흔적이 되어 버린 내 결혼 생활의 시작은 이 기억부터이다. 남편은 5남매의 맏이였다. 시부모님, 시동생 2명, 시누이 2명을 모셔야 하는 큰며느리의 삶이 시작되었다. 그 시절 내동 시댁은 큰방에만 연탄을 땠다. 우리가 기거하는 작은방은 아직도 장작불이나 넣는 시골 구들방이었다. 큰방 옆에 붙어 있는 길다란 작은방은 맨 아랫목만 따뜻한 시골집이었다.

숨소리조차도 크게 내지 못할 정도로 무서운 시부모님께서 큰방에 계셨기에 조심스러운 시집 생활이었다. 하지만 시집살이가 고되다고 생각해 본 적은 없었다. 한일합섬 섬유회사 작업환경보다는 나았기 때문인지도 모른다. 새벽 4시 반이면 일어나 공사장으로 일 나가시는 시아버님을 위해 새벽밥을 했고 조방 앞까지 제약회사에 다니는 신랑 밥을 차린 뒤에는 시누이 밥상도 차렸다. 새벽부터 시작된 4번의 아침상 차리기로 하루를 시작했다. 4개의 방에서 나오는 연탄재가 이틀이면 16개였다. 연탄재만 따로 분리수거 하던 그런 때였다.

연탄재를 머리에 이고 가서 버리던 새 신부인 나는 결혼하자마자 신혼여행에서 첫아이를 임신했다. 입덧인 줄도 모르고 저녁밥 지을 때나 아침밥 지을 때 쌀 냄새가 너무 좋았던 때였다. 조방 앞으로 출퇴근하던 신랑을 도넛집 앞에서 매일 기다렸다. 지루한 줄도 모르고 남편 퇴근만을 기다렸던 신혼 시절도 추억이 되었다.

추억의
나날들

내가 살던 고향 마을 어귀에는 당산나무가 있었다. 집집마다 헤아려 봐도 13가구가 전부였던 작은 동네에서 자랐다. 씨족들이 모여 살았으므로 뒷줄에는 박 씨네가 살았다. 앞줄에 길게 늘어서 있던 집들에는 문 씨네 종씨들이 살고 있었다. 위로 오빠 둘을 두었기 때문에 철들어서 하는 놀이라고는 달 밝은 밤에 하는 술래잡기가 다였다. 겨울방학이면 논두렁이 무너지라고 아랫동네까지 뜀박질하며 놀던 시절을 보냈다. 뒷줄에 이양동 할머니께선 아이들을 좋아하는 것 같았다. 가끔이 아니고 날마다 할머니 댁으로 모여드는 아이들에게 한 번도 가라고 소리 지르는 일이 없었던 것 같다. 할머니네에서 선배 오빠들도 만났다. 그 집은 동네 학생들이 가장 많이 모여드는 곳이 되었다.

뒷집 박 씨네의 다섯 살 많은 오빠는 방학이 되면 기타를 치며 노래도 가르쳐 주곤 했다. 그 당시에 유행하던 영아의 '꿈', 이수만의 '파도', '이룰 수 없는 사랑' 등등을 배웠다. 저녁이면 소몰이를 위해 공기놀이도 많이 했다. 편짜기 게임 등을 하면 꼭 박 씨네 오빠와 한편이 되어서, 소몰이하러 가는 일에 빠지기도 했던 때다. 한일합섬으로 가게 된 그해 방학, 주말에 고향집에 왔다. 그 오빠가 입대하게 된다며 주소를 물었다. 기숙사에서 편지 쓰기를 좋아하던 때였으므로 주소를 교환했다. 자주 편지도 왕래했다. 입대 후 첫 휴가를 나와 면회를 왔다. 여고생이 되어 3교대 힘든 산업일꾼으로 일하는 동생을 위문 왔다는 오빠의 마음속에 싹트고 있었던 사랑을 알기에는 너무 어린 나이였다. 생각해보면 편지 마지막에 꼭 '숙녀 랑데부'라는 말을 쓰곤 했다.

전 남편과 내가 편지를 주고받기 전에 박 씨네 오빠와 주고받았던 편지도 있었다. 고등학교 시절에 주고받던 편지는 많았다. 어느 날 박 씨 오빠는 내가 외출하고 없었을 때 면회를 왔었는데 하필이면 같은 날 전 남편도 면회를 왔었다. 그 이후 그는 나와 연애를 하면서도 가끔 그 군인과 무슨 일이 있었냐며, 옛날 시골에서부터 사귀던 사이였냐고 물어왔었다. 그런 말을 들으면 나는 분통이 터졌다. 아무것도 모르고 순수했던 동네 오빠 동생 사이였기에 따로 변명하고 싶지 않았다. 그의 집착에 그 모든 것이 동기를 부여한 것이 아닌가 싶다.

가끔 욕하며 소리를 지르고 자존심 상하는 소리를 하는 사람이었다. 할 말이 없어 답도 하지 않았다. 서울에서 동거 생활 3

개월 만에 혼인날을 받아 신부수업이라고 반 달쯤 시간이 있었는데 고향에 와있었다. 그때 박씨 오빠 형수가 한 말들이 기억에 남아있다. "이 처녀가 그 처녀였구나! 우리 삼촌이 아주 좋아했다는데, 참 예쁘네요? 결혼한다면서요?" 이 말을 듣는 나는 그 당시에 황당했다. 한 번도 오빠는 사랑이라는 단어를 쓰지 않았다. 항상 어여쁜 숙녀 공부 열심히 하고 건강하게 지내라는 말이 전부였었다. 중학교에 갈 수 있게 달음박질해서 원서를 가져다주던 용암이 후배 형님이었다.

우리 아버지와 박씨 오빠네 아버지는 코흘리개 어린 시절부터 친구였다. 오빠네 엄마는 우리 엄마와 동갑이셨는데 엄마는 일찍 세상을 떠나 형수가 큰 힘이 되었을 때다. 나와의 인연은 없었던 것 같다. 전 남편이 처음 왔을 때도 박 씨는 안 된다고 소리 지르던 엄마가 있었다. 설사 그 오빠와 사랑을 했다 하더라도 동네 혼사는 감히 꿈도 못 꾸던 시절이었기에 힘들었을 것이다. 결혼 후 가끔 친정 갔을 때 명절에 박 씨 오빠네 소식도 듣게 되었다. 김해 어디에서 면장도 하고 계신다는 소문도 듣고, 몇 년 전에 친정에 들렀다가 온 가족이 함께 모인 마을 어귀에서 그 언니와도 인사를 주고받았다.

그런 속에서도 꿋꿋이 견뎌온 20년의 세월이 하루아침에 물거품이 되고 말았다. 후회는 안 든다. 지금도 그 사람은 집착이 병이 되어, 아이들부터 자신이 소유하는 모든 것에 집착하는 것 같다. 꿈에서 보일까 봐 두려운 사람, 기억 속에서 지우고 싶은 사람이지만 살아 있으니 어디서든 한 번은 만날 수 있는 확률이 있지 않을까? 사찰 생활을 마치고 내려온 어느 날, 전남 강주에 있는 백양사 사찰에 종무원을 구한다는 소식을 들었다. 한 번 더 그곳에 입문할까 하고 동생과 함께 가고 있었다.

사천에서 소문난 냉면집을 가기로 했다. 조카와 동생, 나 셋이서 냉면집에서 주문하고 앉았는데, 뒤에서 낯익은 사람이 걸어오고 있었다. 분명히 전 남편이었다. 아무렇지도 않으리라고 생각했던 내 마음은 전혀 달랐다. 보는 순간 가슴이 쿵 하고 돌 던지는 것 같은 느낌을 받았다. 화장실을 다녀와 보이지 않는 기둥 뒤에 앉은 애들 아버지 모습은, 그때 이후로 한 번도 본 적이 없다. 꿈에라도 보일까 염려하지만, 가끔 악몽을 꾸기도 한다. 아직도 꿈속에 나타나서 나보고 가자고 한다. 험상궂은 얼굴을 하고 나타나는 꿈을 꾸고 난 아침에는 마음속으로 오늘은 또 무슨 일이 일어날까 상심하는 날이 되고 만다. 이젠 서로 인연에서 멀어진 사람이지만 아이들을 위해서 항상 건강한 몸으로 잘 지내주기만을 기도한다.

철없던 시절에 사랑할 수 있었고, 내 삶의 업적 중에 가장 잘한 일이라고 생각하는 아이 둘을 건강하게 키워 냈으니 고마울 뿐이다. 이제 혼자가 아닌 둘이 되어 행복한 생활하기를 염원하며, 아이들에게 더없는 아버지였으므로 고마워한다. 가끔 딸을 통해서 소식을 듣는다. 아직도 너무 열심히 일하고 있는 덕분에 재산증식을 많이 했다고 들었다. 진동 운전면허시험장 앞 논으로 사뒀던 땅이 재개발되어 딸아이 이름으로 건물을 지었다고 한다. 재산분할 청구 소송으로 넘어가게 되었던 땅이었다. 나의 재산 가치를 따져서 명서동 건물 하나 받았다. 현금을 가져 나왔다는 이유로 육천만 원의 빚을 떠안고 받았던 건물은 작년 여름에 매도되었다. 아픔이 있는 그곳, 제2의 인생을 꿈꿨던 동네는 자주 가지 않아도 되게 되었다.

창원대학교에 5년 동안 다닐 때는 가끔 옛일이 떠올라 힘들기도 했다. 이젠 창원이라는 틀 속에 있긴 하나 아픔의 진원지인 그곳은 애써 외면하게 되었다. 팔월 말에 다녀온 대만여행에서 함께한 룸메이트가 나와 같은 창원에서 신혼생활을 즐기던 친구였다. 3박 4일의 짧은 일정에 함께 지내면서, 은아 아파트에서 생활할 때 옛이야기를 하며, 밤잠을 설치기도 하고, 지난날을 회상하며 눈물짓기도 했다. 자동차 수리 전문센터를 운영하던 친구 남편 덕에 프린스를 타고 친정집 모내기를 하러 가던 날 운전 미숙으로 차 사고를 냈던 그때 일이 생각났다. 3차선이 갑자기 끊어지며, 2차선으로 합류해야 할 시점에서 신호가 바뀌어 달려오는 차들 때문에 피할 수 없는 사고를 냈다. 순발력을 발휘하여 화단을 탔다.

화단을 십여 미터 탔던 차는 멈췄다. 타이어 터지는 굉음을 내며 순간 죽음을 연상했던 아찔한 순간이었다. 생에 두 번째 사고를 냈던 때다. 한국특수강 사원아파트에서 처음 보는 아저씨의 도움으로 자동차 스페어타이어 교체를 한 후 무사히 귀가

했다. 이튿날 스페어타이어 교체를 하기 위해 친구 남편이 도와줬다. 지난날 아픔을 가장 가까이에서 지켜봐 주던 친구였다. 삼십 년이 넘어서 함께한 여행에서 친구가 말한다. 정말 열심히 살고 최선을 다하며 살았던 너였는데, 여생을 함께하지 못해서 아쉽다는 말을 남겼다. 아픈 추억이라도 추억은 아름다운 것인가보다. 1984년부터 시작된 삶은 시작도 끝도 창원이었다. 문득 일기장 속에 써놓았던 애절했던 시간 속으로의 추억을 더듬어 본다.

애절했던 시간 속으로

노을빛 연주

가끔 둘만의 느낌으로 이따금 찾는 곳이 있다
추억이 겹겹이 쌓인 곳
그곳은 아마도 잊지 못할 나의 고향이리라

그때는 이곳이 그렇게 멀게만 느껴졌던 곳
십수 년이 훌쩍 지난 어느 날이었다
그와 난 오늘 그곳 추억의 골짜기 메마른 강
개울물이 말라버린 그곳에 와있었다

어느 여름날이었던가 칠흑 같이 어두운 밤

마지막 버스가 끊어진 그날
역사적인 그날 밤이었지
잊지 못할 사연으로 가슴에 새겨둔 그곳을
오늘은 웃음 띠며 지나고 있었다

그때 느낌은 토로할 수 없지만
한여름 밤의 보릿대 사랑이라고 해둘까?
그날에 사랑의 역사도 이루어졌을까?
아마도……
그 사랑을 추억하며 오늘도 그와 난
옛이야기 속 주인공이 되어
쓰잔한 겨울날 차 안 가득히 사랑의 미소 지었네

칠 년 간의 긴 사랑이 결실을 보아
한 배를 타고 가는 인생 여정이 18년이란
세월을 실감해본다

오늘도 한여름 밤의 추억을 회상하며
빛바랜 추억을 더듬고 있었노라
중년에서 바라본 추억의 애상으로……

신이 준 선물

철없이 결혼했지만 한 번도 살림을 따로 내겠다고 이야기한 적이 없었다. 입덧 없이 뱃속에서 아기는 자라고 있었다. 신혼이지만, 가족 뒤치다꺼리를 하느라고 온종일 쉴 틈이 없이 보내고 있었다. 그때 시어머님 연세가 48세이셨고, 아버님이랑 다섯 살 차이가 나셨다. 지금에 와서 내 나이와 비교해본다면, 너무 이른 나이에 며느리를 보셨다. 젊은 시어머님은 온종일 일거리를 찾아서 만드시는 분이셨다. 집 뒤편에 한백 직업 훈련소가 있었다. 지금은 폴리텍대학이지만 그때는 기능대학이었다. 집 앞에 효성중공업PG 외에 큰 공단이 위치해 있었으므로 방 하나, 부엌 하나인 월세방이 인기 있을 때였다.

우리 집에서 세를 준 달방은 8칸이었다. 도넛 가게, 다방, 부식가게, 기능사 집, 신혼부부 집, 목욕탕 다니는 아주머니 집, 서울에서 온 총각 방, 온 가족이 사는 문간방이었다. 수돗물은 공동으로 쓰고 있었던 터라, 새벽부터 나와 물을 길어 갈라고 하시는 시어머니 때문에, 뒷방 총각은 세수조차도 힘들게 하고 갈무렵이었다. 새색시인 내가 우물에 물을 길어서 항상 세숫물을 떠줬다. 그 즈음 서울 총각 어머니께서 아들 자취방으로 오시게 되었다. 총각 어머니는 며칠 쉬다가 올라가시면서, 연탄불 꺼트리지 말아 달라고 신신당부를 하고 가셨다. 그래서 나는 야간 특별근무하고 오는 날이면 으레 연탄을 손봐줬다.

효성중공업PG에 다니던 총각은 일본으로 해외 출장을 가게 되었다. 새댁인 내게 연탄불을 봐줘서 고맙다고 일본 다녀오면서 양주 샘플 병을 선물로 줬었는데, 고마운 마음에 아무런 사심 없이 선물 주는 사람 마음을 생각해 장식장에 비치해 놓았다. 그것이 화근이 될 줄은 몰랐다. 부산으로 출퇴근하던 남편을 기다리면 밤 열 시 이후가 되었다. 온종일 남편만 기다리는 나에게, 밖에서 안 좋은 일이 있었는지 집에 오자마자 나를 향해 화를 냈다. 뒷방 총각에게 양주 샘플 병을 받은 일과 새벽부터 우물가에 세숫물을 떠서 부어 주는 일로 화를 내서 밤중에 대판 싸우게 되었다. 이유 같지 않은 이유로 사람을 괴롭히는 남편을 원망하며, 많은 눈물을 흘렸지만 내 편은 없었다.

남편과 싸우는 날 아침은 시누이도 시동생도 내가 차려 주는 밥 먹기가 부끄러운지 그냥 나갔다. 시아버지 또한 그러했으니 시어머님과도 소원해지기가 일쑤였다. 부식가게를 하는 수야 엄마도 안쓰러운 얼굴로 위로했다. 다방 아줌마도 항상 토닥여 주었던 그때가 지금은 아련하기만 하지만, 그 당시 울분은 어디에다 말할 수 없는 고통이었다. 큰방 아궁이 연탄불에 밥하고 풍로불에 된장 끓이며, 신혼이랄 것도 없이 부모님과 형제자매들과 아옹다옹 살았다. 큰 며느리에겐 의무뿐이었다.

잦은 다툼이 있었지만, 친정 부모님께 욕이 들리지 않게 하겠다는 결심 하나로 살았다.

친정이라고는 일 년에 겨우 한 번 다녀왔다. 시어머니 생신이 초닷샛날이라 초 정월 친정에 가기는 어려웠다. 친정엄마 생신이 정월 14일이어서 13일에 갔다가 14일 오후면 돌아와야 했다. 뒷날이 정월 대보름인지라 오색 나물에 보름 밥을 해야 했던 것이다. 친정은 안중에도 없는 신랑과 시부모님이셨다. 1984년 결혼하여 그해 명절에 신혼으로 다녀와서 일 년을 기다려야 친정에 갈 수 있었다. 차도 없었거니와 시외버스를 타고 가야 하는 불편함 때문이었다. 봄날 우물가에 앉아서 빨래하다 보면, 내동 마을 앞에 벚꽃이 피었다. 그걸 보며 눈물 어린 마음이 되어보기도 했다. 친정엄마가 나에게 준 영향이었을까? 진달래가 피면 외할머니가 보고 싶어 미칠 것 같다며 뛰어나가고 싶다고 하던 엄마. 지금은 별로 멀게 느껴지는 곳도 아니었는데 가지 못했다.

교통이 발달하기 이전이었으니 어쩌겠는가. 봄날 해가 길기도 했지만 봄이 오면 산란한 마음이 더욱 엄마를 그립게 했던 것 같다. 고등학교 때 편지 쓰던 실력으로 편지를 써도 됐을 텐데 눈치가 보여 그랬던지 한 번도 편지는 쓰지 않았다. 1월에 임신하였으니 여름에 포도가 가장 먹고 싶었는데, 포도 한 송이 마음대로 사먹지 못하고 눈치를 봤다. 하루는 자전거를 타고 상남장까지 가서 포도 2kg을 사왔다. 방 옆에 숨겨 두었다가 해가 지고 난 뒤에야 이불을 뒤집어쓰고 먹었다. 웃지 못할 이야기이다.

여름이 오기 전 텃밭에 열무와 알타리, 상추, 쑥갓 등등을 심었다. 식구들 먹기에는 많아서 시어머니께서는 상남시장이나 목련아파트 야시장에 팔러 가셨다. 아침 이슬 깨기 전에 열무를 뽑아 오면 다듬어서 뭉치를 만들어서 이고 지고 갖다 줘야 팔아오던 그때였다. 새벽이 일어나신 시어머님께서 텃밭에 일하러 가셨는데 물을 가져다 드리지 않고 그냥 넘어가는 날에는 시어머님 표정이 좋지 않으셨다. 1㎞ 정도 되는 곳에 한백 직업 훈련소가 있었는데 그 뒤가 조상 대대로 물려준 밭이었다. 거기까지 그냥 물만 들고 간다는 사실이 부끄러웠던 새댁이었다. 어쩌다 한 번 먹는 물을 갖다 드리지 않아서 눈치를 있는 대로 볼 때도 있었거니와 밥을 해놓고도 차렸다 접기를 한두 번 해본 게 아니었다.

아침 밥상 4번, 점심 밥상 2번, 저녁 밥상 4번을 차리다 보면 하루해가 뉘엿 넘어갔다. 9월 19일이 음력으로 시아버지 생신이셨는데 며느리 본 첫해라고 거창하게 생신상을 차리는 날이었다. 키우던 똥돼지 한 마리 잡으시고, 동네잔치를 하려고 마음먹으셨다. 아침부터 튀김, 잡채, 나물, 떡, 단술 이 모든 음식을 다 만들고 나니 밤 열두시였다. 부른 배를 안고 옆구리가 결리는 것도 모른 채 온종일 일하다가 누웠는데, 배가 아파왔다. 옛말에 아이가 나오려면 방에 전깃불이 노래지고 하늘이 안 보인다고 했던가. 아픈 채로 시간이 흐르고 있었다.

조방 앞 제약회사에 다니던 신랑은 늦게 귀가했다. 피곤한 하루였는지 마누라가 아프다 해도 그냥 변소 갈 때 배 아픈 것처럼 아프냐는 말만 남기고 쿨쿨 잠만 잤다. 오 분 간격으로 아팠던 난 새벽까지 진통 때문에 방구석을 헤매다 엉덩이를 쳐들었다. 화장실이 가고 싶어 새벽녘에 나오신 시어머니께서 시아버지 아침상을 차리려고 내 방 문을 여셨다. 비몽사몽 애가 나올 것 같다는 내 말에 놀라셨지만 음식을 해놨으니 가마솥에 찰밥을 하겠다고 나가셨다. 아침이 돼서 시누이가 도착할 거라며 뜸을 들이고 있었다. 아이가 나오면 머리를 못 감을 것 같아서 머리도 감고, 미역국에 밥을 말아서 한 양푼을 먹었다.

배도 아프면서 걱정도 되고, 아침밥 반찬으로 해물을 사 오겠다는 시누이를 기다리고 있는 동안 산통이 계속되며 아랫배에 힘이 주어진다. 택시를 탔다. 아이가 나오고 있는데도 창원병원으로 가지 않고 마산 고려병원으로 가라고 기사에게 말하는 소리가 들렸다. 산재병원이 눈앞에 있는데도 마산까지 가는 것이었다. 가다 말고 또 힘을 줬다. 택시 안에서 아기가 나올까 봐 막무가내로 달렸지만 결국 아이는 응급실 도착하자마자 탄생했다. 우리 부모님 세대나 미련을 떨고 병원도 가지 않은 채 아이를 낳았겠지 하는 생각에 내심 부끄러웠다. 응급실 침대에 누워서 분만실에 들어가 보지도 못한 채 큰아이를 출산했다.

맏며느리였던 터라 딸을 낳았다고 눈치를 주었던 시어머니 때문에 산후조리 내내 쇠고기미역국 한 번 먹어 보지 못했다. 시어머니 고향이 바닷가였던 터라 바다에서 나는 대합조개가 제일이라며 조갯살을 넣은 미역국은 끓여 주셨다. 큰아이 낳은 뒤 산후조리는 15여일간 했던 것 같다. 친정이 시골이라 감히 친정에서 조리한다는 것은 생각지도 못할 일이었다. 보름 정도 누워 있자니 아침이면 시멘트 바닥을 물로 씻어 내리고, 수돗가 물통 속 이끼를 솔로 삼일마다 한 번씩 씻으라는 게 아닌가. 양력 10월에 첫딸을 낳았는데 몸조리라고 할 것도 없었다. 가을배추, 김장배추를 거둬들이느라 밭농사 일을 많이 하고 오시는 시부모님을 보면 마음이 불편했다. 몸이 너무 많이 부어올라서 부기를 빼려면 한 달은 산후 조리해야 한다고 했지만 도저히 누워 있을 수가 없었다.

밭에 다녀오신 시어머니는 꼭 호밋자루를 빨래터에 집어 던져서 소리를 내셨기에 누워서만 밥을 얻어먹기란 정말 어려운 일이었다. 힘들게 밭일하고 오시면 짜증이 났었나 보다. 지금에서야 그럴 수밖에 없었다고 이해가 된다. 그 당시 시어머님의 노발대발하는 목소리가 지금도 쟁쟁하다. "너만 아이 낳는 것도 아닌데 이제 나와서 밥 정도는 해도 되는 것이 아니냐, 아이고 내 팔자야." 이렇게 내뱉는 말이 뼈아팠다. 내 딸이 시집을 가서 손자를 품에 안겨 주고 며느리가 생긴 지금 나의 시어머님을 생각해본다. 사랑이 부족해서라기보다 시대적 배경과 환경 차이가 아닐까 생각한다.

미국에서 사는 아들을 가끔 떠올려보며, 처지가 바뀐 내 모습을 비추어 본다. 눈에 아른거리는 손자가 보고 싶어 카톡을 하고 싶어도 참게 된다. 내 마음은 보고 싶으나 잘 살고 있는 애들에게는 혹여라도 시차가 맞지 않아 불편한 시간이 아닐까? 며칠 지나서 딸에게나 전화하게 되면 반가운 소식이라도 들려올까 기다리기만 하는 엄마로 변해 있다. 나의 시어머니 시절엔 시어머니가 너무도 당당했는데, 내가 시어머니 되고 보니 며느리가 전해줄 소식만 기다리는 엄마로 변해 있다.

6년 만에 박사 학위 취득을 하게 된 아들은 요즘은 박사 후 과정 준비를 하고 있다. 얼마 전 기쁜 소식을 전해 받았다. 미국 내에 있는 공과대학 연구 과정을 중요시하는 학교 Case Western Reserve University에서 Biomedical Engineering 전공인 연구 과정에 2차 합격했다는 소식이었다. 기쁜 마음을 딸에게만 전했다. 언젠가는 엄마 마음이 전달될 날이 있을 것으로 생각하며 마음껏 축하해주고, 기쁨 또한 함께할 그날을 기다려본다. 큰딸은 손자 하나만 낳으면 된다고 하고 예쁜 며느리는 3명을 놓겠다고 다부진 마음을 먹는다. 기특한 며느리는 첫째를 낳았을 때도 머나먼 미국 땅에 있어서 사돈이 산후바라지를 했다. 두 번째 아이를 낳으면 내 어머니에게 받았던 아픈 마음을 치유

할 수 있도록 내 며느리에게 좀 더 애틋한 어머니가 되어 산후 바라지 한 번 할 기회를 줄는지 모르겠다.

그때 나에게 그렇게 시집살이시키던 어머니께서는 건강하지 못한 몸으로 75세 이른 나이에 세상을 떠나셨다. 내가 모시지 못한 아픔은 이루 말로 표현하지 못하지만 어쩔 수 없는 어머님과 나의 운명이었으리라 생각해 본다. 큰며느리 자리를 지키지 못한 슬픈 운명은 누구의 잘못으로 치부하기엔 내 상처가 너무 아프다. 15년 이상 가슴에 품은 내 아픔을 서서히 세상에 밝힐 수 있는 이 시점에서는 현명하지 못했던 결정인지 내 잘못이 더 크게 다가온다. 이제 더 아파하지 않을 것이다. 부끄럽게만 생각했던 지난 시간을 여기 이 책에 흩어 놓아본다. 첫아이 출산 산후조리는 15일 만에 막을 내렸다.

PART
002

지난 세월, 아픔의 의미

사랑과 결혼
그리고 이별

예상치 못했던 허니문 베이비가 태어났고 첫아이는 시댁의 재롱둥이가 됐다. 시누이는 나보다 한 살 적었는데, 연애 시절에 나에게 안 좋은 기억이 있었는지 마음에 들어 하지 않았다. 친하게 지내고 싶었지만, 결혼하기 전에는 여느 사람들처럼 시누이와 올케 간이었다. 어느 날 아버님께서 소화 불량이 심하셔서 불편한 몸으로 병원에 다녀오시더니 맹장염이란다. 아버님께서는 7남매에 맏이셨다. 그 덕분에 시고모, 시삼촌으로부터 병문안을 받으셨다. 평생 처음으로 맹장 수술하시던 때라 온 동네 주민 분들이 병문안을 다녀가셔서 퇴원하고 오실 때는 음료수를 많이 가져오셨다.

그때 알갱이가 들어 있는 오렌지 주스가 대세였다. 그걸 퇴원해서 집에 오신 아버님만 드리려고 아끼시던, 어머니 얼굴이 떠오른다. 지금 같으면 당뇨나 살찐다는 이유로 적게 먹었을 텐데, 시누이와 나는 한 살 차이였고 막내 시동생은 중학교 다닐 때였다. 내동중학교를 다녀오는 시동생이 집에 오면 꼭 숨겨 두고, 한 캔씩만 먹게 했던 시어머니. 그것이 얼마나 먹고 싶었으면 아직도 기억하고 있는 나 자신이 한심하다. 하지만 그땐 참으로 서러운 일 중 하나였다. 먹는 것으로 며느리와 자식들을 차별하는 시어머니. 내 나이 25세, 책임과 의무를 다하며 살아온 시집살이를 어찌 지냈는지 그저 착한 며느리였다고 생각하고 싶다. 내 어머니가 살아오신 그때보다야 힘든 시집은 아니었겠지만 말이다.

결혼한 지 십 개월 만에 삼성병원에서 태어난 딸아이는 태어나자마자 얼굴에 황달기가 있어서 퇴원할 수 없었다. 일주일 뒤에 퇴원할 수 있었는데, 처음으로 모유 수유를 시작해서 그런지 풍부하지 않은 모유 때문에 백일쯤 지나서는 모유 대신 배부른 우유를 선택하게 되었다. 분유를 먹고 자란 딸아이는 기관지가 좋지 않아서 합성동 이길모 소아과병원을 내 집인 양 들락거렸다. 명절이면 딸아이의 기침이 손님보다 먼저 찾아왔다. 낮에 제사음식을 장만하고 밤이면 딸아이를 업고 날밤을 새는 일이 허다했다. 시집살이가 달리 있었던 것은 아니었지만 제시간에 가족들과 함께 밥을 먹지 않는 시누이 때문에 일요일 아침에 큰일이 벌어지고 말았다.

식전에는 시어머님이 동네 할머니들과 계시며 딸아이를 봐주셨다. 내가 아침밥을 해서 부르기 전까지 딸아이를 업고 계시다가 아침 식사 후면 잠시 내가 아이를 봤다. 늦잠 자고 일어난 시누이는 내가 밥상을 안 차려 준다고, 혼자 차려다 먹기 싫다며 시어머니께 앙탈을 부렸다. 화분을 집어 던지며 격하게 항의를 했다고 들었다. 난 잠시 아이를 업고 부식가게 앞에서 서성이고 있었는데 마당에 내동댕이치는 화분 소리에 놀라 집으로 와보니 그 지경이 되어 있었다. 현장을 지켜보고 있던 셋방 사람들이 해주는 이야기를 듣고, 내가 화근이었다는 걸 알았다.

어린 신부는 그 이야기를 신랑에게 했다. 남편은 동생을 쥐 잡듯 혼냈고 억울하다며 울던 시누이는 딸아이가 돌이 지날 무렵에 몇 번의 선을 봐서 동읍이 고향인 남자와 결혼하겠다고 했다. 부랴부랴 날을 잡아 결혼식을 하게 되었다. 그 이전에 자유수출에 다니던 친동생이 먼저 날을 받았는데, 시누이보다 일주일 빠른 결혼을 하게 되면서, 동생결혼식에 참석할 수 없는 불공평한 일이 벌어지고 말았다. 시어머니의 허락이 떨어지지를 않았다. 시누이 앞에 동생이 결혼하기 때문에 친정을 갈 수 없다고 막는 바람에 많이 화가 치밀어 올랐지만 서러운 마음만 있을 뿐이었다. 시댁의 권위로 친정을 못 가게 막는 처사가 서럽고 아쉬웠다.

혼주 되는 부모님과 혼인당사자만 보지 않으면 될 터인데 꼭 형제자매들까지 그렇게 지키는 것이 미풍양속인 양 받들고 있을 때라 다른 말을 할 수 없던 때였다. TV 하나, 그것마저도 할

부로 장만하여 택배로 보내주었던 내 동생이었다. 섭섭한 마음에 이불 뒤집어쓰고 울어도 보았다. 도넛집 뒷담벼락에 서서 멍하니 하늘을 올려다본 것이 몇 번이었을까? 끝내는 동생 결혼식에 참석하지 못한 채로 시누이 결혼식 날이 됐다. 본포로 시집간 시누이를 따라 시누이 시댁까지 따라갔었다.

시골에서 자란 나는 능숙한 농사일을 겁내지 않는 남자 같은 성격이었다. 시누이 집에는 감나무가 많았다. 단감이 많은 작황을 낼 때 감 따기를 하는데, 하루 이틀 거들어 줬던 것이 아니다. 해마다 부름을 받고 안 갈 수 없어서, 일 년에 한두 번은 꼭 단감 따주기를 하곤 했었다. 시누이는 울산 신랑을 따라 살림집을 따로 냈다. 시어머니는 시누이가 첫아이를 낳자 한 달이 넘도록 산후조리를 해주고 오셨다. 딸과 며느리의 차이가 그렇게 유난하셨던 걸까? 딸 집으로 산후바라지해 주러 가고 없었을 때, 속상한 일이 생기고 말았다. 그때 하루에 몇 끼니씩 밥상을 차리던 시절이었는데, 아버님은 제일 먼저 오후 다섯 시면 저녁을 드셨다. 십 분도 오차 없이 식사 시간이 정해져 있었다. 조방 앞 회사에 다니던 신랑에게 늦은 밥상을 차려주기 위해 반찬을 만들어서 찬장에 넣어 두던 때였다. 시아버님께서는 당신 밥상에 올라온 두부구이를 보고는 갈치를 사다가 신랑만 구워 준다고 나를 타박했다. 시어머니께서 안 계실 때에는 이렇게 시아버님이 나를 힘들게 한 적도 있었다.

시어머니 안 계셔서 혼자 며느리 밥 얻어먹고 살면 힘들겠다고, 서러움 당하겠다고, 산후바라지하고 오신 시어머니께 이르셨던지 이튿날 나를 혼내시고 말았다. 서러워서 혼자 울고 혼자 삭이며 시간은 흘렀지만 끝내는 밝혀야 한다는 생각이 들었다. 시어머니께서 시누이 집에 가고 안 계실 동안에 적어 뒀던 가계부를 시아버님께 보여드렸다. 그게 뭐라고 숨겨가며 신랑만 준다는 말인가. 시아버님은 철없는 며느리 취급했지만, 스스로 불의를 보면 못 참고 남에게 손가락질받을 일이 없이 살아왔는데 그런 일을 당하니 섭섭함이 이루 말할 수 없었다. 어른이었기에 참았고 시부님이었기에 참고 또 참았다.

큰 시누이는 우리보다 먼저 결혼을 했었다. 큰 시동생은 동서될 사람과 동성동본이었는데, 구암동에서 살림을 차렸다. 그때 동서 될 사람에게 헤어지라는 뼈있는 말도 하게 되었다. 지금 생각해보면 그 동서에게 미안함을 금할 수 없다. 맏며느리로 시집을 가서 일 년에 두 번 있는 기제사에 제사상차림을 해냈다. 명절이면 동서와 내가 발이 부르틀 정도로 시골집 마루를 오르락내리락하였으며, 시어머니의 강경한 고집으로 제사 음식을 많이 하던 그 시절에 냉장고도 코딱지만 해서 나물도 다 넣을 수 없었다. 융통성 없이 살았다. 큰 냉장고 하나 더 장만하여 부엌에 놓고 써도 충분한 면적이 나왔는데, 기어코 380ℓ 냉장고 하나로 살았다. 결혼할 때 장만해갔던 내 방의 180ℓ짜리 냉장고는 쓰지도 않고 구형을 만들고 있었다.

결국 그 냉장고는 이사 올 때 10만 원에 셋방 살던 아랫방에 팔았다. 함께 살고 있지 않은 동서였지만 창녕에서 시집을 왔고, 나보다 더 일을 잘했던 동서였다. 제삿날은 동서가 전 부치기부터 허드렛일을 다 했으며, 결혼식 올리기 전에 임신한 상태라 결혼을 서둘렀다. 시누이보다 일 년 정도 늦은 결혼식을 했다. 동성동본이 무슨 잘못인가. 지금은 결혼할 수 있지만, 그땐 동성동본은 혼인신고 자체도 힘든 시절이었다. 4개의 방이 있었지만, 제삿날이 오면 방이 부족해서 뒷방 시누이가 지내던 방에 동서랑 나랑 애들이 함께 자곤 했다. 새우잠을 자다 새벽녘 부엌에서 바스락 소리가 나면 일어나곤 했다.

공동물탱크에 이끼를 닦는 일도 내 차지가 되어 갔다. 일 년 정도 시골 생활이 익숙해지면서 모든 일을 삼시 세끼에 맞춰서 생활하는 사람으로 변해 있었다. 혼자 목욕이라도 가고 싶은 날은 아침 먹고 새참 시간에 막간을 이용해서 다녀야 했다. 걸어서 이십 분 거리를 가려면 왔다 갔다 목욕할 시간도 빡빡했다. 자주 목욕탕을 못 가던 시절이었기에 샤워만 하고 오기에는 아까웠다. 방 하나, 부엌 하나 세 주기도 급급하여 목욕탕은 항상 대중탕을 이용했다.

문화 혜택을 누려 보기도 힘든 시절이었다. 목욕 바구니를 들고 아이와 목욕을 하고 나오면 점심시간이 빡빡했다. 혼자 씻는데도 두 시간 정도 걸리는데, 딸아이를 데려가는 날엔 할아버지께서 꼭 마중을 나와 목욕시킨 손녀를 데리고 집에 가 있으시곤 했다. 어른들과 함께 생활한다는 것은 좀처럼 쉬운 일이 아니었지만 첫째를 낳고 칠 년 동안은 함께 살았다. 대식구가 한 두 명씩 빠져나가고 막내 시동생과 시부모님, 우리 3식구가 살았던 적이 있다.

제약회사 영업직으로 조방 앞 회사에 다니던 남편은 외식은 물론 시부모님의 점심과 저녁이 걱정되어 집 밖으로 외출 한 번 가본 적이 없는 효자였다. 혹여 아이를 데리고 잠시 바람을 쐰다고 하면 금방 심은 나무들로 벌거벗은 공단관리청 앞에 있는 공원에 가는 것이 다였다. 걸어서 한백 훈련소 길 벚꽃 구경을 하거나 공단에 화단 구경이나 가는 게 고작이었다. 일 년에 한 번 처가에 가는 날이면 항상 '딸내미 손잡고 코아빵 사고' 이런 노래를 즐겨 부르던 모습이 눈에 선해 온다. 좋은 날도 있었다. 아팠던 기억을 되살려 오늘에 글을 써 보려고 하니 아픈 기억이 많이 치유되었는지 미운 감정은 없어지고 측은지심이 떠오른다.

딸아이에게서 전화가 왔다. 아이가 태어나면서 오래 다녔던 회사에서 출산 휴가를 받아서 일 년을 쉬었다. 욕심이 있었는지 아이 돌이 지나고 나서 다시 회사에 나가기 시작했는데 한 달도 못 되어 무급휴가를 일 년 동안 썼다. 그러던 사이 일 년이 지나서 퇴직했다고 전해왔다. 그동안 엄마에게 해준 것이 없어서 이번 스위스, 남프랑스 갈 때 용돈을 주겠다는 큰딸. 내심 기분이 좋기도 하지만 엄마가 해준 게 없는데 받기가 부담스럽다고 했다. 딸은 이번이 마지막이라고, 이제 더 회사 나갈 일 없으니 주는 거라고 잘 쓰라는데, 마음이 안쓰럽고 아프고 쓰라려 왔다.

결혼식에 참석도 못 한 엄마를 이해해주고, 아빠 모르게 연락을 자주 하는 딸이 고맙다. 사위에게 미안할 뿐이다. 참으로 예쁘고 고귀하게 키운 딸이 벌써 서른네 살이다. 아이 엄마가 되어서 엄마를 이해할 수 있다는 딸이 있어서 행복하다. 백년해로할 것이라고, 영원히 잘 살겠다고 했던 나의 맹세는 지혜 부족의 탓으로 서로가 멀어진 채 사라졌다. 어느 한곳에서 건강 지키며, 잘살아 달라고 마음으로 기도하며, 사는 동안 또한 이대로 영원한 행복을 꿈꾼다.

이별을
예견하지 못하고

딸을 낳고 아들을 낳는 것이 인력으로 선택할 수 없는 일이나, 둘째를 갖는다는 것은 적잖이 부담스러운 일이었다. 그 당시 미리 아들인지 알려준다는 산부인과는 있었지만, 정부에서 그런 일을 강력하게 반대하던 때였다. 그래도 1986년 1월, 친정 가서 쉬고 오겠다며 3일 휴가를 받았다. 구포에 있는 산부인과를 찾았는데, 맏며느리가 두 번째에도 딸을 낳아서는 안 된다는 부담감이 더 컸다. 그때 아들딸을 구별해준다는 병원에 암암리에 십만 원으로 진료비를 줬다.

어디서 오셨냐고 물으며 이 아이는 잘 키우시라고 마산의 모 산부인과에 가셔서 진단 잘 받으시고 꼭 낳으시라고 했다. 그 말이 '아들입니다' 하는 것 같았지만 낳아 보지 않고서야 걱정이 사라질 일이 아니었다. 둘째를 임신하고 먹은 음식은 주로 두부와 고구마였다. 그때 밭에 고구마를 심었는데 참 농사가 잘되었던 기억이 난다. 주로 곡식을 심으면 남들과 나눠 먹지는 않았지만 풍부한 살림살이였다. 대산면에서 논농사 2200평에서 지어온 벼농사와 한백 직업 훈련소 뒷밭에 심은 자연산 채소들을 내다 팔기도 했지만, 시어머님께서 솜씨가 대단하셨다. 열무김치, 얼갈이 배추김치, 물김치, 깻잎 김치 등등 김치는 말할 것도 없고 상추 김치까지 담아 주는 섬세한 시어머님이셨다.

임신해서 많은 일은 하지 않았지만, 시어머님께서 워낙 부지런하셨기에 방에서 혼자 쉴 틈이 없었다. 칠 개월이 되어도 배는 그다지 불러오지 않았다. 임신 팔 개월까지 바지를 입었는데, 둘째는 마지막 달이 되어서야 배가 급격히 불러왔다. 자전거를 타고 상남동까지 시장을 보러 가기도 했다. 공단 길은 자전거 없이는 다니기가 불편했던 새댁시절이었다. 배가 불렀어도 시어머니께서 열무 파시는 곳까지 자전거에 싣고 갔다 드리기도 했으며 오일장에 다녀오시는 시어머니를 기다리느라 낮잠이라곤 잘 수가 없었다. 예전 한일합섬 근무 시절처럼 졸기는 했지만 잠은 자지 않았다. 둘째 출산 날이 가까워져 오는데 아무런 낌새가 보이지 않아 둘째는 대한가족협회에서 낳기로 했다.

무더운 날, 출산을 위해 집을 나섰다. 한백 직업 훈련소 앞을 지나 중앙동까지 걸어가야 했다. 6월 19일이라 상당히 더웠다. 20여 일이 지나도 애가 나오지를 않았다. 조산원처럼 운영하던 대한가족협회에 2시쯤 도착하여 링거를 맞았다. 그것이 유도 분만이었다. 약을 꽂은 지 5시간쯤 지나 저녁 아홉시쯤 되어 배가 살살 아파져 오더니, 한 시간은 죽을 듯이 아팠다. 유도 분만을 하는 이가 있으면 그냥 자연분만 할 때까지 기다리라고 말하고 싶다. 이윽고 10시 27분, 배를 쥐어짜는 듯이 아프더니 밀려 내려오는 느낌은 엄청 빨리 진행되었다. 5시간 반 유도 끝에 으앙 아기가 태어난다. 의사가 아이를 거꾸로 들고 하는 말. "어머니, 아들입니다."

그 소리에 놀란 난 언제 배가 아팠는지도 모르고, 너무나 기뻤다. 옆에 있던 신랑이 어머니께 전화했단다. 온 동네가 시끄럽게 동네 가로등까지도 밝게 빛나는 날. 어둠이라고는 모르는 밤이었다고 한다. 우리 며느리도 아들 낳았다고, 덩실덩실 춤이라도 추고 싶었다는 시어머니. 잘해드리지도 못했는데, 아들이 무어라고 그렇게 좋아하셨을까? 여름에 아이를 키우기란 쉬운 일이 아니었다. 사타구니가 빨갛게 올라와 살결이 짓무르기 일쑤였고, 산후조리 한다고 그 더운 여름에도 작은 뒷방아궁이에 불을 지폈던 노인네들. 지금 생각하면 참으로 무지한 짓인지도 모른 채 갓 태어난 아기도 땀띠가 날 정도로 덥게 지냈다. 둘째가 사내놈이지만 큰딸아이보다는 돌잔치도 화려하지 않았다.

큰 손녀 태어나던 날은 시아버지 생신날이라 야단법석을 떨었기에 그때보다는 조용한 돌잔치였다. 아들 돌이 지나고 1987년 10월쯤, 명서동으로 이주해갔다. 내동에서 떠나 명서동으로 이주하기까지는 또 많은 일이 벌어졌다. 시아버지와 난 중앙동, 반

림동, 용지동까지 새 집을 지어 놓은 주택지는 모두 구경하고 다녔다. 우리가 살 집을 지을 것이었기 때문이었다. 내 나이 27살쯤 되었을 때다. 알면 뭘 안다고 내가 편하게 살기 위한 집을 설계하기 위해 매일같이 지귀동, 중앙동의 잘 지어진 집은 모두 방문했다 그러던 어느 날 앞집과 똑같이 지어 주겠다는 업자를 만났다. 많은 돈이 들었다. 어느 시골집도 요즈음은 그렇게 짓는 집이 잘 없었다.

첫 번째 집을 짓는다는 일은 엄청 힘든 것이었다. 사흘이 멀다 않고 다니시며 공사 관리를 한 덕분에 3개월이 채 못 되어 그 집에 이사하게 되었다. 큰방엔 시부모님, 문간방엔 막내 삼촌, 작은방에는 우리가 살게 되었다. 그러나 며칠 되지 않아서 또 매 맞는 아내가 되고 말았다. 시집간 큰 시누이가 자주 시매부랑 말다툼을 했고, 싸움만 하면 부모님을 부르는 것이었다. 시부모님이 가시지 않는 날엔 꼭 나를 보냈다. 이제 나보다 나이 많은 시누이가 부르면 달려가는 내가 되고 싶지 않았다. 시매부를 보는 것도 부끄러웠다. 남편은 그때 무엇 때문인지 회사를 그만두게 되었다. 그 일로 스트레스를 받았는지 새 집에 이사하고 얼마 되지 않아서 밤이면 나를 닦달하는 것이었다.

무엇이 맘에 들지 않는다고 밤새 트집을 잡았고, 밤새 주먹질을 해대서 잠을 자지 못하게 하다가 새벽에 닭이 울 때쯤 되면 잠을 자는 애들 아빠였다. 아들이 주먹질한다고 시부모님에게 말할 수 없어서 며칠을 혼자 당하고만 있다가, 계속되는 괴로움에 새벽 공사장 나가시는 시아버님 밥상에 앉아 울면서 간밤 이야기를 했다. 시아버지는 내 손에 차비를 쥐여 주시며 친정 가서 며칠만 있다 오라고 하셨다. 아무래도 병인 것 같다고 하고 명곡동에 사시는 시고모님 집으로 갔다. 며칠 밤을 시달렸는지 초췌해진 나의 모습을 보며, 이 꼴로 친정에 가면 친정에서 뭐라 하겠냐며 고종사촌의 신발 샌들 한 켤레 주시며 신고 다녀오라고 하셨다.

그때 차림이 눈에 떠오른다. 머리는 길러서 뒤로 틀어 올렸었고 검은색 플레어 스커트와 주황색 블라우스를 입었다. 딸아이는 할머니 댁에 두고 아들만 업고 밀양행 버스에 몸을 실었는데 창밖을 보며 하염없이 눈물이 흘렀다. 눈물이 한 양동이는 나오지 않았을까. 차마 엄마 집에 가지 못하고서 역전에 사는 오빠네 집에 들렀다. 지금처럼 그때는 사이가 나쁘지 않았고, 오빠보다 올케언니가 걱정을 많이 해주던 때였다. 이렇게는 못산다며 삼랑진 임천리라는 동네에 부적을 잘 써 주는 할아버지가 계시다며 무조건 가보자고 했다. 그때 아침저녁으로 몇 번 없는 버스를 타고 갔다.

부적 내용은 모르지만 한참을 할아버지가 손목을 잡고 관상을 보더니, 집에 시아버지가 고집이 세다며 목신이 집안에 붙어서 힘없는 아들을 괴롭힌다고 말했다. 경면주사로 쓴 부적을 들고 집에 가서 동서남북으로 막걸리를 한잔 부은 뒤에 부적을 태워서 재를 남편에게 먹이라는 것이었다. 아마도 먹이면 귀신같이 알 거니까 알아서 둘러대고 입에 조금이라도 넘어가면 괜찮다고 일러 줬다. 임천리에서 밀양 오빠네로 오는 동안에 남편에게서 전화가 왔다. 밤사이에 주먹질하고 죽일 듯이 때릴 때는 찾지도 않을 것 같았는데 부적의 힘인지 나를 찾는 것이었다. 하룻밤 겨우 자고 다시 시어머니 집으로 돌아오자마자 내동 집에 부적 쓰는 할아버지가 일러 준 대로 했다. 명서동 집에서도 똑같은 일을 한 뒤 재를 곱게 갈아서 커피에 타서 한잔을 먹였다.

부적의 힘인지 알 수 없는 행동으로 나를 때리며, 감금시키던 그때와는 달리 이제 일하러 가야 한다고 툭툭 털고 일어났다. 며칠 전에 넣어 놓은 입사 시험에 합격하여 또 다른 제약업종에 몸담게 되었다고 한다. 참으로 잘된 일이었다. 새집으로 이사 오면 너무나 좋을 것 같았는데. 시집살이는 그때부터 본격적으로 시작되었다. 한 부엌에 두 집이 살다 보니 시모님은 어머님대로 힘들고 나는 나대로 힘들었다. 그때는 내가 밖으로 나가야겠다는 생각이 지배적이었다.

그 무렵 앞집 뒷방에 사는 새댁 중 내 또래가 있었는데, 그 새댁이 신발회사에 다녔다. 한 번은 그 새댁이 휴일에 집에 있으면 심심하지 않냐고, 자기 따라 시험 한 번 쳐보라고 권하여 면접을 보게 되었다. 그 길로 신발회사에 취직이 되어 아이들은 할머니에게 맡기고 6개월 정도 다녔다. 딸은 반송에 있는 미술학원 겸 유치원에 다녔다. 아들은 명서동 사거리에 있는 학원에 다녔던 때였다. 좀 별나게 자라는 아들 때문에 놀란 적도 참 많았다. 1층에서 지하실로 날으는 슈퍼맨이 된다고 뛰어내려 죽은 듯이 늘어져 있는 아들을 데려오기도 하고, 감기몸살로 열이 오른 아들에게 유치원 선생님이 주사를 맞히는 바람에 고무신 공장에서 근무 중에 전화를 받았다. 일하다 말고 고려병원 응급실로 뛰어가야 했다.

아들이 병원에 간 후 5시간 이상이 지나서야 연락이 닿았기에 정신 나간 엄마가 되어 고려병원 응급실에 도착했다. 아들의 심장은 하늘 높이 뛰어올랐고, 정신을 잃은 채로 MRI 기계 속으로 들어가 있었다. 8시간 만에 깨어난 아들은 엄마를 찾았고 물을 찾았다. 기적처럼 살아난 것이다. 그 아들이 지금 32살의 나이로 미국까지 가 있는 아들이다. 이제 결혼하여 아이 하나를 낳아 잘 살고 있지만, 만일 그때 어찌 되었더라면 지금의 행복은 있을 수 없었을 것이다. 비록 아이 아빠와 헤어져 살고 있긴 하지만, 멀리 있는 아들과 손자를 보며 희망찬 내일을 기대하는지도 모른다.

일자리에 사표를 내고 다시 시집살이 생활로 돌아왔다. 시집살이라고 하는 것은 시어머니의 부지런함 때문에 새벽잠을 잘 수가 없었기 때문이다. 한일합섬에서 잠을 자지 않았던 삼 년 중에 야간 일 년이 수면장애를 가져왔던 걸까? 낮잠은커녕 시어머니 눈치가 보여 방바닥에 앉아 본 기억이 없다. 온종일 일에만 매달렸다. 별스레 할 일도 없는데, 낮잠은 잘 수 없었다. 딸아이 뒤치다꺼리며 별난 아들놈 돌보기, 시아버지 노동복 세탁하기, 시동생 교복 셔츠와 신랑 와이셔츠 다리미질 하기, 이틀에 한 번씩 김치 담는 김치 할머니 뒷바라지 하기. 이 모든 것이 나의 운명이라고 받아들였다. 그 순간은 힘든 줄 모르고 그렇게 살았지만, 지금 생각해보면 젊은 시절에 그 모든 것을 어떻게 해냈을까 싶다. 기름이 아까워 보일러를 틀지 않는 시아버님은 연탄보일러를 설치했었다. 연탄 갈기는 쉽지 않은 일 중 하나였다. 그나마 보일러로 데워진 방에 얇은 이불이라도 깔아야 하는데, 시어머님의 청결병 때문에 코딱지만 한 아기 이불 하나만 방에 덩그러니 놓여 있을 뿐 정말 손발 녹일 만한 곳도 없게 만들었다. 시어른들 눈치 보느라 편한 날이 없었다. 남편 역시 푸근한 정이라고는 주지 않는 환경에서 자라서 집착 편집증 증세를 보였던 것이었다.

그 시간을 어떻게 살았을까? 헤어진 이후 15년이 흐른 지금도 이렇게 간절하게 글쓰기를 하는 걸 보면 내 안에 지독한 병이 들긴 했었나 보다. 글로써 다 펴내고 후련한 내 마음이 되길 소망해본다. 밖에 날씨는 비가 오려는지 가뭄에 찌든 산과 들이 조금은 편하게 보이는 날이다.

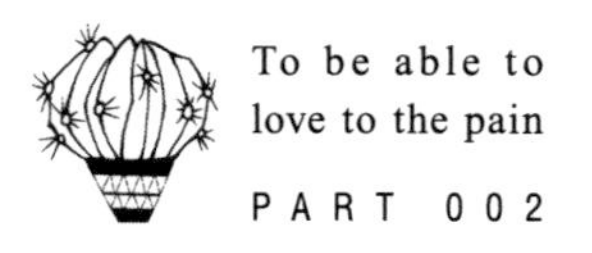

벼랑 끝에서

6년 간의 연애와 7년 간의 결혼생활 끝에 처음으로 새살림을 차려 살게 되었다. 시집살이도 힘들었지만 시누이 부부가 싸우는 날이면 나를 그 집에 보내시는 시부모님이 못마땅했다. 나잇값 못하는 시누이가 미웠다. 찰나에 한바탕 싸움이 벌어졌다. 네가 시집와서 한 일이 무엇이 있냐고 따지는 시누이를 두고, 가만히 있을 수 없었다. 이 집에 시집와서 내가 못한 것이 무엇이냐, 아들을 못 낳았느냐, 조상을 안 모셨냐, 시부모님을 안 모셨냐. 전화기로 시누이와 내가 싸우는 소리를 시부모님이 듣게 되었다.

시동생을 비롯한 시부모님과 나 사이에 침묵이 시작됐다. 새벽 4시에 일어나 아침준비를 했지만 내가 준비한 아침을 아무도 먹는 사람이 없었다. 시동생도 시어머님도 부엌에서 내가 방으로 들어오고 나면 온 가족이 내가 준비해둔 밥을 새로 챙겨서 먹는 불상사가 생겼다. 하루이틀도 아닌 2주 이상을 그렇게 지냈다. 더는 참을 수가 없었다. 한 집에 살지 말자는 경고 메시지가 아닌가. 생각다 못해, 그길로 집을 나섰다. 큰애가 8살 작은애가 6살이었다. 가까운 곳으로 이사를 가기로 마음먹었다. 명서동 이주 후 넣어둔 적금이 있었다.

3년 만기 적금을 타게 되었다. 그 돈으로 명곡동 장천 교회 옆에 있는 집에 1층 안채를 얻어놓고 명절 지난 다음 주에 이사 나가기로 했다. 아무에게도 의논하지 않은 나 혼자만의 결정이었다. 매 맞는 아내도 싫었고, 남편의 온갖 욕설과 구타도 싫었지만, 온 가족에게 왕따당하는 일에 더 견딜 수 없는 모욕감이 들었다. 설 명절이 지난 후 이사 일주일 전 남편에게 말했다. 나와 살려면 보따리 싸고, 아니면 이혼해달라고 일침을 놨다. 당신이 심한 폭력을 쓸 때도 참았지만, 이번 일은 용서할 수가 없다. 큰 시누이가 왜 나를 모욕하는지, 시부모님까지 왜 이러는지 모르겠다는 말을 했다. 그 와중에도 남편은 나랑 함께 나가겠다고 했다. 불행 중 다행으로 아이들과 만 칠 년 만에 시댁을 나올 수 있었다.

평생을 함께할 줄 알았는데 이러고 나가면 어떻게 하냐며 팔다리 쭉 뻗은 채 온 동네가 떠나갈 듯이 우시는 시어머니도 미웠다. 나에게 그렇게까지 하지 않았으면 지금까지 함께 살았을지도 모른다. 그 또한 운명인지 모르는 일이었다. 우리 네 식구가 살던 방의 물건만 모두 싣고, 욕심 없이 시어머님 댁에서 나왔다. 그렇게 우시던 시어머니도 나와 아이들을 잡지 못했고, 내 고집을 꺾을 수 없었다. 그렇게 새로 시작한 분가는 참으로 어려움이 많았다. 학교와 할머니 댁이 가깝다 보니 새로 이사 온 집이 익숙하지 않은 아이들은 방과 후 할머니 댁으로 가 있는 일이 많았다. 그로 인해 나 또한 독한 엄마가 되어 가고 있었다. 할머니 댁에 있을 때와는 다른 엄마로 억척스럽게 변해갔다.

그때 남편 친구 부인이 학습지 회사에 다니고 있었는데, 우리가 분가했다는 소문을 듣고 찾아왔다. 그녀의 권유로 북 세일즈에 나섰다. 버스를 타고 출근했다. 학습지 회사에서 매주 한 번씩 출간되는 곰돌이 학습지를 배달했다. 부수가 꽤 많은 학습지를 도계동부터 명서동까지 배달하게 되었다. 나를 아는 지인들은 북 세일즈가 부담되었을 수도 있다. 친구들도 찾아다녔다. 그 일을 시작하기가 무섭게 세일즈에 재미를 붙였다. 가끔 회식도 있었다. 월 매출액이 오르자 팀장부터 지부장까지 좀 더 잘하라고 조르기 시작했다.

그런데 분가 후 입사한 지 며칠 안 돼서 충격적인 일이 일어났다. 평소 퇴근시간인 오후 다섯 시가 되기 전이었다. 그날은 회식이 있는 날이라 조금 늦게 퇴근하겠다는 연락을 한 후 저녁 8시가 되기 전에 집에 도착했다. 남편은 아이들과 저녁준비를 해서 먹고 있다가 늦게 왔다며 화를 냈다. 할 말이 없어서 회식 자리 끝나기 전에 달려왔다고 대답하는 나에게 어디서 거짓부렁이냐고 했다. "어디서 놀다가 왔어. 미친 것" 하며 김치찌개가 담긴 냄비를 던져 버렸다. 온 부엌 바닥은 김칫국물로 뒤범벅이 되었다. 어처구니없는 행동에 할 말을 잃었다. 그런 남편을 두고도 일에 대한 미련은 버리지 못했다. 1년 6개월을 열심히 일한 덕에 수입은 짭짤했다. 팀장으로 진급까지 하게 되었다. 억척스러운 곰돌이 아줌마였다. 매주 배달하는 날이면 새벽에 일어나 출근 전에 시험지 배달을 하고 출근했다.

남편 또한 남의 집 셋방살이를 태어나서 처음 해보는 터라 빨리 그 현실에서 벗어나고 싶다고 했다. 제약 영업을 하고 있었던 때였다. 드링크제 배달은 덤으로 오는 수익이었고, 일 년여 동안 그 일을 계속해왔다. 나 또한 학습지 회사를 계속 다니다가 2년 만에 그만두게 되었다. 시간은 참으로 빠르게 지나갔다. 3학년 때까지 딸아이는 성적을 그대로 유지하는 편이었는데, 4학년 1학기 기말고사 성적을 보고 깜짝 놀랐다. 전반적으로 점수가 내려가는 것이었다. 운영위원을 맡은 것도 부담스러웠다. 분가 후 3년 동안 열심히 모은 돈은 적금과 전세금을 합하여 4,900만 원이 되었다. 분가할 때 분노한 나의 마음은 세월 흐름에 따라 자연치유되어 갔다. 나와 시어머님의 관계도 편해져 갔다. 서로의 생활이 원만히 진행되고 있을 무렵 막내 시동생도 보험회사에 취직하게 되었다.

시동생 역시 열심히 일한 대가로 수입이 괜찮아졌다. 결혼하게 되면 갚아 주겠다는 약속으로 시동생에게 3천만 원을 빌려 은아 아파트로 두 번째 이사를 하게 되었다. 7,650만 원에 내 집을 장만했다. 딸 초등학교 4학년, 아들이 초등학교 2학년일 때 상남초등학교로 전학을 했다. 창원 시내 중심지에 있는 아파트 5층 건물에서 4층을 택했다. 아이들도 아파트 생활에 익숙해져 갔고, 전학을 간 학교에서도 잘 적응하는 것 같았다. 그때쯤 의약분업이 한창 활발하게 이루어졌다. 힘들 줄만 알았던 의약분업은 우리에게 더 좋은 기회로 작용했다. 열심히 일한 남편 덕분에 재산증식은 쉽게 이루어져 갔다. 돈이 있으니 또 다른 꿈을 꾸게 되었다.

55평으로 이주하기 위한 준비를 잘하고 있을 때쯤, 약속어음을 받아둔 제약회사 어음 6천만 원이 부도가 났다. 기일 내 돌아오지 않았다. 김밥 한 줄에 달걀 3개로 점심으로 먹어가며 억척 떨며 일한 남편은 나보다 더 큰 충격을 받았던 모양이었다. 그때 여자는 강하다는 걸 보여줬다. 애써 태연한 척하며 위로해 줬다. 우리에게 부도 맡을 돈이 있어서 그런 일이 생긴 거라고. 남에게 빌린 돈이 있었다면 이중 고통이 아니겠냐고 위로했다. 그렇게 잘 지내며 사는 것 같았으나 항상 뭔가에 불만이 있는 듯한 남편을 보고 있으면 불안했다. 집 밖으로 못 나가게 하는 것 외에는 돈도 귀한 줄 몰랐다. 그것이 행복이라고 말한다면 행복했던 것 같다.

성격 탓인지, 초등학교 중학교를 남녀 공학으로 다녀서 그런지, 난 여자 친구들보다 남자 친구들이 더 말이 잘 통하고 좋았다. 중학교 동창회는 17살 때부터 발대식을 하여 계속되어 오고 있었다. 삶의 의미는 나의 존재가치를 어디에다 두는지에 따라 달라진다고 느낀다. 중학교 동창회를 시작한 지 많은 시간이 흘러갔고, 여성으로 부회장을 맡았다. 창원, 울산, 부산, 밀양, 각 지부마다 분기별로 돌아가며 임시 총회를 하고 있던 터라 모임이 자주 있었다. 창원으로 지나가는 동창이 있으면 누구든지 연락하라고 해서 밥이라도 한 끼 먹여 보내야 마음이 편했다. 친구들은 내가 얼마나 아픈지 어떤 상황인지를 몰랐을 때였다. 일년에 한 번 가을에 행해지는 동창회에는 어떤 방법을 쓰더라도 꼭 참석했다.

지금 생각해보면 하고 싶은 일은 꼭 하고야 마는 고집이 있었던 것 같기도 하다. 지금 남편이 가끔 말한다. 외조가 힘들 때도 있다고. 꼭 해내고야 마는 성격이라 말리면 뭐 하냐고. 마음 상하기 전에 오케이한다는 이야기를 했다. 다소곳한 여성을 원하던 애들 아빠가 이제야 이해될 것 같기도 하다. 갖은 아양을 떨어서 동창회를 가게 되면 꼭 태워 주겠다고 한다. 그 시절엔 왜 그렇게 차에 대한 자부심이 컸는지. 차는 굴러가기만 하면 되는 것이지 과시하는 것은 아닌데 말이다. 누구네 사위는 집을 한 채 끌고 다닌다는 소리가 듣기 좋았는지 모르겠지만, 시골에선 꽤 좋은 차를 타는 사람으로 소문나 있었다. 모여 놀다 보면 몇 시간은 금방 지나가는데 집에 오면 여지없이 난리가 났다.

그냥 얼굴만 보여주고 잠시 있다 오면 되지 밖에서 오랜 시간을 기다리게 한다는 이유였다. 어디다 비위를 맞춰야 할지 모르는 상황이었다. 그는 내 마음엔 항상 무서운 사람, 가슴을 웅크리게 하는 사람이었다. 틀린 생각을 바로잡아 줄 수 없는 상대였다. 은연중에 한일여고를 나온 나를 무시하는 듯한 말투였다. 이 모든 상황이 나를 병들게 했으며, 행복을 느낄 수 없는 상황이 되고 말았다. 지금도 아이들은 그때 나처럼 아빠를 무서워한다. 이제 그러지 않을 나이도 되었는데도 살아온 생활에서 길든 습관이 무섭다. 어린 시절 학교에서 돌아오던 아들이 엄마가 매 맞는 모습을 보았다. 초등학교 2학년 아들에게 밖에 나가 있으라고 소리 지르는 남편이 야속했다. 뭘 잘못하는지도 모르고 맞는 내가 한심했다. 죽고 싶을 정도로 치욕스러웠기에 지금에 와서도 잊히지 않는 것이 아닌가 싶다.

엄마를 때리는 아빠와 함께 살아야 했던 아들은 이후에 말이 없어졌다. 사춘기 시절은 누나와 함께 서로 의지하며 오로지 공부만 하겠다던 그 아들이 우리 곁을 떠나 머나먼 미국 땅에서 박사학위를 받아 공부에만 몰두하고 있다. 은연중에 아버지를 닮으면 어떻게 하나 하는 불안한 마음이 한곳에 있었지만 엄마라는 이유로 아들을 그리워하고 있다. 이제 아들도 아이 아빠가 되었다. 한 가정을 꾸린 의젓한 가장으로, 엄마를 이해할 날이 올 거라 믿으며, 나는 나대로 의미 있는 인생을 살아가련다.

왜 나에게 이런 아픔이

매 맞는 아내라는 사실을 아는 사람은 내 주위에 윤임이뿐이었다. 동생집에 다녀온 후로 한동안 조용했다. 평범한 일상이라 특별한 일이 없었다는 말이다. 그해 여름이었다. 친정에서는 논농사가 많지 않아서 모내기하는 기계가 없었던 터라, 친정집에서는 자랄 때부터 모내기 잘하던 딸에게 논갈이가 끝나고 나면 연락을 해왔다. 주말에 와서 모내기 좀 해주고 가라는 말씀이셨다. 친정집에 하룻밤만 자고 온다는 것을 못마땅해 하는 남편을 두고, 친구 희야와 아들을 데리고 오랜만에 친정으로 향했다. 시골 마을에 사는 친구가 있어서 시골에 오면 꼭 친구에게 들러서 차라도 한잔 마시고 집으로 가는 일이 인사였다.

다른 시골과 비교해서 내 친구들의 친목은 특별하고 유별나다. 남녀 합반이었던 우리들은 남자 여자라는 개념보다도 친구가 우선이었다. 만나면 이야기가 길어진다. 새벽이라도 친구가 나오라고 전화하면 자다가도 일어나서 나갔다. 그날도 고향 친구들을 만났다. 그때가 아들이 초등 2학년, 겨우 9살이 되던 때였다. 여름밤은 저녁 먹고 난 후면 어두워졌다. 9시 정도 되자 피곤했던지 아들이 외할아버지 방에서 잠들었다. 면 소재지에 친구들이 모인 장소에 다녀오기로 했다. 그날 밤도 아마 면사무소가 있는 청도면 친구 택시사무실에서 만나서 차 한잔 하고 이야기하다 보니 시간이 늦었다. 아들이 깼다는 전화가 오지 않아서 아이 걱정 없이 놀다 보니 12시가 넘었다.

그 시간에 남편에게 전화가 왔다. 고래고래 고함을 지르며 가면 죽여 버리겠다는 말을 듣고 무서워서 벌벌 떨며 까막수 버스 정류소 길모퉁이를 돌았다. 길 한가운데에 남편 차가 보였다. 길가에 세우라고 소리 지르더니 내 친구 희야가 있는 줄도 모르고 차에서 내리자마자 다짜고짜 귀 싸대기를 이리저리 때리는 것이 아닌가. 친구 희야는 무서워서 고개를 숙이고 차에서 꼼짝할 수가 없었다고 한다. 처가에 올라오지도 않고 그길로 뒤돌아 집으로 가버린 남편이 그날 밤 내내 불편하고 무서웠다. 엄마 집에 도착하여 잠도 오지 않았다. 친구 보기에도 미안하고 부끄러웠다. 급작스럽게 당한 일이라 눈물은 나오지 않았지만 불안한 밤을 보내는 건 나 혼자만이 아니었다.

남편이 손찌검하는 모습을 본 친구는 얼마나 더 자존심이 상했을까. 어떤 말로도 위안이 되지 않는다. 생각만 해도 끔찍하다. 그날 있었던 일들을 가끔 이야기하곤 한다. 20년이 지난 지금도 친구 희야는 그때 자기가 방어해주지 못한 일이 내내 마음에 걸린다고 한다. 편집증 증세는 어디서부터 온 것일까? 남편 이야기를 잠깐 해본다면, 창원 내동에 태어나서 6살밖에 되지 않았던 시절에 진해로 시집간 고모 댁에서 유치원을 다니며 엄마 품을 떠나 생활했단다. 초등학교부터 좋은 학교를 나와야 계속 좋은 대학을 갈 수 있다는 시아버님의 완강한 교육열 때문에 어린 시절에 엄마의 정이 그리웠다고 이야기 들은 바 있었다. 진해에서 초등학교 다닐 때 엄마가 보고 싶어서 경전철을 타고 집으로 왔지만 시아버지께서는 무서운 체벌을 가했다고 한다. 집 문턱을 넘기도 전에 진해로 다시 돌려보낸 것이다.

하지만 장남으로 태어나 할머니 사랑을 한몸에 받았다. 고모님들이 4분이나 계셔서 예쁜 조카로 사랑받고 살았다고 전해 들었는데, 너무 오냐 오냐 했던 할머니의 사랑으로 인해 편집증 증세를 보이게 된 걸까? 요즈음 나는 사회복지학과 상담학을 배우며 원초아, 자아, 초자아를 알게 되었다. 원초아는 신생아 때부터 존재하는 정신 에너지의 저장고이며, 나중에 자아와 초자아의 체계로 구성된다고 들었다. 초자아 시절에 부모님과 양심의 목소리 학습 때문에 획득되는 것으로 부모 또는 타인과의 동일시를 통해 사회적 가치나 도덕적 가치 등과 같은 사회적 규범들을 얻게 되는 과정에서 내면화되는 것이라고 들었다. 이런 원초아가 형성될 때 부모님 사랑을 받지 못하면 자아 형성에 문제가 생기는 것인지 이유는 모르겠다.

불같은 성격에, 시어머니도 꼼짝 못하게 붙들어 놓는 시아버지를 보면 아버지를 닮았구나 하는 생각도 해봤다. 내 유년 시절과 비교해보면 그래도 사랑은 많이 받은 것 같았다. 나 또한 가난이 유달리 싫었다. 가난했으므로 꼭 잘 살아보겠다는 일념으로 살지 않았던가.

지난밤 일은 무섭고 힘들었지만, 모내기하는 낮 동안 부모님께서 밤사이에 일어난 모든 일을 눈치채지 못하게 하루를 넘겼다. 집으로 돌아오는 내내 희야는 내 걱정이 태산이었다. 밤잠을 설치며 하루 동안 마음의 고통을 앓은 채 모내기를 하고 늦게 은아 아파트로 귀가했는데 집에 애 아빠는 없었다. 말없이 며칠을 지내다 보니 자연치유가 되고 평범한 일상으로 돌아갔다.

그런 날이 얼마나 많았을까? 그런 일이 있는 뒤로는 한동안 잠잠해진다. 모든 것을 남편의 입장에 맞춰서 생활하게 되고, 나 자신은 없는 그런 생활이 지속되지만 돈 버는 재주는 참으로 신기할 만큼, 언변술이 좋은 남편이었다. 자기합리화 능력과 뛰어난 지능으로 사람을 꼼짝하지 못하게 하는 무서운 재주를 지닌 사람이기도 했다. 제약업계에 의약분업이 폭풍처럼 휘몰아치던 2000년도 은아 아파트에서의 생활은 점점 윤택해져 갔다. 병원으로 다니며 영업하던 남편은 의약분업과 동시에 일이 바빠지기 시작했다. 약국 방문도 해야 하고 병원도 동시에 다녀야 했기 때문이다. 영업시간이 길다 보니 자연히 귀가 시간이 늦어졌고, 과중한 업무이지만 혼자서 너무 잘해냈다. 집안에서 실무를 봐

줬고, 긴급의약품 조달은 나의 담당이었다.

진동보건소, 김해보건소, 창원보건소 등 신속한 약 배달은 직접 나서서 도와주기도 하며 경제 담당을 하게 된 나는 더없이 알뜰한 살림꾼으로 변해갔다. 나는 결혼할 때부터 몸이 불편하신 시어머님을 모시고 자주 정형외과를 다니기도 했다. 은아 아파트에서 차로 20분이면 충분히 시어머님 댁을 오갈 수 있었다. 그래서 시장 봐주기, 시어머님 케어 등을 해냈다. 모든 사람의 칭찬 대상이 되어 가고 있었다. 분가할 때 그 설움은 까마득히 잊고 살기도 했었다. 한 집에 살면서 서로 붉히며 살기보다는 어른들과도 헤어져 사는 것 또한 서로에게 도움이 되는 상황이 되었다. 불같은 아들 성격에 항상 찌들어가는 며느리의 눈치를 보지 않아도 되었고, 자주 부식이며 간식이며 먹거리를 들고 찾아주는 며느리가 고맙지 않았을까? 내 생각일지도 모르지만 그때 상황은 그랬었다.

생활비도 넉넉히 보내드렸고, 큰아들 큰며느리 역할에 금이 가지 않을 만큼 최선을 다해서 살았다. 그러나 그건 이십 년에 불과했다. 가끔 여담으로 친구가 하는 말이 있다. 부림시장으로 기제사 장보기에 따라나선 적이 있었는데, 내가 제수 물품으로 탕국 재료 한 가지 사는 것만 보고도 놀라서 기절할 정도였단다. 대합조개, 작은 조개, 홍합살, 문어 등 몇 가지를 사는 것만 봐도 엄청난 양의 탕국을 끓여야 함을 알 수 있었다고. 도축 생선 양도 엄청났다. 큰 자손을 얻으려면 자반을 큰 것으로 장만

하는 시어머님의 조상숭배는 끝이 없었다. 식구가 많긴 하지만 나물만 해도 엄청난 양의 칠색 나물을 해내야 했다. 시집가던 날부터 헤어지는 그 해까지 제사 지낼 때는 꼭 한복을 차려입고 지냈다.

큰며느리의 막중한 임무라고 생각한다. 하루아침에 물거품이 되어버린 내 인생에 지울 수 없는 오점을 남겼지만 후회 없이 살았다고 말하고 싶다. 끈기와 집념으로 똘똘 뭉쳤던 한일합섬 방적공장 생활 3년 간 밤잠을 설치며 생활했었던 그때, 꿈 많았던 소녀 시절에 만났던 첫사랑. 그 사랑이 가져다준 아픔은 무엇으로 형용할 수 없었다. 보상받을 수 없는 아픈 현실이 되고 말았지만, 이제는 말하고 싶다. 인생 오십을 살면서 누구에게도 말할 수 없었던 내 아픔을 내 곁에서 가장 아파해주고 보듬어 주는 사람이 지지하고 있다. 가장 가까운 곳에 아픔을 토로하게 해주고 포용해주는 그 사람을 위해서 아픔에서 벗어나고 싶다. 지속적인 트라우마가 나를 괴롭히고, 가슴 한곳에 숨겨둔 고통스러움을 표현하지 못해서 꿈에서 허우적거리고 있는 내가 되어선 안 되겠다.

생애 첫 작품『당신을 만났습니다』가 세상에 발을 딛고 나 온 지 10여 일만에 또다시 두 번째 작품을 쓰겠다고 마음을 다잡게 만든 사람은 내 곁에서 나를 바라보고 있는 지원군, 남편이다. 가슴 밑바닥까지 쓸어 내고 결혼생활 20년을 종지부 찍은 뒤 새 삶을 살게 된 지가 10년이 흘러가고 있는 이 시점, 타인의 눈을 전혀 의식하지 않고 나를 위한 삶을 살 수 있게 해준 용기 있는 현재 남편이 고맙다. 한편으로는 자신의 아픈 과거가 드러나는 힘든 결정임에도 나를 격려해주는 그 사람의 무한 사랑에 보답은 무엇으로 해야 하는가. 타인에게는 내 삶이 흉허물이 될 수 있지만 부끄럽지 않게 살아왔으므로 이제 당당하게 벌거벗은 알몸으로 세상 밖으로 나가고 싶다.

아니 둘만의 사랑을 인정받고 싶었는지도 모른다. 그 아픔까지도 사랑하련다. 이 글을 쓰면서 밤이면 허우적거리며 트라우마 속에서 몸부림치던 악몽을 며칠째 꾸지 않는다는 사실에 놀란다. 당하던 당시처럼 생생한 현장감은 떨어지지만 괴로운 꿈이다. 누군가 동병상련의 아픔을 갖고 있다면 아팠던 과거를 드러내라고 하고 싶다. 꼭 치유하게 될 것을 확신한다. 많은 아픔을 갖고 살아가는 사람 중에서도 내 아픔이 가장 큰 것이라고 생각하지만 듣고 보면 그것 또한 내 생각 일뿐이다.

얼마 전 한일여고 4회 동창생 몇 명을 부산 동래 백화점 8층에서 만났다. 그때 그 시절 이야기를 하다 보니 3시간은 눈 깜빡 할 사이에 지났다. 2차로 아파트 앞에서 십년 째 추어탕 집을 하고 있는 경희네로 장소를 옮겼다. 한 명 더 합세하여 8명이 모여 밤 열 시가 넘도록 지나온 각자의 삶을 이야기하며 시간을 보냈다. 내가 가진 아픔, 내 삶이 가장 힘들다고 생각해왔는데 착각이었다. 비록 헤어지는 아픔은 겪었는지 모르지만 경희의 시집살이도 장난이 아니었다. 그 시절에 시부모님은 진시장에 포목점을 운영하셨고, 남편은 체육관을 운영하셨으며, 경희는 슈퍼마켓을 운영하며 지냈는데, 노환으로 시아버지 병시중을 6년 간 들었단다.

시어머니께서는 치매가 오셔서 9년을 보살피며 보낸 세월을 이야기했다. 눈물 없이 들을 수 없었다. 요즈음에야 치매는 국가적인 차원에서 돌봐야 한다는 인식이 생겨 치매 환자 병원이 생기고 있지만, 30년 전만 해도 부모님을 병동에 보내면 불효라고 낙인찍혔던 시절이었다. 20대 젊은 시절에 고난을 극복했었고, 부모님 욕보이지 않으리라는 굳은 의지가 있었기에 힘든 시집살이를 이겨 낼 수 있던 게 아닐까? 이구동성으로 교시를 소리 내어 외쳤다.

"어떠한 시련과 곤궁도 이를 극복할 수 없는 소녀는 이 교문을 들어설 수 없다."

다시 한 번 예순을 바라보는 우리 친구들은 20대 그 시절의 소녀가 되어 서로를 보듬고, 힘과 용기를 주는 친구가 되었다. 아픈 과거를 눈물 없이 자연스럽게 펴내고자 하는 나에게도 큰 버팀목이 되어 주마 약속해줬다. 2편을 기다린다는 친구들의 간절한 염원이 내 마음에 고동치는 시간이었다.

To be able to
love to the pain

PART 002

죽고 싶을 만큼 괴로웠던 시간들

처음으로 가출을 할 수밖에 없었던 일이 일어난 시기가 내 나이 서른여섯 살 되던 해였다.

1년 365일 중 360일을 붙어 있다고 해도 과언이 아니었던, 윤임이랑 내가 함께 생활해온 지도 5년 이상 되어가던 어느 날이었다. 임이가 우리 집에 오기로 한 날 아침, 무엇 때문에 싸웠는지 뚜렷이 기억이 나지 않는다. 남편은 머리 모양 관리와 자기 신체관리에 철두철미한 사람이라, 하루 건너서 다니는 목욕탕에 다녀왔고 아이들은 학교에 가고 없던 시간이었다. 남편은 샤워 후 이발관에 들러 머리 모양을 고정하고 왔다. 늘상 반복되는 아침상 앞 말다툼 끝에 화가 나면 주로 욕설을 퍼부으며 상스럽게 이런 말을 했다.

"앙 조 가리지 마라. 아가리 닥쳐라."

이런 말만 되풀이 하며 자존심을 있는 대로 패대기치며 깔고 뭉개 속상하게 했다.

"무식한 것이 주둥아리 닥쳐."

"무식하니까 너 같은 것이랑 살지."

이런 식이었다. 그럴 때면 피가 거꾸로 돌아가는 듯이 아팠다. 저 인간을 이기는 길은 끝까지 공부하는 것뿐이라고 생각했다. 야심 찬 독기를 품었던 때가 있었다. 그날 아침도 주둥아리 닥치라며, 뺨을 갈기고 옷을 찢고 입술에서 피가 흐르고 있는 줄 모르고 얻어터지고 있었는데 친구 윤임이가 벨을 눌렀다. 그때야 패던 손을 놓고 방으로 들어 가버린 남편을 두고 현관문을 열었는데. 윤임이는 뒤로 자빠질 듯이 놀라며 "희수야 피난다"라고 했다.

얼른 어찌 해보라고 눈물 흘리며 윤임이는 "오빠 아직 출근 안 했구나. 도대체 무슨 일이야"라며 무서워 벌벌 떨며 돌아갔다. 그러자 또다시 "미친 것 집에서 나가"라고 소리 지르며 아무 일 없었다는 듯이 일터로 가는 남편. 이후 윤임이가 다시 돌아와 나의 행색을 보고 한없이 울며 달래주었지만 내 안의 분노를 삭이지 못해 몇 가지 옷을 챙긴 뒤에 프린스에 몸을 싣고 무작정 양산으로 달려갔다. 거기에는 내 혈육 오빠 둘, 동생 하나가 있었는데 아무 생각 없이 동생 집을 찾았다. 언니가 이 모양을 하고 동생 집에 간다는 것이 용납할 수 없이 자존심 상하는 일이었다. 남편에게 두들겨 맞고 동생밖에 찾을 곳이 없었다는 것이 한심하기 짝이 없었다.

제부는 애써 태연한 척을 하며 나갔다. 동생은 지난날 함께 아픔을 겪었던 터라 눈치만 봐도 알아차렸다.

"어휴, 그 인간하고 애초에 결혼을 안 해야 했는데."

언니 운명이 불쌍하다며 눈물짓는 동생이었다. 보따리를 풀 생각은 없었는데 나 자신이 초라하기도 하고 아무리 지혜롭게 살려고 해도 지혜가 부족하게 보이던 때라 동생네 하룻밤 신세를 졌다. 아무 생각 안 하기로 하고 쉬이 오지 않는 잠을 자고 일어나 보니 동생이 "큰일 났다. 언니야 차가 없어졌다"고 했다. 누구의 짓이겠는가. 그 인간이 가져갔나 보다라고 했지만, 내심 섬뜩한 생각이 들었다. 하루 이틀 시간이 지나고 오라고 하겠지, 데리러 오겠지 했던 생각은 빗나갔다.

나 때문에 제부도 불편하고, 동생 또한 마음이 불편한 것은 당연한 이치라 운명을 점쳐 보기로 하고, 북정동에 있는 사찰을 아침 일찍 찾았다. 많은 사람이 사주를 보러 온다는 그 사찰은 표를 뽑고 기다리는 사람들이 많았다. 저마다 나보다 더한 괴로움이 있는가 보다 했지만 그 순간 나만큼 힘들고 괴로운 사람은 없었을 것이라는 생각도 했다. 내 차례가 되자 앞으로 다가올 미래가 궁금했다. 지금 처지를 알아보는 듯 철학적으로 이야기해주시는 스님이셨다. 평생 사주를 보면 앞으로 43살이 지나면 보살님 날이 올 것이란다. 그땐 함께 살고 싶은 한이라도 함께할 수 없는 사주란다. 올해는 처사님(남편)이 안 좋은 운이 겹쳤으니 절대로 잘못을 뉘우치지 않는 남편일 것이란다. 42살 되는 해에는 보살님의 운이 나빠서 살고 싶은 한이라도 함께 할 수 없는 시점이 온다는 끔찍한 말씀을 하셨다.

운이 나빠 꼭 헤어지자고 안 해도 헤어지게 된다는 말씀과 함께 경면주사로 쓴 부적을 하나 몸에 지니고 집으로 들어갔다. 스님은 남편이 악의 기운이 세서 칼을 들고 설칠지 모른다며 눈을 보지 말고 엎드리라고 했다. 그러면 등에 칼을 꽂을 만큼 비겁한 짓은 인간이면 하지 않는다고 했다. 7박 8일의 방황 끝에 남편은 오라고 부르지도 않았지만 아이들조차도 숨도 쉬지 못하고 엄마를 찾지도 못하는 지경이었기에 들어갔다. 무서운 아빠 밑에서 겨우 초등학교 5학년의 큰딸은 엄마가 없는 집안에서 살림에 세탁기까지 돌리며 청소까지 하는 며칠을 경험했다. 경명주사 부적을 가슴에 안고 집으로 돌아올 때 그 심정은 이루 말할 수 없었다.

동생이 은아 아파트까지 데려다줬고 그날 긴 시간 집 앞에서 4층을 올려다보며 아파했다. 혈육이었기에 그 아픔을 함께 나누었고, 자매였기에 용감했을지도 모른다. 4층 아파트 벨을 눌러도 처음엔 답이 없었다. 두 번, 세 번 눌렀다. 이윽고 열리는 순간 멱살 잡고 내동댕이쳐진 내 등 뒤에 죽일 년이라고 소리치는 남편 목소리가 이명이 되어 지금도 들리는 듯하다. 맞아서 죽지는 않을 테니 참자고 생각했다. 엎드린 채로 흐느끼며 울었다. 아들이 초등학교 3학년 때였다. 오전 학습을 끝내고 집에 올 시간이었다. 막무가내로 등 뒤에서 소리치며 죽여 버리겠다는 아빠를 보고, 놀라서 도망치던 아들 모습을 보고 난 한없이 무너지는 가슴을 부여잡고 울었다.

어찌 그 시간을 참고 지냈는지. 36살의 죽기를 각오한 반항은 그렇게 끝이 났다. 아이들에게는 힘없는 엄마로 불쌍한 엄마로 낙인찍혔던, 얼룩진 서른여섯 살의 끔찍한 날들은 지나갔다. 자잘한 싸움이야 말할 수 없었지만, 이후 아이들에게 그 엄청난 일을 보이고 난 뒤에는 사춘기에 어긋날까 봐 걱정하고 노심초사하는 엄마로 변해 가고 있었다. 어느 정도 사치도 하고 예쁘게 하고 살아도 될 만큼 수입도 괜찮았지만, 어릴 적 가난한 시절을 회상해보면 삼천 원짜리 청색 잠바 하나 입고 살았어도 젊음이 있었기에 그 시절이 나았다는 생각이 들었다. 통장에 돈이 모이는 재미로 위안을 삼았는지도 모른다.

이맘때쯤 상북초등학교에서 상남으로 전학 와서, 최초로 만난 사람이 같은 반 학교 자모 엄마 필복이 언니였다. 언니도 진해에서 이사 와서 아파트 주민들과 어울리지 못했다. 나 역시 어울리는 사람이 없었을 때라, 언니가 가끔 애들 등교하고 나면 열 시 이후에 놀러와 주기도 했다. 가끔 언니네로 차 마시러 가기도 했다. 58세까지 살아오면서 형제자매보다 더 내 속에 든 말을 하기도 하며, 마음이 통하는 멘토가 되어 주었다. 불같은 성격의 남편 이야기며 편집증이라는 무서운 병을 앓고 있는 것 같다는 이야기를 터놓고 할 수 있는 언니는 필복이 언니뿐이었다 사주팔자가 있긴 한 것일까? 신은 있는 것일까? 언니는 나에게 항상 좋은 말을 해주고 아픔 없는 세상으로 인도해줬다. 언니랑 있으면 마음이 편했다.

서로가 아픔을 터놓은 사이라 그런지도 모른다. 남편과 같은 동년 대의 양띠라 이해해주고 아파해주는 모습에서 친언니 이상으로 따뜻한 정을 느꼈다. 지금까지 그 인연은 이어져 오고 있다. 큰딸이랑 같은 학년에 있는 딸 둘에 아들 하나 참 잘 키웠다. 나보다 오 년 이상 삶의 연륜이 있어서 그런지 항상 변함없는 사랑을 주는 언니에게 감사하다. 아이들 아빠를 두고도 늘 불쌍한 사람으로 생각하고, 나 하나만 행복하기를 바라는 언니다. 동병상련의 아픔이 있어서일지도 모르지만 그렇다. 삶이란 게 별것이라도 되는 듯이 그렇게 숨 쉴 틈 없이 달려왔다.

36살의 방황이 끝이 났다. 딸과 아들, 나 셋은 컴퓨터 가족반에 들었다. 컴퓨터는 없어도 컴퓨터 강의는 들었다. 아이들과 함께 컴퓨터를 배웠기에 컴퓨터 구매 후에도 쉽게 컴퓨터를 접할 수 있었다. 남편은 마누라밖에 모르는 편집증 환자였지만 내가 음악을 좋아한다는 이유로 인켈 오디오도 들여놔줬다. 물론 비싼 건 아니었지만. 이렇듯 그는 때로는 미워할 수만은 없는 존재이기도 했다. 컴퓨터를 배워서 노래를 컴퓨터 소리바다에서 내려받고, CD에 노래까지 굽게 되며 컴퓨터에 취미를 붙이게 되었다. 나의 삶에 큰 반전이 올 줄을 그때는 몰랐다.

피범벅이 되어 양산으로 갔던 날, 윤임이는 양산까지 와서 위로해줬다. 많은 친구가 울산에서도 위로 차원에서 온다고는 했지만, 지나고 보니 나를 자주 볼 수 있는 상황이 못 되다 보니 다들 그 핑계로 놀러 왔던 것도 있는 듯하다. 참으로 한 많은 세월이 지났다. 이제 십수 년이 지난 지금에 와서 생각해보면 구타당하고 살았던 삶은 억울하지만 그랬기에 정반대의 다른 사람을 만나 잘살 수 있게 된 것이 아닌가 싶다. 그때 행복하게 잘해주는 남편과 살았다면 이혼이라는 아픔은 없었을지 모르나 지금처럼 현재 삶을 감사하게 생각하는 식견은 생기지 않았을지 모른다. 이후 수많은 일을 겪으며 행복지수가 높다고 스스로 생각하며 지내게 된 이유도 그 모진 삶을 이겨냈기 때문이라고 말하고 싶다.

어려웠던 고등학교 시절, 금전 출납부를 쓰며 3년을 보냈고, 결혼생활 20년 동안 아이들 아빠와 살면서 하루도 가계부를 쓰지 않으면 견딜 수 없었던 나였다. 그런 빈틈없는 일지 쓰기가 곧 기록 습관이 되었다. 쓰라린 경험과 삶의 일기 속에서 다 말하지 못했던 일들을 짧은 필력으로나마 글로 쓸 수 있음에 감사한다. 참고 인내하는 삶만이 나와 내 주변의 사람을 이롭게 하는 것은 아니라는 것도 배웠다. 내가 아프면 온 식구들이 아프다. 내가 힘들면 나를 아는 모든 사람이 괴롭다. 행복은 스스로 찾는 사람에게 온다는 말이 있듯이 애써 행복해지려고 노력해 보라고 말하고 싶다. 감추고 살아왔던 35년의 삶이었지만 새삼 이 글을 쓰면서 용기가 생긴다.

아픔은 드러낼수록 가벼워지는 것을 느낀다. 짓눌렸던 억압,

그 고통 속에서 몸부림쳐왔던 그 시간의 배만큼 아파야 고통의 순간이 잊힌다던 그 말도 실감 난다. 하지만 이제 홀가분하게 내 아픔을 써 내려가는 이 순간이 병들었던 마음과 고통 속에서 몸부림쳐왔던 아픔을 치유하고 트라우마 속에서 헤어나지 못한 시간과 악몽 같은 지난날을 지우게 될 것이다. 나와 같은 아픔을 지닌 무수한 사람들에게 한 줄기 빛이 되기를 소망해본다.

새로운 삶에도 아픔은 여전했다

36살의 방황이 끝나고, 내 생활에 아늑함을 느끼며 산 지 3년째 되던 해였다. 의약분업으로 인해 제약 영업이 잘되어, 청솔아파트의 넓은 집을 분양받았다. 27평에서 55평형으로 이사하며, 기대 이상으로 좋았던 시간을 맞았다. 기존 분양받은 모델에서 업그레이드해서 실내 장식도 새로 했다. 넓은 거실을 베란다와 합하여 수리했다. 양주 바도 넣었다. 새로운 집에서 더 새로운 환경을 만들었다. '백팔번뇌의 천사(108동 1004호)'에서 새 생활이 시작되었고 행복을 꿈꾸며 살았다. 그게 그렇게 짧은 순간이 될 줄은 꿈에도 몰랐다.

안방, 서재 방, 딸 아들 방, 서로의 공간에서 행복한 시간을 맞이했다. 딸 방은 모두 흰색으로 꾸몄다. 침구며 책상이며 화장대까지 바꿔줬다. 유치원 다닐 때 할머니 댁에서 쓰던 책장을 버리고 새 가구로 들여놓았다. 아들 또한 새 침대와 책상을 갖추었다는 행복함에 열심히 공부해 보리라고 다짐했을 때이다. 안민동에서 다니기엔 토월중학교는 꽤 멀었다. 처음 며칠은 버스를 타고 다니던 때였는데, 하교하는 버스 안에서 안민역으로 따라 내린 학교 선배 3명으로부터 단체 폭력을 당해 얼굴이 부어오르고 옷이 찢어진 채 집으로 왔다. 폭행당한 모습을 보고 학교에 찾아가 그 아이들이 퇴학 또는 정학을 면하지 못하게 하고 싶었으나, 아들의 만류로 그만두었다. 또다시 집단 왕따당하는 게 무서워서 참았던 것이다.

그 학생들은 자주 버스에서 마주치는 선배들과 친구들이어서 친하게 지냈다고 한다. 먼저 그 동네에 살았다는 텃새 비슷한 것이었을까? 덩치도 있었던 아들이었지만, 세 명에게는 역부족이었단다. 이후 그때 왜 그랬냐고 물어봤더니 별 이유 없이 모범생같이 생겨 기분 나빠 그랬단다. 그 이후로 매일 아침저녁으로 통학을 시키기 시작했다. 학교로 보낸 딸과 아들, 아침 9시면 출근하는 남편은 집 밖에 나가기가 무섭게 하루 일정이 시작되지만 수시로 전화 확인을 한다. 무얼 하는지, 하루 동안 어떻게 지내는지. 하루에 5번 이상은 전화가 왔었다.

남편은 전화벨이 3번 이상 울릴 때까지 받지 않으면 화를 내는 무서운 사람으로 나의 뇌리에 박혀 있었다. 편집증은 무서운 병이다. 윤임이 생일은 음력으로 6월 10일이다. 삼총사로 불릴 만큼 친한 친구이자 전에는 1년 중 360일을 붙어 있던 친구였기에 생일날을 서로 기억해주고 축하해주는 자리를 만들었다. 그러려면 한 주일 이상은 남편에게 아부를 떨고 애원해야 했다. 그래야 겨우 3시간의 허락을 받을 수 있었다. 임이 생일이 다가온 날이었다. 모처럼 허락받은 날이라 지금은 STX 자리로 변해버린 수지 바다 끝에서 임이랑 저녁 식사를 했다. 우리는 모처럼 기분을 내며 오랜만에 노래방에도 갔다. 가까운 곳으로 나갔지만, 3시간은 정말 금방 지나가 버렸다. 이왕 나온 것이니 조금만 더 놀려다 보니 11시가 넘어서 집으로 돌아왔다.

노래방에 있느라 10시가 넘어도 집에 오지 않자 아이들이 더 불안한 마음에 문자를 넣었다. 아들도 전화하고, 딸도 전화하고. 몇 통이 찍혀 있었다. 하지만 남편이 정말 그렇게 무서운 사람으로 돌변하리라곤 짐작도 못 했다. 평소에 남편하고도 친하게 지냈던 친구 임이 생일이 아닌가. 그래서 설마 했던 것이 화근이 되었다. 대문을 들어서는 순간 말로 할 수 없는 욕설과 발길질을 당했다. 핸드폰도 빼앗아 내동댕이쳤다. 아들에게도 딸에게도 몇 번이나 그런 엄마의 모습을 보여 줬는지 모른다. 참으로 비참했다. 용서할 수 없는 상황이지만, 그 순간만 지나고 나면 언제 그랬냐는 듯이 갖은 아양을 떠는 비겁한 사람이 된다. 용서할 수 없는 행동을 하고 이해할 수 없이 비열한 인간이지만 아이들 보고 참아야 했다. 내 친정 엄마와 아버지께 욕이 들리지 않게 하기 위해 참아야 했던 설움이 병이 되어 가고 있었다.

그 현실에서 벗어날 수 있는 용기가 없었다. 내 눈으로 내가 보고 선택했던 그 사람이다. 나 자신을 누구에게 탓할 것인가. 유교 사상이 지배적인 밀양에서 자란 나였기에 더욱 이혼이란 단어 자체를 떠올릴 상황이 못 되었다. 살면서 방배동의 할아버지 할머니를 참 많이 떠올렸다. 그때 그 어른의 지혜로웠던 조언이 자꾸 생각났다.

"저 총각하고 헤어지지 못하면 두고두고 후회하며 내 생각을 하게 될 것이다."

이렇게 말하시던, 오동동이 고향인 그 할머니 할아버지를 떠올려본다. 두들겨 맞고 싸우게 되는 날이면 항상 귓가에 맴돌던 말씀이었다.

우리 엄마에게서 듣지 못했던 말씀, 경험에서 온 지혜로움이었다. 지금도 내 엄마는 나를 화냥년 취급을 한다. 노망도 오지 않았다. 다시 만난 이 사람과 보낸 세월이 10년이다. 강산이 변한다는 세월이다. 연애할 때 그렇게 반대하던, 박가 그놈과 결혼은 안 된다고 하던 나의 엄마였는데 용돈 많이 드리고 생활비도 알게 모르게 쥐여 줬던 그때 남편을 아직도 못 잊어 하고 있다. 지금 내 인생에 가장 큰 도움을 주고 있는 지금의 사위, 다시 만난 인연을 받아들이지 못하고 계시다. 그 사람이 아직도 엄마의 기억 저편에서 지워지지 않는 초상으로 남아 있다는 사실이 때로는 안타깝다. 엄마의 마음을 고칠 수 없기에 그냥 내버려 둘 수밖에 없다. 88세 엄마의 기억에서 지워질 내 인생 20년이 참으로 길고 골이 깊었던 것 같다고 생각하며 애써 엄마 마음을 들여다보지 않으려 외면한다.

내 친구 윤임이는 내가 당하는 모습을 수차례 보았기 때문에 남편이 허락해준 시간이 지나면 오히려 더 초조해하고 불안해하던 심장이 약한 친구였다. 처녀 시절부터 농협 공판장에서 일하던 명자와 윤임이, 그리고 나는 삼총사같이 친한 친구였다. 서로 남편들도 인사시키고 함께 시간을 보냈던 날도 있었다. 이후 큰 상처를 받은 나를 보면 항상 그때 기억을 떠올리곤 한다. 이혼을 하고 몇 년이 지나도록 소식이 없자 애끓어서 하던 친구들이다. 사찰에서 삼 년 세월을 보냈고, 사찰인연으로 다시 만난 지금 이 사람과 장유면에서 치킨집을 시작할 때 공판장을 다시 찾게 되었다. 파와 마늘, 양파를 사러 갔다가 친구들 얼굴을 보게 되었다.

가장 절친한 친구는 내가 없는 창원에서 가장 힘든 날을 보냈지만 내가 상처받을까 봐 묵묵히 기다려줬다. 세월만큼 진한 우정이었음을 새삼 깨닫는다. 남편은 찾아내라고 소리 지르고 어디 도망간 줄 아느냐고 다그쳤을 것이다. 망할 것이 바람나서 나갔다고 아는 지인들을 찾아다닐 때마다 얼마나 아팠을까? 말 못 하는 친구들의 심정이 오죽이나 했을까? 그들은 말없이 나를 바라봐 주었고, 진정으로 행복을 빌었을 것이다. 말해도 알고 말을 안 해도 다 안단다. 몇 년을 만나지 않아도 다시 만나면, 어제 본 듯한 친구들이다. 내가 사는 옆 동네 대산면에 임이 남편 공장이 있다. 매일같이 우리 집 앞을 지나다니며, 현재 내가 사는 것을 바라봐 주는 친구와 그의 남편이다. 창원대학교 CEO 최고 과정을 공부할 때 자주 찾은 임이네 집은 도청 옆이다. 지나다가 보고 싶으면 만나서 이야기도 하고 지난 세월을 이야기하며 눈물짓기도 했다.

세월의 아픔을 논하기도 하지만, 남편과 알고 지낸 지는 몇 년 되지 않았다. 임이도 동갑내기 부부, 나도 동갑내기 부부로 남편 두 분도 잘 지낸다. 어쩌다 집 앞을 지날 때면 클랙슨을 울려 아는 척하고 지나간다. 임이네 공장은 IMF 시절에도 불황이 없었단다. 돈도 많이 벌어서 좋은 일을 많이 하는 친구이다. 형제자매들과도 화목하게 지내는 친구라 많이 부럽기도 하다. 나를 받아들이지 못하는 우리 식구들에 비교하면, 부러운 것이 한둘이 아니다. 어쩔 수 없는 부분이다. 칠 남매의 장녀로 아들 하나가 내 딸이랑 동갑이다. 엄마 쥐 아이 쥐로 알던 그 이전부터 친구라고 앞에서 말했다. 청솔아파트로 이사 간 후 딸아이가 중3 때였다. 엄마 쥐 아이 쥐 명자네와 임이네 아이들과 함께 중학교 졸업여행을 강원도 정동진으로 떠났다.

엄마들은 친하게 지냈지만, 아이들과 함께 3가족이 모인 건 처음 있는 일이라, 아이들이 서먹서먹해하던 때였다. 마산역에서 만나 기차 시간을 기다리면서 노래방에서 2시간 이상 놀게 했다. 그러자 금방 친해져서 오빠, 동생, 누나, 형 하며 무박 이일로 여행을 재미있게 다녔다. 그때 모여 천진난만했던 그 소녀 소년이 아이 아빠가 되었고, 아이 엄마가 되었다. 세월이 참 빠르다. 15년이라는 시간이 우리에게 가져다준 변화는 엄청나다. 이제 할머니가 된 우리 세 친구는 이별의 아픔을 딛고 새 삶을 사는 친구인 나를 위해 항상 아프지 말라고 건강과 행복을 기원한다. 내가 가던 미용실에 임이도 같이 다닌다. 48세까지 긴 머리를 고집하며 생머리로 지날 때는 미용실을 갈 이유가 없던 친구가 이제 같은 미용실을 다닌다.

미용실에 머리를 자르러 갈 때면, 윤임이의 안부가 궁금해서 이야기하곤 한다. 임이 아들이 가장 먼저 결혼을 했는데, 아이는 가장 늦었다. 갑자기 생각나서 전화를 해보았다. 손자를 낳았단다. 축하해 줬다. 유난히 애를 좋아하는 임이였는데, 기다리던 손자가 늦다 보니 애간장을 많이 끓였을 것이다. 신이 준 선물로 손자를 얻은 기쁨에 목소리는 높은 음이었다. 함께 축복했다. 제왕절개로 아이를 낳았지만 두 명을 출산하겠다는 며느리가 기특하기도 했다. 서로가 바쁘게 지내지만 잘 지내라 안부 전하며 전화를 끊었다. 가까운 거리에 살고 있지만 자주 만나지는 못한다.

가끔 카카오스토리로 소식을 듣거나 카톡이나 문자로 안부를 묻는 생활에 적응해가며 잘 살고 있다. 일생에 지우지 못할 아픈 모습을 보여주었다. 두들겨 맞고 양산으로 도망가고 또 화해시키기 위해 데리러 오고. 청솔아파트과 은아 아파트에서의 그 아픈 흔적들은 애써 지우지 않아도 바쁘게 살다 보니 잊어버리고 지낼 때가 더 많다. 사랑하는 친구들이 있었기에, 현재 행복한 삶을 축복해 주고 건강을 염려해주는 친구가 있다는 것이 생에 가장 큰 행복임을 깨닫는 시간이었다. 친구 생일인 윤달이 되면 생일에 얽힌 아픈 이야기가 떠오른다. 하지만 이제 그만 아파해야지. 축복된 날, 행복한 이야기로 꽃피울 올해, 윤임이 생일을 기다려 본다. 애써 기억하고 싶지 않지만, 흐린 기억이 되어 희석될 그날까지 행복하게 살아 보련다.

못되면 조상 탓이라는데

공기 좋고 경치 좋은 곳으로 이사했다. 아파트 뒤의 배경으로 성주역사가 보이고, 추억을 자아내게 하는 철길도 눈에 들어온다. 천사 집에서 보이는 푸르른 산과 앞으로 향해 부는 산바람 덕에 시원한 여름을 지낼 수 있게 되었다. 인공바람을 좋아하지 않기에 에어컨은 들여놓지 않았다. 하지만 남편은 음악을 좋아하는 아내를 위해서 55인치 TV와 그에 대등한 전축을 들여놓았다. 넓은 평수에 맞추어 물소 가죽 소파도 분위기에 맞게 들여놓았다. 흔들의자에 앉아 안민동 산세를 즐기는 일이 일과가 되었다. 아이들을 등교시키고 남편이 출근하고 나면 오전 10시에 가까워지지만 넓은 집 청소기를 돌리고 나면 혼자만의 여유로운 시간도 있다.

편집증 환자이긴 하지만 1년 365일 햇빛 못 보는 정신병 환자

취급은 하지 않았기에 그나마 견딜 수 있었지 싶다. 토닥거리며 싸움하고 나면 정말 최선을 다해주는 며칠 때문에 속고 또 속으며 살아왔을 것이다. 마산에서 오빠랑 자취하면서도 시골 농사가 넉넉지 않아 곡식을 사 먹어야만 했었다. 시댁은 예전 조상부터 농사를 지어왔단다. 창원 공단이 들어설 때 농토가 도로수용에 포함되었다. 농토를 중요시하던 시대였다. 대산면에 농토를 2200평 소유하게 되었다 한다. 매년 경작 대여물로 받은 쌀은 남아돌았다. 묵은 쌀을 먹어야 했다. 절대로 쌀을 파는 일이 없는 시아버지셨기에 풍부한 쌀농사였다. 오빠와 자취할 때부터 된장을 시골 엄마 집에서 가져와 먹는 것이 힘에 부쳤다.

아버지께서 메주를 쒀서 만들어 주시면, 20대 초반부터 된장을 담아 먹었다. 55평 아파트에서도 해마다 된장을 담았다. 3월이면 베란다에서 된장 가르기를 하여 반짝거리는 된장독만 봐도, 행복이 넘쳐났던 시기가 있었다. 3천 원짜리 화분 하나를 장만해도 행복해하고 2만 원짜리 분재 화분 하나면, 물줄 때마다 행복을 느끼기도 했었다. 그러면서도 지속적인 행복을 꿈꿀 수는 없었다. 그 이유가 불안감에서 오는 내 안의 슬픔인지도 몰랐다. '연주표' 된장, '연주표' 고추장이 가장 맛있다던 친구들도 있었다. 평생 그 행복을 느낄 수 없기 때문에 슬펐다. 4월 시조모 제사가 있는 날 마산어시장까지 제사용품을 장만하기 위해 가는 날이면, 그 핑계로 조금 여유를 부리곤 했다.

제사용품은 한곳에서 몽땅 주문하고 얼어붙은 고기도 해동

시켜 달라며 고기 상점 아줌마에게 부탁해놓고는 가포찻집에 가서 복이 언니랑 차 한잔 마시고 점심 한 그릇 먹는 기회로 삼았다. 그러나 정성이 부족해서였는지 일이 터지고 말았다. 제삿날 아침에 고기를 대야에 담아서 일찍 집을 나서는데, 남편은 제사 비용을 많이 썼다는 트집으로 고기 담긴 대야를 발로 차서 엎질러 놓는다. "어디 조상이 내 조상이냐 너네 조상 잘 모시면 너 잘되자고 하는 짓 아니냐"며 울분을 토했다. 응어리 진 가슴을 안고 시댁에 오기 전에 임이네 들러 울먹이던 때도 있었다. 나보다 더 나를 걱정해주던 친구였지만, 슬픈 현실은 나도 모르게 서서히 옥죄여 오고 있었다.

청솔아파트 입주 후에도 자금 여유가 생겨서 상가를 2000년도에 샀다. 128평짜리 산 상가는 건평 60평에 점포가 5개로 나누어져 있었다. 월세도 제법 쏠쏠하니 챙길 수 있었다. 내동에서 명서동으로 이주하게 될 때도, 3년 동안 모아둔 적금을 타서 집 짓는 데 보태 드렸다. 이주한 동네 분들이 예전 동네인 내동에 사시던 분이라 칭찬을 많이 받았다. 돈을 벌기도 잘 벌지만, 부동산이며 재산증식을 잘 아는 똑똑한 며느리라며 이웃 분들이 더 신임하던 때였다. 집에서 싸운 표시를 내지 않고 제사음식을 만들었다. 손아래 두 동서가 있었기 때문에 큰일 치를 때는 맏동서로서 할 일만 하면 되었다.

창녕이 친정집인 동서는 참 마음이 고왔다. 튀김이며 탕이며 고기 찌기, 나물 만들기. 나와 손발이 잘 맞아서 함께 일하는 동안에는 동서와 숨김없이 남편 흉보기도 하고 사는 이야기도 해가며, 정겹게 지냈다. 시어머님 눈에는 별로 맘에 들지 않았겠지만, 동서도 시골집 내동으로 시집와서 일하던 때와는 차원이 다른 집안 분위기에 적응하는 게 쉽지 않았다. 막내동서도 미술학원에서 아이들을 가리키던 사람이었다. 막내동서와는 나이 차가 많다 보니 조카들이랑 함께 놀아주기만 하게 하고 일은 시키지도 않았다. 전 남편은 큰아버지 역할도 해야 하고, 장남 노릇을 해야 하지만, 항상 동생들을 마음에 들어 하지 않았다. 큰 시동생은 회사만 들어가면 몇 개월을 버티지 못하고 들락거렸고, 제수씨도 처음부터 예뻐하지 않았다. 다만 부부 둘의 사이는 문제없었기 때문에 끝까지 잘 살아주고 있는 며느리다.

막내 시동생도 헤어졌다는 소리를 들은 것은, 내가 헤어진 후 몇 해 지나지 않아서였다. 삼 형제 중에 그래도 가정을 지키는 사람은 둘째뿐이었다. 55평으로 이사 온 후 주위 사람들도 좋은 이웃들과 인연이 이어졌고, 놀이 문화 또한 달라졌다. 1004동 같은 라인 사람들 12명이 단체로 동산 골프장을 이용하기로 했었다. 그때만 해도 삼십 대 후반이었던 터라 운동신경이 살아 있을 때였다. 단체로 운동을 하는 건 동민들과 어울리는 재미 때문이었다. 항상 함께 운동하며 친분을 쌓아 가고 있었다. 하지만 몇 개월 다니지 못하고 필드에 한 번 나가보지도 못하고 그만두었다. 동산골프장에 연습하러 갔던 날, 에쿠스를 후진시키다 멜로디 소리도 듣지 못하고 사고를 냈기 때문이다. 엘란트라 문짝을 들이받았다.

1991년에 면허를 취득하고 처음 있는 사고라 어리벙벙하기도 했다. 남편에게 사고 소식을 알리면 혼날 거라는 무서운 생각이 먼저 들었다. 뒤 트렁크 오른쪽 위 에쿠스 마크에 조그만한 자국이 찍혔다. 다급한 나머지 보험으로 처리하면 들킬까 봐 엘란트라는 현금으로 33만 원을 보상해 줬다. 새로 장만한 지 얼마 되지 않는 차여서 남편에게 꾸중 들을 생각을 하니, 나 스스로 두려움에 질렸다. 트렁크 문짝을 통째로 바꾸기로 마음먹었다. 집에 돌아온 나는 아들에게만 비밀스럽게 말했다. 수소문하여 창녕에 있는 서비스 센터에 맡겨 하루 만에 트렁크문짝을 갈기로 하고, 남편을 속이기로 했다. 토월중학교 일일 교사시간에 하루 참관하는 일이 생겼다고 말을 둘러댄 뒤에 창녕에 있는 서비스 센터로 달려갔다.

오전 10시도 안 돼서 맡긴 차는 오후 5시가 돼서야 거의 끝났다. 퇴근 시간 전에 차를 집에 가져와야 안심을 하겠기에 서둘렀다. 감쪽같이 아무도 모르게 수습은 되었다. 지금 생각해보면 왜 그렇게 그 사람이 두려웠는지, 목소리만 들어도 겁에 질려 망부석이 되었는지 나 자신도 이해가 안 된다. 고등학교 때 다섯 살 차이 나는 까칠한 성격의 사람과 만나 한 번도 푸근한 정을 느낄 수 없었다. 사랑해서 결혼했다기보다는 순결을 바친 사람이기에 피할 수 없는 운명의 남자였다고 스스로 치부해버렸다. 무서운 주먹질에 욕설을 퍼부을 때 "× 같은 것"은 입에 달고 사는 말이었다. 자존심은 땅바닥에 패대기 쳐놓고 정신은 병들어 가는데 육체는 갈구하는 사람이었다. 정말 있을 수 없는 일이었다.

왜 그렇게 무서웠는지, 지금처럼 이런 강심장으로 한 번쯤은 반항해보고, 미친 척하고 술이라도 한 모금 마시든지 해서 흐트러진 삶을 살 수도 있지 않았을까 생각되지만, 바보처럼 살 수밖에 없었던 것은 강한 유교적인 사상이 팽배했던, 부모님의 영향 때문이 아니었을까 싶다. 이별 후에 느낀 점이 있다면, 정법으로 사는 것만 최선의 길은 아닌 것 같다는 생각이다. 아프면 아프다 소리 지르고, 억울하면 억울하다 울분 터트릴 줄 아는 사람으로 살았다면, 하는 생각도 많이 해봤지만, 나의 내면에서 허락하지 않는 내 자존심과의 싸움에서 내가 이긴 것일 수도 있다는 결론을 내렸다. 이미 지난 일들이고 그 사람을 허락하지 않을 수 없는 지경에 와 있지 않았는가?

내 주변 사람들을 보면 성격 차이로 이별하고 별거 중인 사람들도 있지만, 결국은 돌아서 각자의 인생으로 돌아가 있더라는 것, 지독한 미움과 증오는 나 자신에게 좋지 않은 결과를 낳게 된다는 것을 느꼈다. 살아보니 그럴 필요가 없는 것이었다. 이제 어느덧 육십을 바라보는 중년이 되었다. 그 사람도 사위와 며느리를 본 할아버지가 되지 않았는가? 후회하고 자신이 한 짓을 뉘우치고 사는지는 모르지만, 아마도 철저한 외로움은 경험하고 살고 있을 거라 장담한다. 마지막 이별을 고할 때 서로 헤어지자고 말한 적 없어도, 집 나온 그 시점부터 주민등록을 본인이 직접 파내버린 사람이었다. 원수같이 생각하다가도 아이들을 생각하면 미워할 수 없는 애들 아빠이다. 자기 자신도 모르는 편집증 증상을 가진 환자이기에 불쌍한 사람으로 나의 뇌리에 박혀 있다.

그 사람에게서 벗어나는 순간 해방되었다. 좋아하는 취미 활동을 하면서 살 수 있게 되었다. 두 시간의 여유만 있어도 자연을 벗 삼아 사진을 찍든지, 걷기 운동을 하든지 나간다. 사주에 역마살이 있다고 하나 검증된 것도 아니었다. 내가 좋아하는 일이면 무엇이든 해보는 성격인 것으로 생각하고 싶다. 사회복지 상담학 석사 과정을 다닌 지 벌써 1년이 지났다. 그동안에 많은 변화가 있었다. 이탈리아를 남편과 함께 다녀왔고 3월에 동유럽을 친구와 다녀왔다.

자유로운 영혼으로 좋은 것을 많이 눈에 담고, 좋은 곳을 볼 때는 함께할 누군가 함께 있어야 행복을 배로 느낄 수 있다기에 친구들과 떠난다. 애들 아빠와 성취하고자 하는 목표가 다르기도 하겠지만, 나로서 볼 때는 항상 불쌍한 생각이 많이 든다. 미워하는 감정보다 병이었기에 함께 살 수 없었다고 나 스스로 위안해본다. 돈을 가장 중요하게 생각하고 인생 목표가 돈인 그 사람이었다. 돈을 벌기 위해 최선을 다했지만 무엇을 위해 써야 하며 여자의 행복은 무엇인가를 모르던 사람, 이제 남은 인생은 참 좋은 사람을 만나서 행복을 누리고 살았으면 하는 바람뿐이다. 나와 백년해로를 못 했을 뿐, 불행하게 살기를 바라는 것은 내 업장을 쌓는 것일 테다.

아이들 아버지로 세상에 없어서는 안 될 한 사람이기에 행복을 빌 뿐이다. 연애 시절에 날이면 날마다 쓰던 연애편지 문장력이 탁월했던 그 사람, 작가는 나보다 애들 아빠가 먼저 돼야 했을 정도로 머리가 좋았다. 지적인 사람이었다. 자아 형성이 잘못되어 집착증을 가지게 된 그 사람이 안타깝다. 가끔은 꿈속에서 선명한 얼굴이 떠오른다. 살아 있는 사람이 왜 꿈속에 나타날까? 이제 그 트라우마에서 벗어나고 싶다. 조상숭배하는 날에 일어났던 일은 아련한 추억 장에 아픔의 한 자락으로 남아 있지만, 이젠 잊어버리고 싶다. 이글을 통해서 치유되어 갔으면 하는 바람으로 새로운 도전에 용기를 내어 본다.

PART

003

가슴을 울리는 사람

의미 있는 삶

2002년 그해는 나에게서 악몽 같은 시간이었다. 이른 봄 시어머니의 몸은 어느 한곳 편한 곳이 없을 정도로 갖은 질병을 지니고 계셨다. 고혈압, 퇴행성 관절, 위암, 부인과병… 날이 갈수록 걷지도 못하고 음식을 드시지 못하는 괴로움을 호소하여, 부산대학병원으로 모시고 가게 되었다. 그 병원에서 위암이라는 선고를 받게 되었다. 딸아이가 고3이었고 아들은 고1이었다. 문성고와 중앙고를 다니는 애들을 통학시키고 나면 대학병원입원실로 허겁지겁 달려갔다. 병원 생활을 시작한 지 꽤 오랜 시간이 지났고 당신께 딸 둘과 아들 셋이 있었지만, 맏며느리인 내가 제일 만만한 모양인지 나만 찾는 시어머님을 위해 부지런히 쫓아다니기만 했다.

위암 수술을 받아 보려고 입원을 했으나 갖은 질병이 많았다.

수술하게 되면 24시간 간병인을 붙여야 할 것 같았다. 수술하기 위해 가족을 불렀지만, 며느리인 나의 발언권은 없었다. 직계자식들과 시아버지의 동의가 있어야 했으며, 남편이 나에게 묻는다. 시어머니의 상태를 얘기하며 말렸다. 의사 선생님의 말씀도 가만히 두면 5년은 더 살 수 있다고 하셨다. 연세가 있으셔서 급진전 되진 않는다는 말이 조금은 위로가 되었지만 병을 알고 병원에만 있을 수 없는 상황이었다. 시아버지 또한 누군가의 도움의 손길이 필요했던 때다. 식사 해결을 하시지 못하는 상황이었으므로 퇴원을 고려했다.

아픈 시어머니는 주로 내가 맡았다. 멀리서 들여다보는 딸들은 왔다가 가면 최선을 다하는 것이었다. 시어머니 목에 밥이 넘어 가지 않는 상황이었지만 좋다는 한방치료는 거부감 없이 받아들이셨다. 바다 해삼이 위암에 좋다는 것을 체험으로 느꼈다. 시어머님은 바닷가가 친정이라 해산물을 좋아하시기도 했지만 홍해삼과 일반 해삼을 유독 잘 드셨다. 싱싱한 해삼은 3kg씩 사다가 이틀이면 다 잡수셨다. 구토 증상이 사라지면서 죽을 드시게 되었고, 매일 들여다 보지 않아도 되어 갈 때쯤 연말이 다가왔다. 남편은 평상시 친구가 많지 않았다. 소수의 지인들, 일과 관계된 인연 몇몇이 있을 뿐이었다. 주말이면 항상 친정 오빠 친구들과 모여 놀기를 좋아했었다. 나와 동행하는 것을 원했다.

오빠 친구들이 모여 노는 데서 놀다가 친정 오빠 집에서 언니랑 나랑 놀고 있으면, 밤 열두시쯤 집에 가자고 데리러 오곤 했다. 그렇게 노는 것도 하루이틀이지 2002년 마지막 날에도 신년을 맞이하기 위한 계획을 세워야 하는데 또 가자는 것이었다. 매번 따라나섰건만 그날은 왠지 가기 싫었다. 집안 식구들과 새해를 맞이하고 싶은 마음이 더 컸던 것이었다. 아들이 가르쳐준 대로 소리바다에서 음악을 내려받아 사이트에서 음악 신청도 하고, 인터넷 음악방에 소속을 두고 즐거워하고 있던 때였다. 방송하는 사이버 자키가 멋있어 보였다. 배우면 다 할 수 있는 인터넷 방송을 나도 한 번 배워 보고 싶었다.

방송 샤우트 캐스트를 깔았다. 방송에 흥미가 붙었을 때였다. 처음 아이디를 만들어야 한다고 하자 아들이 '둥글이'라고 지어줬다. 그래도 엄마는 여잔데 '둥글이'보다는 '동그리'가 좋지 않겠냐며, 별명을 '동그리'로 하고 인터넷을 시작하게 되었다. 남편은 집에만 오면 짜증내고 화내고, 욕설하는 게 일상이었지만, 인터넷 동방 식구들은 얼굴도 모르는 채팅방에서 온통 걱정과 잘되기만 바라는 말들을 주고받았다. 서로서로 위로하는 채팅창을 가만히 바라보면 별천지의 세계를 맛보게 되었던 것 같다. 가끔 즉석만남으로 만나서 점심도 먹었다. 그때 인터넷이 정말 문제가 많이 되었던 시기였기도 했다. 인터넷의 과도기였다. 지나고 보니 각 지역에서 들어오는 낯선 사람과의 대화가 내 마음의 안식이 되기도 했던 것 같다.

그때 상황이 그러다 보니 집 안에 있어도 어떤 일보다 채팅에 재미를 붙이게 되었다. 시간만 나면 방송을 하는 재미도 있었다. 하지만 장미 동방에서는 '동그리'로 방송할 수 없었다. 남편이 아는 아이디였기 때문이다. 출근하고 나면, 아침 열 시부터 방송 문을 열었다 '소쩍새 둥지'로 경자생쥐들만 오게 하여 방송을 했었다. 그 방송이 화근이 되어 이혼이라는 별칭을 얻게 된다. 2002년 오빠 집으로 놀러 갔던 남편은 결국 2003년 1월 1일 아침 10시에 집에 도착했다. 밤사이에 무슨 일이 있었는지 예전 아버지를 보는 것 같았다. 노름하고 오면 엄마와 다투던 아버지처럼 집에서 아이들과 새해를 잘 보내고 있었냐는 말은커녕 컴퓨터로 밤새도록 뭐했느냐고 닦달하기 시작했다.

새해 아침에 첫 방송을 걸자마자 집에 온 남편 때문에 컴퓨터를 강제 종료하고 말았다. 방송이 나가다가 막 끊어지니까 소금의 빛이라는 별명을 가진 친구 동생이 전화했다.

"누나 방송할 수 없어?"

"왜?"

"알았어!"

눈치로 알아차렸는지 전화는 끊어졌다. 그때부터 시작된 싸움. 아이들이 있었지만, 욕을 퍼붓고 컴퓨터 중독이라고 화를 내며 방으로 들어갔다. 새해 아침부터 아이들 앞에서 주먹질 당하는 엄마, 큰소리쳐도 꼼짝 못 하는 엄마는 아무 말 없이 딸 방에서 5일을 생활했다. 연말이 되기 전에 친구가 찾아와서 하던 말이 귓전을 맴돌았다.

"희수야 이번에 남편과 싸우면 집 밖에 나가지 마라. 집에 이상한 기운이 돈다."

이렇게 말하던 친구의 말이 며칠 동안 내 귀에 맴돌았다. 딸아이 방에 5일째 아무 움직임 없이 꼼짝 않고, 누워 있었더니 딸이 요리를 만들어 줬다. 빵과 김밥, 국수까지 끓여줬지만, 무너진 가슴에 음식이 땡길 리가 없었다. 거식증, 먹기를 거부하는 내가 되었던 것이었다. 6일째 되는 날 밤 거실 중문이 자주 들락거리는 기척이 들리더니, 늦은 밤까지 들락거리는 소리가 들렸다. 누워 있었지만, 신경이 살아 있는 이상 온통 그쪽으로 신경이 곤두설 수밖에 없었다. 며칠 굶어서 눈만 감았다 하면 저승인지 시간의 개념이 없었다.

딸이 엄마 이러다 정말 큰일 나겠다며 뭐라도 조금 먹으라고 매일 권했지만, 이대로 죽고 싶다는 생각만 들었다. 7일째 되는 날 아침 새벽부터 주방에서 분주한 소리가 들리더니, 남편은 아이들에게 시리얼을 말아먹게 했다. 방학인데도 아들은 방학 특강을 나가고 있었다. 아들이 안민동에서 버스를 타고 나가는 모습을 보고 난 후, 미친 듯이 딸 방의 문을 걷어차고 들어왔다. 그의 눈에는 살기가 어렸다. 노랗게 질린 남편은 죽일 듯 달려들었다. 며칠을 굶고 있는 나를 향해 발길질을 해댔고 생리 중이었던 배를 걷어찼다. 죽고 싶었다. 방문을 걸어 잠그고 시작한 일방적인 폭력, 그는 미친 사람이었다.

며칠을 생각해봐도 미친 것, 화냥년 때문에 살 수 없다며, 내 핸드폰을 뺏으려 안간힘을 썼다. 그대로 있다가는 죽을 것 같았다. '살아야지. 맞아 죽을 수 없다면 살아야 한다'는 생각에 안간 힘을 다해 딸을 불렀다. 미쳐서 날뛰는 남편은 눈이 뒤집혔고, 사로잡힌 목엔 옷이 뜯겨나갔다. 어찌 된 영문인지 귀에서 솨 하는 소리가 들리며 최악의 순간을 비집고 탈출했다. 딸이 울며 불며 문을 열쇠로 열었다. 학교 가는 아들을 불렀다. 택시를 타고 다시 집으로 온 아들이 본 현장은 너무나 처참한 광경이었을 테다. 미쳐 날뛰던 남편은 아들을 보자 아무 일 없었다는 듯이 핸드폰 조회한다고 집을 나갔다.

아이들에게는 엄마 귀고막 터진 것 같다며 병원에 다녀오겠다고 하고 카키색 점퍼 하나만 걸치고 나왔다. 평소에 집착당하고 아무것도 아닌 일에 소리 지르는 남편에게 주눅 들다 보니 건망증이 심했다. 금방 손에 쥐었던 것을 놓아 버리면 어디에 뒀는지 기억이 나지 않았다. 모든 통장과 내가 관리해야 할 모든 것들은 한곳에 모아 두는 버릇이 그때 생겼다. 지갑 하나 달랑 들고 병원으로 가기 위해 택시를 탔다. 기사 아저씨는 내 행색이 너무도 기가 찼는지 룸미러로 쳐다보고 또 쳐다봤다. 아저씨 세광병원으로 좀 데려다주세요. 병원에 도착해서 진료받았다.

의사 선생님이 묻는다. 왜 이러냐고. 폭행? 누가? 남편이? 가슴엔 불덩이가 위장을 타고 내려가는 것 같았다. 말없이 볼엔 눈물이 타고 흘렀다. 의사 선생님은 어디가 불편하시냐고 물었다. 귀가 바람이 나가는 것처럼 솨 하고 소리가 난다고 했다. 청진기로 귀를 들여다보시더니 어떻게 할 거냐고 물었다. 의사 진료기록부를 유심히 쳐다보며 ○○ 제약회사 소장님 부인이시냐고 물었다. 아이는 몇 살이냐고, 전부터 이런 증상이 있었냐고 물으셨다. 아이들은 고1, 고2이고 결혼 전부터 가끔 폭행을 했다고 했다. 참말 못하고 고생하셨다며 절대로 고칠 수 없는 병인데 어쩔 거냐고 물으셨다. 폭행으로 처리하면 이혼이 쉬울 텐데 어떻게 해드리냐고도 하셨다. 아이들 장래와 아이 아빠의 위치도 있는데 그렇게까지 하고 싶지는 않다고 하고 조용히 나왔다.

의사 선생님께 의처증으로 이혼을 요구하면 이혼은 되지 않겠냐고 여쭸다. 용서하고 싶진 않았지만, 그냥 보험처리 해달라고 애원했다. 의사 선생님은 참 대단한 결정을 하셔야 할 것 같다며 옆 건물 이비인후과에 다녀오시라고 했다. 고막이 터졌단다. 이미 예전에 한 번 맞아서 터진 경험이 있었기 때문에 바람 소리 날 때 난 알고 있었다. 고막이 터져 울 수도 없는 현실이 되고 말았다. 이비인후과에서 고막 시술을 했다. 울면 코로 눈물이 들어가게 되니까 코를 들여 마시든지 풀든지 하는 상황이 되면 안 된다고 울지 말라고 하셨다. 고막에 얇은 점막 시술을 해놨기 때문에 다시 터진다는 이야기였다. 내 처지가 참으로 비참했다.

며칠을 굶고 죽을 만큼 맞고 나온 상태라 탈수 증상과 영양결핍 상태였다. 긴급 입원 절차를 밟아라고 하시는 의사 선생님 말씀에 무서워서 벌벌 떨었다. 의사 선생님은 신상은 비공개로 해서 입원해 있다가 내 맘대로 나가고 싶으면 가라고 하셨다. 보험처리는 했지만, 애들 아버지가 찾아올까 봐 무서워서 카드로 병원비도 계산하지 않고 현금을 냈다. 이틀 만에 세광병원에서 퇴원하여 무작정 시외버스 터미널로 향했다. 아무도 없는 곳으로 도망치고 싶었다. 집에서 입고 나온 옷이라고는 청색 점퍼에 검은색 저지 바지 하나였다. 영양제를 이틀 수액하고 시외터미널 지하상가에서 청바지와 티셔츠, 하얀색 오리털 점퍼를 하나 사 입은 뒤 대전행 버스에 몸을 실었다. 아무도 모르는 대전역 앞 모텔에서 사흘 동안 나 자신을 돌아보며 이후에 어떻게 해야 할지 생각했다.

이제 도저히 남편과는 살 수 없다는 결론을 내리면서 이혼 청구 소송에 들어가야겠다고 마음을 먹었다. 대전에서 창원으로 다시 돌아와서 ○○○ 변호사 사무실을 찾았다. 육하원칙에 의해서 결혼생활을 유지할 수 없는 이유를 A4용지 석 장에 적어 제출하라고 했다. 이 말을 듣고 동생 집으로 향한 것은 대전에서 3일 있다가 내려온 후였다. 동생이 근무하던 곳으로 찾아갔다. 동생 근무지에서 이틀 밤을 자고 3일째 되던 날 양산 북정동에 있는 트윈스룸으로 옮겼다. 이별의 끝없는 전쟁은 시작되었다.

어떻게
살아야 하는가

편집증이라고 말하고 싶다. 어느 부분을 먼저 이야기해야 할까? 꼬리에 꼬리를 물고 지나간 역사가 주마등처럼 스쳐 간다. 이 현실을 한 장의 백지 위에 써 내려가야 한다는 사실이 먼저 슬퍼진다. 제약회사에 공채 시험으로 들어가 서울 본사에 근무하던 중 방배동 3층 집 반지하에 세 들어갈 때부터, 내 삶은 매집으로 두꺼워졌다. 동거가 시작된 어느 날 밤, 잠결에 이상한 행동을 한다 하고 잠자던 나를 흔들어 깨운다. 막무가내로 알몸으로 새벽에 쫓겨났지만 내 인생에 이런 생활이 시작될 줄은 예감하지 못했다.

주인 할머니의 헤어지라는 조언도 그 시절엔 지나친 관심 애정 표현이라고 생각했다. 이듬해 1984년 1월 14일에 결혼하여 10월에 큰딸을 출산했다. 창원 내동에서 신혼 초부터 부모님을 모시고 단란한 가정을 꾸렸다. 하지만 평소 성격이 난폭한 면도 있었다. 잦은 부부 싸움에 부모님께서도 마음고생이 컸으리라 생각한다. 밤이면 다툼이 심했다. 결혼 후 2년도 되지 않았을 때, 뒷방 총각에게 세숫물을 떠다준다는 이유로 매 맞는 새댁이 되기도 했다. 하지만 그때도 내 인생이 이렇게 빗나갈 거라는 예측은 그 누구도 하지 못했다. 총각 물 한 바가지 퍼 준 사건으로 총각을 흠모하느냐, 화냥년이라는 욕설이 난무했다. 그런 욕을 듣고서도 부모님을 모시고 살던 터라 바보같이 참고 살 수밖에 없었던 나였다. 1987년 내동에서 명서동으로 이사했다. 그해 여름밤은 의처증이 발병하여, 영문도 모른 채 방음이 잘된 작은방에 갇혀서 허리띠로 맞기 일쑤였다.

그 고통은 참을 수 없이 지속됐다. 밤이면 두들겨 패다가 새벽이면 어김없이 잠드는 남편을 두고 집 나갈 결심을 했다. 일 나가시는 시아버지 식사자리에서 한없이 울며 집을 나갈 수밖에 없는 이유를 설명했다. 의처증에 가슴을 치며 통곡했다. 아버님은 3만 원을 주시며, 어디 가든 연락하고 딴 마음먹지 말고 돌아오라 하셨다. 그 모습이 눈에 선하다. 친정 큰올케를 찾아가 부적도 써보았다. 27년을 기록하려니 눈앞이 캄캄해 온다. 굵은 뼈를 가지고 튼튼하게 태어난 신체여건 때문인지, 죽도록 맞아도 피멍 하나 들지 않던 내 몸뚱이를 생각하면 다행한 일이라고 말하고 싶다. 지긋지긋한 날들이 연속이었다.

굵은 사건들만 나열해도 죽을 고비를 몇 번 넘겼다. 자잘한 싸움이야 하고 살지만 의심의 실마리가 꼬리를 물고 나를 괴롭힐 때면, 차라리 죽고 싶은 마음이 한두 번이 아녔다. 연애 결혼이었기에, 내 인생은 내가 책임지고 부모님 얼굴에 먹칠하고 싶지 않았다. 잦은 싸움은 시고모님에게도 걱정거리였다. 가끔 어느 여자가 그렇게 맞고 사냐며, 잘 생각하라고 하신 적도 한두 번이 아니다. 큰딸이 초등 1학년일 때 분가했다. 그해 여름에도 구타당하며 살았다. 북 세일즈 일을 하다가 정시에 퇴근을 하지 않는다는 이유로 큰 다툼이 있던 날, 빨래판으로 등을 내리찍었다. 수삼일 아픔이 지속됐다. 영문도 모르고 매 맞는 장면을 아들과 딸들에게 자주 보여주며, 끈질긴 삶, 강한 집착에 시달렸다. 일에 대한 그의 강한 성취욕은 인정한다. 그래서 숨 막힐 정도의 집착증에 시달려도 인내했다. 노예화되어 간다고나 할까. 은아 아파트로 이사 온 후 사소한 의심이 꼬리를 물고 시작된 싸움. 두 주먹으로 얼굴을 강타해서 입술이 터지고 선혈이 낭자한 아침이 친구가 본 광경이었다.

두들겨 맞고 집 나가는 것은 싫었지만, 남편의 폭력적인 행동을 고치려고 무모한 짓을 했다. 7박 8일 동안 동생 집에 있으면서 살아온 날들을 후회도 해보았다. 초등 5학년 아들, 중학교 1학년 딸을 둔 엄마는 차마 결단력이 없어서 다시 돌아왔다. 그 집엔 폭력만이 난무했다. 큰 동서도 기억하고 있을 것이다. 내 집안 사람들의 기억에서 지워지지 않는 큰 사건들로 기억되었을 테다. 아들이 하교할 시간에 칼 들고 설치던 아빠 모습을 지금도 잊지 않았으리라 생각한다. 타인들이 보기엔 더 없는 잉꼬부부로 살았다. 하지만 내면의 나는 멍든 삶의 연속이었다. 어느 것 한 가지도 내 뜻대로 해주는 것이 없었다. 겉치레만 번듯한 남에게 보이는 삶, 골프며 에쿠스 타는 일은 허상이었다.

20년을 살아오면서 외식과 외출 한 번 제대로 해본 적 없는 나였다. 친구들과 모이더라도 핸드폰으로 꼭 확인 전화가 울렸다. 문명이 발달하고 시대의 흐름이 급물살을 타는 문화 홍수 속에, 인터넷 때문에 숨 쉬고 살 수 있다는 생각을 해본 것도 잠시였다. 내가 내린 결론에 전 남편은 반론을 제기하겠지만, 내 삶의 흔적들은 분명히 말하고 진실을 얘기할 것이라고 믿는다. 인터넷 문화를 접한 것은 3년이란 세월을 말해줬다. 현실과 타협하지 못하는 남편은 컴맹이었다. 그 문화를 이해하지 못했고 의심병만 키워갔다. 이렇게 된 현실에 대해 나에게 책임 전가할 사람이다. 취미가 음악 감상과 시 읽기이었다. 싸워가며 열심히 살아왔던 덕분에 14억짜리 건물을 사게 되었다.

건물 일 층과 이 층은 가게였다. 삼 층부터 원룸이 18개 있었으며, 원룸이 비어 있던 관계로 고등학교 동창 미숙이의 동생 정덕이가 이사를 오게 되었다. 보증금 없이 월세를 주자고 허락하고 입주를 시켰음에도 불구하고, 그 동생과 나를 불륜관계인 것으로 오해를 했다. 그때도 쥐 잡듯 두들겨 팼고, 누워 있는 나를 7일 만에 때려서 고막이 파열됐고 집을 나왔다. 나의 20년이 편집증에 맞대응하고 살아온 아픔의 날들이었다. 이제 정리하려고 한다. 살아온 20년을 몇 장의 종이 위에 나열해야 한다는 사실도 힘들다. 말로 표현할 수 없고 글로 쓰자니 필력이 달린다. 그 고통 속에서 견뎌 온 날을 누가 이해해줄까? 아무도 모른다.

자식을 둘 낳은 내가 연애 시절부터 27년 긴 세월을 정리하기가 쉬운 일은 아니지만, 그 지긋지긋한 병에서 탈출하고 싶다. 나 자신을 원망하고 이해하지 못하는 아들딸들이겠지만, 언젠가 나의 진실은 후에 가려질 것이다. 나의 영혼이 병들어 가고 죽고 싶도록 처철했던 그 삶을 정리하려고 이 글을 쓴다. 살아온 이야기를 몇 장에 축소하여 정리해본다. 연애 시절부터 집착으로 살아온 20년, 이 시점에서 새로운 내가 되고 싶다. 비참하기 짝이 없는 그 시간이 지날 때마다. 고통 속에 살아왔던 그 시간을 놓고 떠나려 생각하니, 병든 시어머니를 두고 내 손으로 끝까지 지켜주지 못했던 내 팔자에 가슴 치고 통곡하고 싶다.

시집와서 20년 동안 함께한 순간까지는 같이 효도하며 살아왔는데, 헤어지는 마당에 팔이 안으로 굽는 이치겠지만, 자식을 가장 가까이에서 잘 아는 분이 시어머니셨다. 그분이 설령 나를 미워한다 해도, 내 인생의 절반은 시어머니와 살아왔다. 이혼이라는 인생의 줄거리를 써 내려 가는 이 순간에도 아마 시어머니는 모르고 있을 것이라고 생각하면 눈물이 앞을 가린다. 하지만 이제 내 인생을 다시 그 굴레 속으로 넣을 수 없으므로 강하고 독한 마음을 먹고 살아갈 수밖에 없다. 고막파열로 3개월 진단이 나왔다. 내 인생은 내가 찾아야 하기에 이 굴레에서 벗어나고 싶다. 0.1%의 희망을 안고 나 자신을 아끼는 내가 되고 싶다.

의처증, 그 누구도 감당할 수 없는 지옥 같은 시간에서 도망치고 싶다.

내게 주어진 이 모든 현실을 버려서라도 이제 자아를 찾아 나서고 싶다. 나를 포기했던 20년 동안은 몰랐지만 이젠 내가 살아야 내 인생이 존재함을 안다. 오늘이 결혼 생활에 종지부를 찍는 것이 비통하기 그지없지만 난 꿋꿋하게 이 난제를 이기고 극복할 것이다. 이혼하게 된 사실을 이야기하며 변호사 사무실에 제출했던 조각들을 발견했다. 시스템 옷장 깊숙이 간직했던, 이혼서류들을 발견하고, 새삼 기억을 되살려 아픈 추억을 써왔다. 그 '아픔까지도 사랑하기를'이라는 제목에 부합하여, 아팠던 지난날의 손글씨를 펼쳐 놓고 고통의 날들을 보내야 했던 아픔을 더듬어 본다.

새로운 인생의 반려자가 얼마 전에 2편을 쓰겠다고 하던 날에 내게 던진 말이 기억난다. 아픈 고통이 트라우마가 되어 몇 권의 책이라도 쓰겠다고 했던 말을 취소하고 싶다고 말했던 날에 남편이 내게 말했다. 이혼하게 된 서류만 해도 한 권의 책은 되겠다. 바보처럼 속에 있는 말 다 하지 못하고 살려고 그러냐고 핀잔을 줬다. 이제 다 털어 내고 가벼운 마음으로 살라고 했다. 나를 만나기 이전에 전 남편과 헤어지고 난 후에 만난 사랑은 없었냐고 넌지시 한마디 던졌다. 이해한다. 없었다면 거짓말 아니냐며 진실된 책을 쓰라고 진심 어린 위로의 말을 했다. 아픈 기억 속의 조각들로 애타며 한 줄 시로 노래했던 지난 시간, 내 안의 굴레 속에 가둬 두었던 모든 마음의 짐을 내려놓으련다. 여기 이 시간에.

가슴을 울리는 사람이 되고 싶다

농업기술센터에서 일하고 있던 동생에겐 청천벽력이었다. 동생이지만 그 상황에서는 나의 보호자이자 경호원 역할을 동시에 할 수밖에 없는 처지였다. 이혼해야겠다는 마음을 먹고 시작된 일이기는 하나 내가 양산에 기거한다는 사실을 모르게 해야 했으므로 힘들었을 것이다. 농업기술센터 방은 판넬 방이라 금방 전기만 올리면 따뜻했다. 아침 아홉시가 되면 동생은 출근했다. 방 안에 언니를 숨겨 두고 일하는 동생의 심정이 되어 보지 않아서 얼마나 아팠는지 힘들었는지는 짐작으로밖에 알 수 없다. 애써 울음을 참았을 것이다. 동생이 우는 모습을 보면 마음 아파서 언니가 나약해질까 봐, 많이 참았을 것으로 안다. 편하게 나가서 밥하는 데 도움을 줄 수도 없었다, 엉망이 된 언니 모습을 누구에게 보여주고 싶었겠는가? 동생은 참 솜씨가 있었다.

어릴 때부터 엄마 그림자였기 때문에 엄마가 밥할 때, 어찌하는지 작은 쪽문 사이에 얼굴을 내밀고 바라보곤 했다. 밥물 양도 나보다 더 잘 알았다. 초등학교 시절부터 말이다. 농업기술센터에서 시간을 보낸 지 이틀째 되는 날, 아무래도 형부가 찾아올 것 같다며 방을 옮기기로 했다. 사흘 만의 일이었다. 북정동 승환 트윈스룸을 얻었다. 55평에 살 때와는 비교가 안 되지만 그때는 식구가 4명이었고 이제 나 혼자이니 15평짜리 원룸이면 충분했다. 2천만 원을 걸고 매월 20만 원씩 달라고 하는 원룸을 얻었다. 혼자 시작한 새로운 내 보금자리였지만, 낮에 밖으로 나오는 일은 없었다. 하늘이 두려웠다. 나에게 이런 환경을 줬다는 사실을 인정하기 싫었다. 햇볕이 부끄러웠고 어둠을 지향하게 되었다.

빛이 사라진 어둠이 내 몸에 엄습해오던 시기였기 때문이었다. 먹지도 않고 하루를 보낼 수 있었다. 눈 뜨는 것이 두려웠다. 온통 머릿속엔 아이들 생각뿐이었지만, 아무것도 해줄 수 없는 상황이었다. 낮엔 눈물로 세월을 보냈다. 주먹질하는 인간과 멀어지면 속이 후련할 것 같았다. 저녁만 되면 아이들 생각이 간절했다. 한 번만이라도 보고 왔으면 하는 심정이었지만 햇살 비치는 낮엔 내 얼굴을 들고 다니기가 쉬운 일이 아니었다. 언제쯤이면 이 고통에서 벗어날까? 이런 생각도 하기 싫었다. 처음 해보는 일이었다. 그래도 오빠가 있었고 아버지가 계셨다. 20년의 결혼 생활이었기 때문에 연로하신 부모님께 알리는 일조차도 쉬운 일이 아니었다. 큰마음 먹고 동생과 나는 큰오빠와 만날 약속을 정했고, 동생과 밀양으로 가서 만났다.

"오빠, 도저히 이 사람과는 살 수가 없다. 오빠에게 말하지 않았지만, 결혼 후 쭉 이런 생활의 연속이었다." 매 맞는 아내로 살아온 세월을 이야기하며, 20년 생활보다 더 지겨운 것은 이 병이 짙어져 가고 있다는 사실이라고 말했다. 정말 남편이 병을 인정하고 병만 낫는다면, 지금이라도 달려가겠지만, 이제 막다른 골목으로까지 왔다고 병이 나을 때까지 이혼하겠다고 말했다. 받아들이지 못하는 오빠일지 모르지만, 난 이미 정한 일이고, 이혼 소송을 하겠다고 말하고 오빠와 헤어졌다. 그날 오후 ○○○ 변호사 사무실을 찾게 되었다. 같은 고향 친구의 친구였다. 살아온 이야기를 계속 듣더니 해보자고, 본인의 의사에 따라 잘 정리될 수 있도록 도와주겠다는 약속을 받고 계약서를 쓴 뒤 집으로 왔다. 이제 이를 악물고 살아야 했다.

나와 보니 돈이 필요하다는 사실을 알았다. 두들겨 맞아 눈에 멍이 들던 그때, 돈 없이도 이 여건에서 벗어나기만 하면 무엇을 해도 먹고 살 수 있을 것이라고 생각했던 내 마음이 달라지기 시작했다. 돈이 우선 있어야 모든 것을 해결할 수 있었다. 이혼 소송비부터 살 방과 차가 필요했다. 어딜 가도 차 없이 다니는 것은 불가능했다. 바람 쐬러 남이 보지 않는 밤을 이용해서 숨쉬기 운동이라도 하려면 차가 필요했다. 울산 친구에게 부탁했다. 최단 시간에 뺄 수 있는 차 한 대를 부탁하여 15일 만에 소형차 한 대를 샀다. 밤이면 동해를 끼고 전국 일주에 나섰다. 아무것도 부럽지 않았지만, 혼자라는 사실을 실감해야 했다.

아이들이 걱정은 되었지만 이미 내가 어떻게 할 방법은 없었다. 결혼 생활 내내 아이들과도 경남을 벗어나 본 적이 없었지만 혼자 가보고 싶은 곳을 다녔다. 설악산을 목표로 해서 경주부터 동해바다를 끼고, 고성 통일 전망대로 향하여 달려갔다. 가다 보면 비도 오곤 한다. 힘차게 돌아가는 와이퍼 소리와 처량하게 틀어놓은 음악 소리에 맞춰 한없이 울어보기도 했다. 파도치는 바닷가에 앉아서 아무도 없는 망망대해를 바라보며 가슴 치고 통곡도 해봤다. 처음 삼 개월은 고막이 터져 울지 못했지만, 무슨 눈물이 그렇게도 많이 흘렀던지 아들이 보고 싶어 울고, 딸이 고생할 것을 생각하며 울고, 어제와 사뭇 다른 내 처지에 울고, 참 많이도 울었다.

현실은 내 앞에 닥친 모든 것을 내가 인정해내야 하는 것이었다. 전 남편은 아들을 자신의 증인으로 법정에 세웠다. 뒷조사할 것도 없는 엄마 뒷조사를 해서 설득력 있게 주입시킨 뒤 자기편으로 만들어 놓고 재판을 시작했다. 재산 분할청구와 함께 진행된 이혼 소송은 서로서로 헐뜯으며 상처 내는 도구로 전락했다. 20년 살아온 삶이 비록 헛되지 않았건만, 이혼 재판소에 앉으니 흉허물만 남아 있었다. 치사하고 치욕스러운 고통이 나를 짓눌러 왔다. 전국 어디라도 나와 친분이 있거나 인연이 된 모든 사람에게 찾아다니며, 입에 담지 못할 욕설을 하고 바람나서 나갔다는 이유를 대며 미치광이 짓을 하고 다닌 남편의 행동을 입에서 입으로 전해 듣게 되었다.

결국은 큰오빠를 찾아가 호소하고 애원하여 나의 원룸까지 오빠를 앞장세워 찾아왔다. 미움과 증오는 그때 퍼부었던 욕설이 말해줬다. 잘못을 뉘우치고 절대 주먹질 안 하겠노라고 손이 발이 되도록 빌어도 다시는 보고 싶지 않은 사람이었는데, 어찌하면 내 흉 하나 더 잡아서 법정에 내놓을까 하는 비열한 생각으로 찾아왔다고밖에 말할 수 없었다. 혼자 살면 베개도 하나, 숟가락도 하나여야 한다는 말에 어이없었다. 누구에게도 보이고 싶지 않은 내 현실에 혼자라는 어이없는 상실감이 들어 일부러 숟가락은 세트로 산 마음을 그 사람이 어찌 알 수 있었겠는가. 칫솔도 여유분을 둘 수 있지 않은가? 이혼의 장벽은 너무 두꺼웠다. 일 년 반이란 세월을 끌고 지겹도록 서로의 공방이 오가며 치졸한 그와 나의 싸움으로 힘든 과정을 거치게 되었다.

조정 판결에 승복하고 말았지만, 참 불행의 연속이었다. 낮엔 햇빛을 보기 싫어서 인터넷 방송에 의존했고 비록 인터넷에서 나를 망하게 했지만 힘들 때 의지가 되었던 것은 결국 방송이었다. 사이버 자키를 하며, 경상권에서는 놀지 않았다. 대전사랑클럽 지역방송에서 정규 방송 시간을 잡아 줬다. 매월 월례회 자키들의 모임에 나가면서 숨 쉴 틈이 생겼다. 나만의 의지력으로 자립할 수 있었다. 법정 공방이 계속되는 동안에 클럽 활동도 이어가고 있었으며, 친구도 생겼고, 클럽 내에서의 입지도 굳히고 있었다. 지금은 사람들을 바라보는 시선도 부드럽다. 자판연습을 하지 않았지만 방송을 하던 것이 자판 공부가 되어 글 쓰는 지금도 그때 배운 타자 실력을 발휘하고 있다.

아들이 증인이 되어 불리한 입장에서 벗어나면서부터 일은 일사천리로 진행되었다. 창원법원에서 조정 판결이 있는 날, 아침에 동생이 원룸으로 왔다. "언니야 며칠 전에 꿈을 꿨는데, 숫자가 6이 나오더라. 창원 세발낙지 건물이 눈에 보이더라. 혹시나 거기 가게가 4칸이야?" 하고 물었다. 꿈은 꿈일 뿐이라고 했지만, 그러기 얼마 전에 동생 집에서 아침을 먹고 차를 마시는데 유리컵 밑바닥이 소리 없이 빠져서 물이 흘렀다. "언니야 정말 이상하다. 이번에 무슨 결정이 내려지나 보다"라고 했다. 조정 판결장으로 동생과 함께 갔다. 법원 조정 판결장이 3층이었는데 엘리베이터를 타려는 순간에 저쪽에서 떼거리로 몰려오면서 웅성거리는 사람들이 있어 쳐다보았다. 시고모 3명과 시고모부 1명이었다.

"저 똑똑하고 독한 것 꼬락서니 한 번 더 쳐다보자."

"얼마나 똑똑하기에 꼬락서니 들고 법정에 나타나는지 보자."

어이없는 말이었다. 20년을 조상숭배하고 매상 들고 명절이면 내 손으로 지은 밥 얻어 잡숫던 분들이다. 왜 그 법정에 나타났는지 이유를 지금도 모른다. 물어보지 않았다. 동생이 말한다. "언니야 쳐다보지 마라." 급하게 엘리베이터 문을 닫았다. 3층 법정에 들어섰다. 눈에 들어온 사람은 여성문화센터장과 같은 청솔아파트 12층에 사시는 교수님이었다. 맥이 풀렸고 할 말이 없었다. 기막힌 일이다. 내 조정 판결에 왜 하필이면 아는 분들일까? 한참 동안 웅성웅성하더니 조정을 시작한다.

"뒤에서 시끄러운 분들 다 나가시오."

법정에는 애들 아빠와 나 동생, 양쪽 변호사만 남겨 놓고 다들 나갔다. 무슨 말이 오갔는지 생각은 나지 않는다. "원고는 남편의 폭력으로 살 수 없다고 진술했고, 피고는 아내가 인터넷 중독으로 바람피워 나갔다고 했으므로 이혼은 서로가 원하는 일이라 성립된다"라는 말 끝에 '땅땅땅' 하는 소리가 들리며 재산 분할청구에 조정에 들어갔다. "감정가격으로 아내가 가져가야 할 40%에 해당하는 금액은 6억이나, 명서동 건물이 감정가격 7억에 해당하는 금액이므로 청솔아파트 대출금 6천만 원을 안는 조건으로 명서동 건물 하나를 아내 앞으로 이전한다. 아이 양육문제는 원고가 포기하였으므로 위자료는 청구할 수 없다." 모든 상황이 조정판결로 끝이 났다. 가슴에 흐르는 눈물을 이를 꽉 앙다물고 흘리지 않았다.

12층 교수님께서 등을 토닥이셨다. "교수님, 내가 입고 살았던 옷가지는 줄 수 있는 문제 아닌가요?" 하고 여쭈어보았다. 아이 아빠가 불태워 버렸다 한다. 교수님께서는 유행 바뀌고 시대 뒤떨어진 물건은 무엇 하러 받으려 하냐면서 이제 훨훨 날아가서 잘 사시라며 손을 잡고 용기를 주셨다. 조정 판결장을 나오는데, 저 멀리 기둥 뒤에 아들이 울고 있었다. 딸도 함께 온 듯했다. 얼굴을 들 수가 없었다. 뛰어나오는데 동서가 뒤따라 나온다. 법정 앞 대방동 골목에 세워둔 차까지 따라 나오며, 형님 정말

고생 많이 하신 줄은 알지만, 이래 보내야 하냐며 눈물 흘린다. 한 번 더 생각하면 안 되냐며 소맷자락 붙잡고 울었다. 많이 미안했다.

'내가 다 돌보지 못한 일을 네게 맡기게 되어 미안하고, 아들만 생각하면 가슴이 미어터져 죽고 싶지만 살아있어야 해서 어쩔 수 없다. 지금은 이렇게 헤어짐이 서럽지만, 진실은 언제나 나중에 가려지게 마련이다. 내가 사는 이유는 이다음에 아들딸들이 내 진심을 알아줄 그날까지 꿋꿋이 살아 있는 것이다. 그래서 떠난다.' 미안해하며 저 멀리 두고 온 아들이 한 번 더 보일세라 동서와 이별을 고했다. 기둥 뒤에 서 있던 아들은 일 년 반 만에 본 것이었다. 얼굴은 제대로 볼 수 없었지만, 키는 20㎝ 이상 자란 듯했다.

고1 때 헤어져 고3 때 만난 아들은 교복 바지가 정강이 아래까지 짧은 것을 입은 듯 보여 찢어지는 마음으로 차에서 오는 동안 내내 울었다. 앙금의 끝이 보이도록 울었지만, 마르지 않는 눈물은 지금 글을 쓰는 이 순간에도 또 흐른다. 무엇을 의미할까? 내 가슴이 아려온다. 이제 말할 수 있는데도 웃으며 말하지 못했고, 15년 동안이나 냉가슴을 앓았다. 절절한 아픔을 이제 놓아 버리고 싶다. 그때 법정을 도망치듯 나오고 나서, 세월이 수년 지난 다음에 교수님 사모님을 창원에서 한 번 만났다. 참 어이없는 현실이 되고 말았다. "연주 씨, 그때 우리 같이 골프 치러 다닐 때 점심시간에 모이면 회장이었던 나에게 전화해서 아내에게 맛있는 거 많이 사달라고 하라던 그 말마저도 정말 모임이 있는지 확인하는 전화였다는 것을 늦게야 알았다"고 했다.

같은 아파트에 살았는데도 정말 몰랐다며 안타까워했다. 아픈 상처 치유하고 이제 남은 날은 행복하게 지내라고 말씀해주셨다. 자네 떠나고 남편이 사진이랑 전화번호부 조회한 것 들고 다니며 온 아파트 사람에게 아이들 엄마가 바람나서 나갔다며 말하고 다니는 걸 보고 참 몹쓸 병에 걸렸다고 안타까워했단다. 살아있으니 살아지더라고 말하고 싶다. 그렇게 절박한 시간은 세월이 흐르며 지나갔다. 양산에서 이혼 소송으로 보낸 일 년 반 동안을 암울하게 보냈다. 호적을 원룸으로 파 옮겼고 주민등록지도 양산으로 만들어 새로운 삶의 보금자리로 자리 메꿈해 본 지난날을 떠올린다.

백팔번뇌의
천사가 되어

이혼은 꼬리를 물고 굴레가 되었다. 숨죽이며 숨어 지내길 1년 반. 끝나고 보니 허무하기 짝이 없었다. 온통 진흙탕 속에서 허우적거림이었다. 폭력에 시달리는 사람이면 쉽게 정리될 것 같았는데 법이란 것은 그렇지 못했다. 법적 상식이 없는 나로선 힘든 기간이었다. 서면으로 주고받는 답변 또한 가관이 아니었다. 오가는 공방이 연속되는 동안 피가 마르는 듯했다. 변호사 사무장에게 말만 하면 다 해결해주는 줄 알았던 이혼소송이었는데 내 손과 머리로 다 말해야 했다. 근본적으로 생각해보면 답이 있었는데 나는 그것을 몰랐다. 내 일은 내가 제일 잘 알기에 구술로나 글로 표현해야 했다. 서면 답변에 질려서 그냥 모든 것을 포기할까 하는 마음이 들기도 했다. 이혼으로 받은 재산분할 청구소송에도 승소율에 따라 대가를 지급해야 하는 이혼소송비 또한 호락호락한 값이 아니었다.

재산증식에 대한 기여도에 따라 분할청구를 하는데 나에게 주어진 건물 하나에 빚을 더 추가하여 받아온 그 건물에 내 인생을 걸었다. 어처구니없는 현실이었지만 인정해버렸다. 조정 판결에서, 그 지긋지긋한 진흙탕 싸움에서 벗어나고 싶었다. 돈이란 것이 살아가며 꼭 필요한 것이긴 하나 그 당시에 모든 것을 잃은 후에 받은 보상이라 생각하니 미치고 싶도록 분통이 터져 올랐다. 혼자 살아가기 위해 삶의 보금자리를 던져야 했던 내 상황에 가슴 치고 통곡할 일이었다.

편집증과 싸우던 20년의 결혼생활에 길든 상황과 자존심을 바닥으로 추락시키고 다시 홀로서기를 해야 하는 사실이 나는 괴로웠다. 숙명처럼 아이를 키워야 할 짐도 없었다. 오히려 혼자 지독한 고독함이 지배하는 것이 익숙지 않아 몸부림치고 있었다. 이제 자유가 무엇인지 구속에서 벗어나는 것이 어떤 것인지 알게 되었는데도 시원하지가 않았다. 항상 뒤따르는 무엇인가가 있는 것 같았다. 어디를 가도 집요하게 따라오는 그림자가 영원히 나를 보는 듯한 환상이었을까? 그 환상을 부여잡고 있어야 했다. 아프다고 맘 편히 더러 내놓고 아플 수도 없었다. 일 년 반 동안 진행되어 온 법정 싸움에 내 신경은 온통 병들어 있었다.

누군가 의지가 되어줄 사람이 필요했다. 시간은 많았고 무방비 상태로 주어진 자유를 유연하게 받아들일 공부가 되지 않은 내가 할 짓이라고는 인터넷뿐이었다. 그 세계에 무한정 빠질 수 있는 계기가 되어서 시간 개념 없이 밤낮으로 인터넷 중독이 되어 가고 있었던 것 같다. 중독이라고 말해줄 그 누구도 없었다. 밤이면 잠을 자지 않고 인터넷 사이버 자키로 활동을 했다. 낮에 한두 시간 잠자는 시간 빼고는 답답해서 미칠 지경이 된 나는 그때부터 더욱 방황하는 삶을 살게 됐다. 동해로 서해로 전국을 시간만 있으면 헤집고 다녔다.

승환트윈스룸에 20만 원의 월세를 주는 게 아깝다는 생각이 들면서, 이사를 해야겠다는 마음을 먹었다. 내게 남은 돈 몇 천만 원으로 아파트를 하나 사면 되겠다고 생각했다. 그 당시엔 아파트 가격이 전세값이나 비슷했지만, 혼자 어디로 튈지 모르는 삶이라 그냥 전세로 롯데 청어람 아파트를 4천만 원에 계약하고 혼자 24평 아파트를 얻었다. 동생 집 옆으로 이사를 하게 되었다. 혼자 밥을 먹는다는 것이 얼마나 부지런해야 하는 것인지 알았다. 살고자 하는 강인한 의지 없이는 혼자 거룩한 밥상을 차리기 힘든 일이었다. 아침저녁으로 찾아오는 동생 외에 인척이라고는 없는 청어람 아파트에서는 쇼핑을 하기 시작했다.

혼자 살지만 살아왔던 취향이 있었기에 혼자 살면서 드럼 세탁기도 갖추어 놓았다. 침대는 퀸 사이즈를 들여놓고 송림 가구로 화장대부터 일체 완비했다. 그 가구들과 살림살이를 지금도 바꾸지 않은 상태로 쓰고 있다. 알뜰하고 근면성실했던 것이 몸에 배어 있기 때문이기도 했다. 나와 나의 반쪽이 되어준 이 사람 또한 둘째가라면 서러운 사람이다. 쇼핑봉투 하나도 다음에 쓰일까 봐 챙겨 놓고, 흔한 종이 포장 상자도 버리는 경우가 없다. 깔끔하고 화려하게 살고 싶다고 입으론 되뇌고 있으나, 실상에서 그렇게 행하지 못하는 버릇이 둘이 비슷하게 닮았다. 아낄 때는 엄청 아끼면서 꼭 써야 할 때는 물불을 가리지 않는 것도 아주 닮은 부부로 말이다.

이혼이라는 것은 남의 이야기인 줄만 알았고, 나에게 주어지리라고는 꿈에도 생각 못 했던 20년의 삶이 힘들었기에 방황은 시작되었다. 가보지 않은 곳에서의 생활이었다. 첫 책에 썼지만 구리에서의 봉사 활동에서 힘들게 사는 사람이 나뿐만이 아니라는 걸 알았다. 한 달간의 방황을 접고 양산으로 다시 복귀했다. 아파트 생활도 지겨워지고, 일해야겠다고 생각할 즈음에, 제부가 하는 일이 재료가 많이 남는 일이라 산부인과 조리원 운영을 맡아 보지 않겠냐는 병원장님의 권유를 받았다. 사십 년간 해온 밥솥 운전 경험으로 겁 없이 이 일을 하기로 정했다.

결혼하고 해본 일은 신발회사에 1년 6개월 일했던 경험과 학습지 회사의 시험지 배달과 책 판매일이 전부였다. 이혼 후에 그곳이 첫 직장이 되었다. 처음이었기에 더욱 잘해보고 싶은 욕심도 생겼다. 조리과를 나오지 않았고, 영양사 자격도 없었지만 그땐 조리원 운영이 가능했다. 새벽 5시에 출근하여 동생과 온종일 근무했지만 힘든 줄을 몰랐다. 산후조리를 직접 경험했던 일이 책이고 스승이었다. 산모는 익혀서 모든 음식을 제공해야 한다는 걸 알고 있었고 갖가지 미역국을 잘 끓이는 법 또한 알았다. 조금 생각을 넓혀 일반적인 식당이 아닌 분위기 좋은 카페를 만들기로 했다. 25명 식구가 점심을 먹었다. 간호사들은 우리 식당을 7층 카페라 불러줬다. 모르는 요리는 인터넷에서 찾아서 만들었다.

새로운 음식 만들기와 양산 최초 산부인과 조리원으로 이름이 나기 시작하며, 산모들이 서서히 늘어 갔다. 하루 식사 밥그릇 숫자가 100그릇만 되면 소속된 식당이 아닌 개인사업체로 주겠다는 구두 약속을 믿고 최선을 다해서 일했다. 활력이 넘쳐났던 불혹의 나이였다. 거기에만 몰두할 수밖에 없었기에, 더욱 애착을 가졌는지도 모른다. 조리원에서도 방 하나를 비워 주며 점심시간 이후에 있을 쉼터 자리로 만들어 주기도 했다. 동생은 어릴 때부터 남달랐던 솜씨와 농촌기술센터에서 일해 본 경험으로 나보다 요리 솜씨에 끼를 발휘했었다. 문정리 아주머니는 뒷일 치다꺼리를 너무 잘해주어 우리는 환상의 카페 조였다. 밖으로 나가서 드시던 병원장님도 이웃 병원장님까지 초대하여 카페 요리 자랑을 하기도 했다. 자부심이 생겼다.

시간이 길어 힘들기도 했지만 자리 잡는 데는 많은 시간이 필요치 않았다. 주말마다 특별식이 나갔다. 식단표를 칠판에 공개하면 재미있어 하던, 간호사들과 병원장님들과의 3개월은 금방 지나갔다. 여기서 일하던 것도 인연이 다되었던 탓인지 욕구가 컸던 탓인지 젊은 간호사들의 무시하는 말투에 기어이 적응하지 못하고 일이 일어났다. 산부인과 출입하는 환자들 식사 때문에 빚어진 일로 결국은 사표를 던지고 말았다. 지금 생각해보면 별것도 아닌 일이었는데, 시간 개념 없이 아무 때라도 점심을 차려주라던 간호과장의 말이 듣기 싫었다. 식당에서 일하는 사람을 조금도 염두에 두지 않은 것 같아 속상했다. 일하는 시간이 길다 보니 아마 피로가 누적되었던 것이 아닌가 생각해본다.

도저히 이해 못 할 일도 아니었는데, 밥 수저 하나 더 놓고 안 놓고를 따지다가 나 스스로 그만두게 된 것이다. 성격에 문제가 있었다기보다 처음 접한 일터에서의 적응 부족이라고 말해두고 싶다. 다음에 또 좋은 기회가 생기기는 했으나, 그 당시에 조리원을 더 끌고 나갈 수 없었다. 동생과 내가 손발이 잘 맞다가 혼자서 지탱하기 힘들었기에 병원 측에서 식재료비가 밀리는 바람에 그만두게 되었다고 동생이 말했다. 조정받은 상가는 13년 만에 팔았다.

누군가에게
힘이 되어 주고 싶다

동생과 시작했던 산부인과 조리원을 딱 백일 만에 접었다. 조리원을 접고 나니 시간은 많고 할 일은 없는 생활이 또다시 시작됐다. 쉼터라는 음악방을 또 시작했다. 북정동에 처음 이혼하기 전에는 경상도 사람과 인연 짓는 자체를 싫어했지만, 잘 적응되어 가고 있을 무렵이었다, 쉼터 카페를 운영하는 리더는 양산 물금읍 범어리에 사는 사람으로 옆집 아저씨같이 정이 많은 사람이었다. 회원을 4백 명 정도 관리하고 있었다. 24시간 운영되고 있는 음악동호회였다. 사이버 자키 활동을 하던 나는 어디서나 잘 어울리기도 하였지만, 음악 파일을 많이 보유하고 있어서 아무 문제가 되지 않았다. 회원들과도 월례회 형식으로 한 달에 한 번 정모가 있었다.

그중에 서면 롯데에서 일했다는 초밥 일식집 주방장 출신 김

사장을 소개받았다. 내가 가진 명서동 건물에 포항 해물 탕 집을 운영하던 자리가 월세도 못 내고 도망가버리는 바람에 몇 달을 놀려 놓고 있던 가게를 한 번 해보자는 것이었다. 세상 경험이 없는 나는 동업을 가볍게 생각하고 선뜻 동의했다. 나는 영업장을 제공하고 김 사장은 재능을 제공해서 사업자로 일해보자고 약속했다. 쉬운 일이 아니었다. 돈도 만만찮게 들어갔다. 해물탕집에서 해놓고 간 시설을 그대로 두고 주방기기와 수족관을 다시 정비하는 데 2천만 원 정도 들여서 시작했다. 횟집 및 일식 초밥이 주메뉴였다. 뒤 주방에 조○○ 주방장 한 명이 일했고, 앞 주방은 회와 초밥 요리사인 김 사장이 맡아 주었다. 가리키며 일을 시키겠다고 아르바트생도 한 명 두었다.

횟집도 해본 경험이 없고, 서빙이라고는 해본 경험이 없는 내가 계산대를 보고 있었다. 명서동 건물 주변에 초밥집이 없었기 때문에 횟집을 차리고, 한 달은 정말 정신없이 바쁘기도 했다. 장사는 그런대로 잘되는 편이었으나 마치고 양산까지 차를 운전해서 출퇴근하려니 기름값 또한 장난이 아니었다. 정확하게 한 달을 출퇴근하고 보니 기름값 비용이 150만 원이었다. 도로비를 포함하니 그렇게 들었다. 3명의 인건비도 장난이 아니었다. 잘 운영해도 가게 세도 남지 않는 것 같았다. 꿈에도 생각 없던 횟집을 하겠다고 시작할 때 스님께 알렸다. 고사 지내달라고. 경기도에서 일부러 내려오셔서 정성껏 고사를 지내 주셨다.

사업이라고 해보지 않았던 내가 불안했던지 하루에 한 번씩 아무 일 없는지 걱정스러운 전화를 하셨다고 한다. 나에게 부담주기 싫어서 동생에게 전화를 자주 하셨다. 동업자의 성품이 스님 눈에 보여서 그랬던 것은 지나고서야 알았다. 걱정된 스님께서 두 번째 횟집에 방문하시던 날 김 사장이 술 마시고 깽판을 놓는 것이 아닌가? 모처럼 스님이 오셨으니 물고기는 안 되어서 아보카도 과일 초밥 한 접시를 부탁했다가, 얼굴 인상이 달라지는 모습을 보고 말았다. 뒤 주방 오빠와 김 사장을 불러 놓고 무엇이 문제이며 왜 나에게 화를 내는지 따졌다. 내가 열심히 일하지 않는다고 까탈을 부렸다. 두고볼 수 없었다. 김 사장과 나는 동갑내기였다. 항상 깍듯이 대해줬고, 동업자일수록 인격을 소중히 했었는데, 무슨 영문인지도 모르고 짜증내는 김 사장을 받아주기엔 나도 한창 혈기 왕성할 때였다.

두 달 만에 소동이 벌어진 것이다. 처음 결혼 생활에서 강하고 나를 억압하는 사람과 살아서인지 정말 화내는 꼴을 봐 주지 못할 때였다. 서로 원수같이 지내기 싫었고 동업은 언제나 동업자의 관계일 때가 좋은 것이다. 서로 각자의 길을 가자고 했다. 당장 가게 문 닫자고 소리 질렀다. 사내라도 한 풀 꺾였다. 술 마시면 다 해결되는 줄 알지만 술 안 먹은 사람이 더 독하다는 사실을 보여줬다. 내일부터 문 닫겠다고 하고 양산으로 내려왔다.

양산 도착하기가 무섭게 미안하다고 전화가 왔다. 술김에 미안했다고 사과했다. 하지만 절대로 이대로는 못 넘어가겠다고 그만둘 거라고 말했다. 김 사장은 자기가 월세를 주고라도 있겠다고 했다. 내가 살았던 터라 아는 사람들이 많이 찾아오다 보니 매상도 올라서 자기 혼자 해보려는 수작임을 늦게야 알았다. 인테리어비는 차츰 해서 갚겠다고 하며, 가게에서 내가 손을 떼고 월세 놓기를 강요당했던 것이다. 그래서 빌미를 만든 것이었다.

당시에 장보고라는 친구도 양산에서 살아서 가끔 횟집을 찾아 주었다. 그 기 회원들도 정모를 한 번 했었다. 지금은 저세상으로 가고 없는 울산바위 친구도 창원에서 LG 회사 직원들이랑 횟집을 자주 이용해 줬다. 그 친구가 나에게 한 이야기가 있었다. 어쩌다가 김 사장과 동업을 하게 되었냐고, 넌 남자를 볼 줄 모른다고, 눈길이 안 좋고 성격장애 같다고 전해줬다. 그땐 나에겐 동업자 이상도 이하도 아니니 걱정하지 말라고 했는데, 횟집을 차려 놓고 3개월 만에 사달이 났으니 친구들 볼 면목이 없기도 했다. 조리원과 횟집을 차려놓고 끝까지 좋은 결과를 가져오지 못하자 스님께서 조용히 불렀다. 행치원으로 시간 나면 들르라고 하셨다. 연주라는 불명을 지어주신 스님이셨다. 거역할 수 없었기도 했지만, 딱히 할 일이 있는 것도 아니었다.

동생에게 말씀하시기를 송광사에 계실 때 몸이 좋지 않아 행치원에서 좀 쉬고 싶었던 스님께서 토굴을 장만하셨는데 짐을 옮겨 놓자마자 경기도 파주 보광사로 가신 스님이란다. 사형 스님의 분부를 받들고, 총무 스님 자리를 맡게 되셨던 스님이란다. 사찰 일을 잘 돌봐줄 사무장이 필요하기도 했지만, 종무소에서 일할 만한 사람을 찾기도 했던 때였다. 2005년 봄 5월부터 시작한 횟집은 두 달 만에 준비하여 7월에 개업했고 9월까지만 하고 그만두게 되었다. 세상 많은 일을 겪지만, 사찰까지 인연 지어 올라가게 될 줄은 몰랐던 것이었다. 집에서 며칠 쉬면서 이 생각 저 생각 해봤다. 동생이 말했다. "언니야 그냥 스님께서 부르시니까 사찰이 어떤 곳인지 한 번 가서 보고 며칠 쉬었다 와."

어영부영 한 달이 지나고 10월 초 단풍이 아름답던 날, 친구들 월 정기 모임 쥐 사랑방에도 들르고, 다시 시작되는 방황의 날이 계속되었다. 노는 것도 잠시, 인천 친구네 들렀다. 하는 일 없이 놀기란 쉬운 일이 아니었다. 그때 동생이 내 차에 빌려준 내비게이션을 달았다. 이렇게 노느니, 사찰에 한 번 가서 스님을 만나야겠다는 마음이 일주일 지나서 들었다. 부계역에서 내비게이션을 맞추고 한 번도 가보지 않았던 길을 갔다. 당시 내비게이션을 잘 볼 줄 몰랐던 때였다. 지금 같았으면 그런 일이 없었겠지만, 내비게이션과 전쟁을 했다. 우측으로 돌아가세요. 인천 외곽순환도로를 타고 간 행신역 부근이 문제였다. 몇 시간을 돌았는데 다시 부계 역으로 데려다주는 게 아닌가.

길치도 아닌데 동생에게 전화를 했다. 한 번 설정한 것을 만지지 말라고 했다. 처음 써보는 것이라 잘 가고 있는지 의심스러워서 중간에 만져보았던 것이 화근이었다. 그 말을 듣고 다시 보광사 주소를 잘 입력해서 출발했다. 아침 일찍 출발했었는데 몇 바퀴 돌다 보니 점심시간이 되어서 보광사에 도착했다. 태어나서 처음 보광사를 찾았을 때 단층이 무섭기만 했던 어린 시절도 기억이 났다. 단풍이 아름다워 눈에 들어왔다. 소나무가 주변 산에 많이 없었다. 전 사찰 주변이 황홀할 지경으로 단풍이 유난히 아름다운 해였다. 설법전과 소 찾는 집이 있었고, 돌계단으로 오르면 종각이 나왔다. 오른쪽으로 고개를 돌려보니 종무소라고 유리문에 붙어 있었다. 사찰용어를 몰랐지만, 사무실인 것을 직감했다, 마당 가운데로 들어서니 대웅전이 눈앞에 있었다. 산신각과 응진전이 보였다.

동쪽으로 몇 발짝 먼 거리에 관음전이 있고, 앞에 나란히 지장전이 있었다. 사찰 주변 환경이 잘 단장되어 있지는 않았지만, 시골에서 자란 터라 그냥 정겨운 풍경이었다. 대웅전에 삼배하고 나와서 소 찾는 집을 올라가려 나오는데 공양간이 있었다. 마당 옆 모퉁이에 우물도 있었다. 북쪽 산 아래 석조여래불상이 하늘을 찌를 듯이 크게 자리 잡고 계셨다. 영각전이라는 전각이 눈에 들어왔다. 스님이 기다리시는 소 찾는 집에는 큰스님이 계시는 큰방이 있었다. 작은방엔 총무 스님이 기거하고 계셨다. 잘 올라왔다며 차 한잔에 마음을 녹여서 사찰 주변 광경도 둘러보고 며칠 쉬었다가 가라고 하셨다. 점심 공양 시간이 되었으니 공양간에 들러서 점심을 먹고 가겠냐고 하셨다. 당장 대답하지 않으면 그냥 며칠 쉬어가야 할 것 같아서 일주일만 시간을 달라고 말씀드렸다.

그동안 가보지 않았던 가고 싶은 곳 몇 군데를 들러서 마음을 정하고 오겠다고 말하고는 점심 공양도 뒤로 한 채 다시 보광사를 나오고 말았다. 차를 돌려 나오는데 막상 갈 곳이 없었다. 희야네로 다시 가는 수밖에 없었다. 그때 내려왔을 때 다시 보광사로 들어가지 않았더라면, 아마 지금 내가 어떻게 변해서 살았을지 상상이 안 된다. 이튿날 춘천 댐으로 성남 사는 친구와 구경을 갔다. 하루 시간을 내어 다닐 때는 좋았는데, 저녁이 되면 외로워지고 나 자신은 이제 어떻게 살아가야 하는지 고민이 되었다. 양산으로 내려오기엔 제부 보기에 체면도 안 서고, 다시 횟집으로 가자니 막막하고. 끝내는 며칠 놀지도 못하고 보광사에 다시 들어가겠다고 마음먹었다.

보광사에 가기 전날 10월의 밤은 그래도 추웠다. 보일러를 틀지 않았던 희야 집에서 춥다는 말도 못 하고 잠을 잤더니 방광염에 걸리고 말았다. 추워서 소변을 참았더니 생긴 병인 것 같았다. 친구라도 차마 그 말은 하지 못하고 보광사로 들어가서 한동안 고생을 했다. 보광사에 들어올 때 일주일 치 약을 싸 들고 들어 왔는데, 자갈밭을 거닐고 쌀쌀한 가을날이 따뜻한 남쪽에서 살던 나는 힘들었다. 사찰입문은 그렇게 시작되었다. 소일거리를 지정해주는 것이 아니라 나 스스로 일을 찾아서 해야했다. 가만히 놀아 보면 하고 싶은 일이 생길 거라며 마냥 놀라는 것이었다. 하지만 일을 보고 참기는 어려웠다.

그때 주말이면 단풍 구경으로 많은 인파가 들락거렸다. 무인보시는 밥값 천 원을 내면 무한대로 공양할 수 있는 공양 간이었다. 사찰에서 시작된 일상이 연주에게는 참으로 쉽게 물들어 가고 있었다. 가을 단풍과 함께 시작된 부처님과의 인연으로 삼 년여 지속한 과정을 그치게 되었던 그때가 있었으므로 지금 이렇게 잘살 수 있는 것이 아닌가 생각해본다.

너에 대한
나의 그리움

6월 19일은 내가 가장 사랑하는 내 아들 생일이다. 이날이 다가오면 아들을 못 낳을까 봐 노심초사하던 그때가 떠오르며 끝내 지켜주지 못했던 사춘기 시절의 방황에 대해서 한 번 더 생각이 나 눈시울이 뜨거워진다. 올해 생일날도 멀리 떨어져 있는 아들을 위해 해줄 것이라곤 없었지만, 문자 한 통에 사랑을 실어 보내기도 했다. 십일 년 전 보광사에서 아들 생일 기도를 올렸던 날에 대에서 회상해보고 싶다. 하루 전날 종무소에 근무를 하다 아들 생일 축원을 올리게 되었다. 사시 예불하던 스님이 깜짝 놀랐다. 내가 사찰에 올라올 때 긴 볼륨 파마를 하고 통바지에 니트를 입은 노처녀라고 생각하셨다고 한다.

사찰에 종사하는 여느 보살님들이 그랬던 것으로 짐작했었을 테다. 사시 예불시간에 생일 축원지에 적어 올린 스무 번째 맞이하는 생일축하와 무탈하게 군 복무 잘하고 오라는 발원을 보고, 예불이 끝나자마자 내려오셔서 한 말씀 하셨다. 어떻게 그렇게 감쪽같이 속이느냐고 누굴 믿어야 하냐고 말씀하셨다. 미리 여쭤보지 않으시고 미루어 짐작했던 스님 잘못이지 난 속인 것이 없을 뿐이라고 말했다. 사찰에 와있는 사람들 특징이 누가 어디서 어떻게 왜 왔는지를 묻지 않는 것이기에 굳이 답하지 않아도 욕되는 일이 없다. 오죽하면 사찰 생활을 할까 싶어서 예의상 묻지 않는다.

그런 생활을 해서인지 내 천성인지는 모르지만, 남이 무엇을 하든 궁금하지 않다. 오랜 인연이 되다 보면 서서히 밝히게 되고 묻지 않아도 알게 된다. 함께하는 사람들의 인격을 존중하며 알려고 하지 않는 것이었다. 이미 공양간에 미역국을 올렸으니 나의 사생활이 드러난 것이 아닌가? 공 덕행 보살님의 안쓰러운 눈길은 이때부터 시작되었다. 부산에서 올라오신 보살님은 아드님도 스님이셨다. 따님 또한 유명한 치과 의사였던 것으로 기억이 된다. 가끔 이보살 님은 흔히 말하는 신기가 있다고 하는 보살님이셨다. 어떤 날 보면 맞는 것 같기도 하고 어찌 보면 아닌 것 같기도 했지만 믿어 주기로 했다.

아버지 사십구재 마지막재 날 사찰에 왔을 때, 나에게 던진 말이 아직도 뇌리에 박혀 있다. "쯧쯧쯧. 지금은 황량 같은 모습을 하고 있으나, 몇 년 아니다. 불쌍한 신세 된다. 쯧쯧쯧." 알지 못할 말을 나에게 하는 것이다. "네 동생 몇 살이고?" 아마 그때가 44살이었을 것이다. 후에 닥쳐온 일들과 비교해보면 신이 없다고 말하지 못하겠다는 생각을 가지게 되었다. 나를 보면 항상 너는 이제 고생 다 했으니 시집가지 말고 꼭 기다리라고 애들 아빠가 찾아올 것이라고 말했지만, 대답만 했을 뿐이었다. 그 악마 같은 날들이 다시 올 것이라고 생각하면 무섭고 두려웠다. 기다리라는 그 말조차도 혐오스러웠다. 죽어서 저승에서 다시 만나면 돌아서 갈 거라고 악담을 다 퍼부었던 지난날들이 떠오른다. 왜 나에게 이런 악연이 온 것이며 아픈 날들이 왔는지 부처님께 기도하며 항상 의문을 가졌다.

이곳에서 겨우 동사섭을 통해 나를 발견하게 되었는데, 다시 찾아온다니 혹시라도 끔찍한 그런 일은 없어야 한다고 속으로 다짐했다. 나를 위해 고통받는 모든 사람이 평정심을 찾게 해 달라고 부처님께 백일기도도 정성을 다해 했다. 생일이 지나고 아들이 군 복무를 충주에서 하게 되었다는 이야기를 딸을 통해 들었다. 입대하는 날 창원 49사단 앞으로 가볼까 하고 막연한 생각만 가지고 있었지만 행동을 옮기지는 못했는데 아들 못 본 지 4년 만에 면회를 가려고 마음먹었다. 엄마가 면회 갈 거라고 군부대 편지를 했다. 아들 답변은 받지 않았지만 주말을 맞춰서 충주로 발길을 옮겼다. 까만 사폭 바지에 빨간 법복을 입고 손수 뜨개질한 검은색 숄을 걸쳐보았다. 몇 년 만에 만나는 아들이 부끄럽지 않게 여기겠는지 나 자신을 거울에 비춰 보고 또 비춰 보았다.

검은색 털 가방과 세트를 맞춰서 들어 보았다. 삭발한 지 얼마 되지 않았을 때라, 머리카락이 고슴도치처럼 자랐다. 무스를 바른 쭈뼛쭈뼛한 머리카락에 동막골 아줌마처럼 예쁜 집게핀 하나를 꽂았다. 예뻐 보였다. 몇 년 만에 아들을 본다는 어색함도 잊은 채 일주문을 빠져나와 충주로 향한다. 삭발하는 날 딸과 약속을 했었다. 꼭 아들 면회 갈 때 함께 가자고. 부산에서 출발한 딸도 충주로 버스를 타고 온다고 약속했는데, 무슨 이유로 늦었는지 차 시간을 놓쳤단다. 동대구까지 와 있다는 것이었다. 충주로 면회 간 나는 부대 앞 면회소에서 아들을 기다렸다. 3년 전 법원에서 만났을 때부터 많이 컸던 아들인 줄은 알고 있었지만, 그렇게 훌쩍 커버린 줄은 몰랐다.

아들을 보자 4년이란 공백 기간이 있어서인지 딸과 만나는 날보다는 조금 서먹했다. 머리 자른 엄마를 보자마자 엄마하고 와락 끌어안았다. 눈물이 흘러내렸다. 애써 눈물을 보이지 않으려 커버린 아들 어깨에 한참을 안겨 있었다. “엄마 십 년은 젊어 보이네? 근데 근무병이 누난지 엄만지 궁금해해”라고 했다. 빙그레 웃었다. 누나 지금 동대구역으로 오고 있다는데, 마중 가자. 내 차에 아들을 태우고 중앙고속도로를 달리는데도 오랜만에 만난 아들은 말이 없었다. 딸보다 아들과 대화가 많았었는데 아들과 헤어진 시간이 격세지감을 느끼게 했다. 아들은 가끔 엄마 너무 과격하게 운전한다는 잔소리를 했다.

운전병으로 근무한다는 아들은 운전은 무조건 천천히 해야 한다며 부대에서 운전하다가 낭떠러지에 미끄러져 위험한 고비를 넘겼다는 이야기도 해줬다. 지난 이야기라 그렇지 참 아찔했던 순간이었다고 말하는 아들. 그 후에 운전은 정말 후진도 주의한다고 했다. 충주에서 대구까지 단숨에 달려갔다. 딸을 태우고 대구에서 놀다가 자고 내일 군부대까지 데려다주면 안 되겠냐고 했지만, 군부대 가까이서 놀자고 한다. 다시 충주로 올라와 방 하나를 얻어서 군대에서 제일 먹고 싶었던 것이 뭐 있냐고 물어도, 아무거나 잘 먹는다는 아들 때문에 회를 먹었다. 내륙지방인데도 꽤 맛있었던 바다 회였다. 사찰에서는 초저녁에 잠을 자기도 했지만, 아들 면회 간다는 그 사실에 잠이 오질 않았던 면회날은 내가 먼저 잠을 잤던 기억뿐이다.

엄마에게 어떻게 절에 갈 생각을 다 했냐고 물었지만 배운 것 없고 할 줄 아는 것이 없어서 누군가가 인도해주는 그 길로 가게 되었다고 말했다. 지금도 생각해보면 내가 한 일 중에 가장 잘한 일이기도 하다. 한일합섬 근무 3년에 동경 전자 3년을 근무했던 일 빼고는 20년 동안 살림만 했고, 편집증 환자와 오랜 시간 병들어 있었던 일 외엔 한 일이 아무것도 없었다. 지금도 마찬가지지만 할머니와 시집살이 할 때 잠시 다녔던, 고무신 공장 1년 6개월 재봉사 경험 이외엔 할 줄 아는 거라고는 인터넷 정도였다. 그나마 사찰 가람지기라도 만질 줄 알았던 것이다. 인터넷으로 버림받았던 엄마는 인터넷을 통하여 삶의 목표가 정해졌고 지금까지 잘 활용하고 있는지도 모른다.

음악이 있고 시가 있는 만물박사, 현대 문화를 알 수 있는 인터넷은 참 유용하게 잘 쓰고 있다. 4년 만에 만난 아들과 딸이 함께 지낸 첫 면회의 시간은 그렇게 흘러가고 있었다. 하룻밤 함께 지냈던, 충주에서 가장 유명한 충주댐을 구경하고, 그때 핸드폰으로 아들과 촬영했던 군복 입은 사진은 지금 앨범 한곳 추억 장에 꽂혀 있다. 가끔 그때를 생각하며 아들을 꺼내보곤 한다. 딸은 부산으로 난 사찰로 각자의 삶 속으로 헤어져 왔다. 사찰로 돌아온 내가 해 줄 거라고는 없었다. 보광사 찻집에서 가장 맛있는 차는 대추차였지만 매실차도 맛있었다. 사찰에 올라오기 전에 담가뒀던, 매실차가 맛있게 숙성되었다. 동생에게 택배로 부쳐왔던 매실액 4병을 뽁뽁이로 감싸서 아들에게 택배를 해줬다.

군부대에서 매실액을 타 먹을 수 있는지 없는지도 묻지 않고 보냈는데 제대 후에 들은 이야기가 가관이 아니었다. 작은 페트병과 1.8리터 병 두 개를 보냈는데, 한 병은 선임을 드렸단다. 작은 병은 내무반에서 나눠 먹었는데, 혼자 먹으려고 1.8리터 한 병을 땅속에 묻었다는 것이다. 그때 마개를 꽉 막았는데 매실액이 서서히 부풀어 올라 뻥 하고 터졌단다. 아들이 숨겨 놓은 것을 아무도 몰랐기에 무엇이 폭파했는지도 모르고 그냥 넘어갔다고 한다. 며칠 후 숨겨 놓은 매실액을 먹으려고 찾아갔더니 그것이 폭파하고 없었다는 얘기였다.

웃지 못할 에피소드로 남아 있지만, 상사들이 알았다면, 아마

크게 벌 받지 않았을까 생각해보며 지금도 가슴이 두근거린다. 생각만 해도 엄마가 담아준 맛있는 매실액은 이후엔 먹어 보지 못 했을 테다. 이후 지금까지도 매실액은 다시는 보내지 않았다. 다른 사람들이 나를 보면 살림은 빵점일 것으로 보인다고 말한다. 어릴 때 가난했기 때문에 20대부터 된장을 내가 담아서 먹었고, 결혼 후에도 김치만 시어머님이 담당하셨다.

딸은 엄마표 고추장, 된장이 가장 맛있다고 말하는데 믿거나 말거나겠지만, 지금 사는 주남집 이곳에도 남편이 큰 주물 솥을 걸어 줬다. 한 해에 한 번씩 메주를 쒀서 된장을 만들고 고추장도 만드는 시골 아낙이다.

편리한 시대에 공장 표 된장과 간장, 고추장이라니. 모든 것을 손쉽게 구할 수 있는 물질 풍요 속에 살고 있지만 가끔은 내가 만든 연주표 된장과 곰국이 그리운 아들이란다. 미국으로 건너갔던 아들이 6개월 만에 김치병에 걸렸을 때가 있었다. 비싼 김치가 있기는 해도 엄마표 김치가 먹고 싶었던 아들은 다른 것은 다 놔두고 김치만 한 통 담아 달라는 것이었다. 김치 20kg 한 통을 보내는데 택배비가 23만 원 들었지만 내 아들은 15일 만에 다 먹었다고 연락이 왔다. 한 끼에 한 포기씩 먹었단다. 그 이후에는 김치를 보내 준 적이 없었다. 곰국을 좋아하던 아들이 생각나서 김치 보낸 몇 개월 후에 꽁꽁 얼려서 곰국을 보내줬다. 택배 받는 시간이 오래 소요되어 페트병에서 다 녹았지만 엄마가 끓인 곰국을 한 방울도 버리지 않고 다 먹었다는 이야기를 들었다.

오늘같이 가을이 오면 찬바람과 함께 문득 생각나는 아들. 그 아들이 보고 싶지만 보고 싶다는 말조차 아끼게 된다. 여태 그래 왔다. 마음껏 보고 싶다는 말도 못 해보고 이제 가정을 꾸린 내 아들은 박사 학위를 받아서 삶이 좀 윤택할 것이다. 며느리와 예쁜 강아지 같은 손자가 보고 싶다. 지금 이 글을 쓰는 순간도 살가웠던 지난날, 한 번 더 안아 주지 못했던 지난날, 고운 추억 만들기 제대로 해보지 못하고 헤어져 살아온 세월이 안타깝다. 지금까지도 엄마를 자유롭게 만날 수 있는 형편이 못 되어 더욱 서럽다. 미국에서 와도 하룻밤 엄마에게 머물 수 없는 현실이 더욱 마음 아프다. 이해 못 할 것도 없지 싶은데 이해해주지 않는 그 남자 때문에 아직도 속 편하게 엄마가 부를 수 없는 위치에 있다. 달려가서 소리 지르고 싶다. 내 아들인데 왜 못 보게 하냐고 막 할퀴고 쥐어뜯고 싶지만 뭔지 모를 위압감에 눌려서 살고 있다.

어제도 딸아이에게 카톡으로 문자가 왔다. 할머니 제사라 아빠 집에 간다고 일요일 늦게 집에 올 것 같다고. 문자를 보며 이런 현실이 아프게 다가왔다. 엄마가 알아서 일요일까지는 전화하지 말아 달라는 메시지였다. 언제까지나 참아야 하는지 아픈 현실이다. 여름날 부쩍 자란 잔디를 깎았다. 예쁜 아기 대머리처럼 준비해놓았다. 오후에 해바라기 출사를 다녀와서 얼마나 피곤했던지 곯아떨어져 잤다. 새벽에 일어나 주남을 한 바퀴 돌았는데 복덩이 내 사위에게서 부재중 전화가 와 있었다. 카톡으로 "장모님 출장 다녀와서 조만간에 찾아뵙겠습니다"라고 보내준 문자 하나에 모든 것을 내려놓는 아침이다. 어디서든 건강하고 행복하게 살아달라고 마음으로 되뇌어 본다.

천륜은 지워지지 않는 초상

큰딸을 맏며느리로 시집보내고 난 후 친정엄마는 내심 걱정이 많으셨다. 당신은 사 남매의 막내며느리로 시집 왔지만, 큰며느리의 자리 메꿈을 하는 인생을 사셨다. 맏이 막내 굳이 따지지 않아도 각자의 운명대로 살아지더라고, 옆에서 보아온 나는 굳이 맏이라는 개념을 갖지 않았지만 딸을 가진 입장의 엄마로서는 그렇지 않았음을 훗날 아들을 낳고 나서야 이해하게 되었다 결혼을 할 때부터 분가에 대한 생각을 하지 않아서 분가하려고 애쓰지 않았고 으레 부모님을 모시고 살아야 하는 것으로 생각했다. 어른을 모시고 사는 일이 쉬운 일만은 아님을 깨달았을 때는 참 많은 세월이 흘러갔었다.

시골 생활과 도시의 차이점이 별로 없는 창원 도시 안에서의 시골이었다. 결혼과 동시에 딸을 낳았고 둘째는 꼭 아들이어야겠다는 생각이었지만 어디 마음대로 되는 일이 아니었다. 다행스럽게 아들을 낳았다. 임신했을 때 친정엄마는 열 달 내내 걱정을 했을 테고 옛말에 외손주는 디딜 방에 홍두깨보다 못 하다는 말이 있었지만, 딸이 염려스러웠기에 더불어 고민했을 테다. 아이들이 자라면서 외갓집을 몇 번이나 갔을까만 외사촌 형들과 여름이면 감물리 강가에서 수영하고 물장구 치며 놀던 때도 있었다. 명절날에 모여 아래채 위채 뛰어다니며 할아버지 사랑을 독차지하던 시절도 있었다. 장래 꿈도 농사꾼이었다는 아들은 엄마로 인하여 외갓집 왕래가 끊어지면서 외사촌들과 이종사촌들도 잊고 지내게 되었다.

자연스레 잊혀 갔겠지만, 엄마의 마음은 항상 무거운 돌멩이를 지고 있는 듯 아프다. 동생이라고 하나 있는 이모마저 천륜은 지울 수 없겠지만 단기적으로 멀어져 있는 인연이 되어 버렸다. 오늘같이 가을바람이 불어오는 시원한 저녁 늑대와 개의 시간이 가장 싫었다는 아들 생각에 잠겨 본다. 옆에 있으면 뛰어가서라도 보고 싶은 아들이다. 각자의 생활에 충실하고 이젠 엄마 아빠는 잊혀 가겠지만 먼 산 산그리 매가 내려오고 바라보이는 진영 읍내에 네온이 하나둘 켜지는 저녁, 가끔 지나가는 차들의 소음도 주말이라 뜸하게 들려온다.

어느 곳에는 맥문동 꽃이 만발했다고 하고 어느 곳엔 빅토리아 연이 꽃을 피운다는 소식이 들려와도 연이틀 사진 출사로 인하여 피로가 몰려온다. 저녁 무렵에 정신을 차려 보았다. 간단하게 다녀오겠다고 나간 사람은 소식도 대답도 없다. 내가 무엇을 하고 늦게 와도 항상 웃으며 받아 주던 남편이 어젠 좀 다른 것 같았다. 출사를 나가면 저녁 먹고 간단한 리뷰도 하고 작품 이야기를 해야 해서 시간 가는 줄 모르기도 한다. 늘상 자주 있는 일인데도 어제 남편은 심기가 불편했던 모양이다.

도대체 무엇하고 오느냐고 한소리 한다. 나 스스로 미안한 마음에 어이없기도 해서 그냥 대꾸 없이 카메라 가방을 내려놓고 말없이 행동한다. 소리 없는 무언의 대화. 방문을 닫고 취침에 들어간 남편. 기어이 아무 말 하지 않고, 카메라에 담아온 사진을 보다가 잠이 들었다. 창 너머 산들바람이 들어왔고 머리 쪽에 햇살이 비치는 느낌을 받은 건 아침이었다. 6시 45분. 다른 날 같으면 벌써 신지로이드 한 알과 물컵을 들고 서 있었을 텐데 그렇지 않다는 것은 아직 화가 풀리지 않았음을 말해줬다. 말없이 아침 준비에 부산했던 나는 어제 뒷집 언니가 가져다준 부추가 생각나 텃밭에 가봤다.

사과나무 두 그루에 열린 사과가 조롱조롱 매달려 떨어지기도 한다. 소쿠리에 몇 개를 주워 담았다. 쑥갓을 채취하러 갔는데 덤으로 사과를 수확했다. 꽃이 피어오른 쑥갓을 한 움큼 뜯었다. 네덜란드에서 가져온 난 꽃이 담장 밑에 연보라 꽃대 하나를 피웠다. 이른 아침 예쁜 꽃과 사과를 보며 마음 정화가 되었다. 부추에 땡초를 넣고 쑥갓을 넣어 아침부터 전을 부쳤다. 3주 전쯤 대장 내시경을 받은 남편이 용종을 제거했는데 조직검사 결과 선종이 두 개 있다고 한 후부터 탄수화물을 적게 먹는 습관들이기를 시작했다. 그래서 부쩍 반찬이 신경 쓰인다. 오랜 시간 앓아오던 당뇨 조절보다 요즘 바꾼 식단에서 더 해줄 게 없다.

밭에서 얻어온 사과 주스 한잔을 즙을 내 마시게 했다. 밥 한 공기를 먹던 사람이라 밥 양도 줄어들고 까다로워진 식단을 보고 아침부터 무슨 지짐이냐고 한소리 한다. 별말이 아닌데도 예전처럼 쉽게 받아들이지 못했다. 아침부터 신경전을 벌였다. 미역 냉국에 밥 조금 먹더니 밥숟가락 놓고 큰방에 들어가 버린다. 혼자 아침상에 앉아 지짐 두 조각과 밥 반 공기를 천천히 먹는다. 밴드를 쳐다보며 늦게 아침을 끝냈다. 오늘은 아무 말 하고 싶지 않았다. 이틀 동안 다녔으니 피곤하기도 하고, 어제 늦은 시간에 잠을 잤기에 잠도 쏟아져 왔다.

햇살 비치는 방에 아무 말 없이 몇 시간을 잤는데 점심시간이 된 것 같다. 서성거리는 날 바라보며 약속이 2시 반에 잡혔다고 점심을 달란다. 쌓였던 잔소리를 해본다. 푸념처럼 예전에 애들 아버지도 성격이 불같아서 이런 일이 자주 있었다. 그때 일이 떠오른다. 가슴에 아픈 상처로 남아있던 일들이 불현듯이 떠올랐다. 조리사 자격이 있는 것도 아닌 내겐 날마다 다르게 식단을 짜기도 힘든 일이었다. 두 끼라도 같은 반찬이 올라오면 매끼니 같은 반찬이라며 집구석에서 뭐하냐며 닦달하던 일이 떠오르며 속에서 한숨이 터져 나왔다. 내가 가지고 있는 병 중 하나인지 모른다. 답답하다. 남자라는 존재는 단순하지만 비슷하다는 생각이 들지만 비교하면 안 된다고 마음을 다잡는다. 하지만 강하게 자리 잡고 있던 아픔에 순간 나도 모르게 잔소리를 하게 된다.

점심을 뜨는 둥 마는 둥 나서더니, 여태 소식이 없어서 문자를 보냈다. 답이 없지만, 밖은 어둠이 몰려오고 혼자 있을 때 외로웠겠다는 마음이 들며 미안한 생각이 든다. 남편이 없는 시간을 틈타 마트 가기를 제일 싫어하는 내가 혼자 마트를 갔다. 두부, 도토리묵, 용과, 방울토마토, 바나나, 파프리카, 호박, 오이, 콩나물, 달걀, 우유, 물오징어. 한 상자 싸들고 왔다. 저녁밥은 하지 않고 아침에 구워 놓은 전을 먹었다. 전화벨이 울리더니 남편 전화가 왔다. 고성 갔다가 오는데 배가 고프단다. 빨리 오라고 하고 오징어를 데친다. 차분히 각종 과일로 한 접시를 만들고 저녁상을 봤다. 시골에서 파는 도토리묵도 한 뭉치를 사왔기에 저녁상으로 냈다.

기분 좋은 저녁 식사는 밥이 없는 식단으로 준비했다. 한참을 먹다가 무겁게 이야기를 꺼내는 남편 얼굴을 보니 심각한 이야기를 하려는 듯했다. 십 년 이상을 함께 살아왔지만, 오늘처럼 무거운 분위기는 처음이었다. 어제 시어머님께 전화가 왔는데 오후에 들렀더니 하늘이 무너지는 소리를 하셨단다. 꿈 많았던 오작교 시누이가 떠난 지 일 년 만에 소식이 들려왔는데, 중병에 걸려서 연락이 온 것이었다. 떠날 때 미웠던 감정으로 여태

한 번도 가보지 않았는데, 하늘이 무너지는 소리를 한다. 엉망진창으로 만들어 놓고 미운 짓도 하고 떠난 뒤 모진 소리도 했었다. 그런 그녀가 시한부로 살고 있다 한다. 자궁암이 늦게 발견되어 혈관을 통해 온몸에 퍼져 손쓸 수 없을 지경으로 엉망이 된 채 부산대 양산병원에 입원하게 되었단다.

수술을 할 수 없이 진행되어 모든 장기 기증환자로 입원해있다고 말하는 남편의 눈에 이슬이 맺혔다. 그렇게 얄밉고 곤혹스럽게 하고 떠났던 미운 시누이도 남편 동생이라 가슴 아파하는 모습을 보고 있자니 내가 더 아프다. 지지리도 복도 없는 사람이다. 독신으로 살아온 세월 동안 혼자 몸도 잘 돌보지 못한 미운 계집애다. 먼저 보내야 할 딸을 보며 가슴 치며 통곡하고 계실 어머님이 눈에 선하다. 죽음 앞에 무엇이 필요한가? 이렇게 아프게 하고 떠날 것이었다면, 좀 더 잘살지 장기 기증한다는 조건에 병원 입원이라니, 어처구니없는 현실에 수저를 놓고 어이없어 해보나 어떤 말도 필요 없었다.

무너져 내리는 아픔이 남편의 눈에서 보였다. 이 무슨 운명의 장난인가? 그렇게 떠나려고 아프게 했던가? 아직은 정신을 차릴 수가 없다. 무슨 말로 어떻게 위로해야 할지 알 수 없었다. 모든 것이 무너지는 아픔, 얼마나 더 살 수 있을까? 고통스러운 진통이 시작되었단다. 자다가 깨어 정신없는 짓까지 하는 단계로 와있다는 시누이, 그토록 미운 마음으로 보고 싶지 않았는데, 이게 뭐지 왜 이런 마음이 들지? 어처구니없다는 말밖에 할 말이 없다. 하고 싶은 대로 다 해주라고 어머님께 말했다는 남편을 보며, 나 자신을 들여다봤다. 지금으로서 해줄 수 있는 일이 무엇이란 말인가? 입에 담지 못할 욕을 퍼부었고, 속상하게 해서 떠난 동생에게 보이기만 해 보라고 큰소리칠 때가 오히려 좋았다는 생각이 든다.

고개를 떨어뜨린 남편 모습을 보며 애써 위로해보지만 위로가 되지 않은 시간인 것을 난 안다. 내가 말했다. 친정엄마를 떠올려 보았다. 지난 추석 명절에 있었던 일로 엄마와 왕래가 없다. 동생과도 아직도 이해되지 않은 시간이라 연락 두절이다. 이런 상황에서 만약 엄마가 돌아가신다면 난 어떻게 했을까 하고 생각해 본다. 물거품처럼 녹아내릴까? 이해하게 될까? 울며불며 뛰어가게 될까? 사람은 참 막말을 하고 살면 안 되겠다는 생각해본다. 이번 시누이 일을 겪으며 남편이 그토록 원망했던 시누이가 시한부라니 그 아픔을 내려놓지 않으면 힘들 것 같다. '죄는 미워도 인간은 미워하지 말라'는 말이 떠오른다.

이 글을 시작할 때만 해도 이런 글을 쓰게 될 줄 몰랐다. 단순히 낮에 딸과 아들을 생각하다가 외갓집과 멀어지게 된 동기가 나로 인한 것이어서 죄스러워 시작한 글이 이렇게 엄청난 아픔이 될 줄이야. 일을 놓고 이제 편하게 여행하고 하고 싶은 일 하며 살 거라고 다짐했는데 이렇게 아픈 현실이 다가올 줄 몰랐다. 내일은 휴일이고 어머님을 뵈러 가야겠다고 다짐해본다. 하나뿐인 딸, 아픈 딸을 20여 일 집에서 간호했는데, 말기 암 환자의 딸을 수발하며 얼마나 아팠을까? 그간에 찾아뵙지 못한 마음이 죄스럽다. 내 생각만 하고 뒤돌아보지 않았던 시간이 아픔으로 다가온다. 저녁밥을 먹는 둥 마는 둥 하는 남편은 못내 아픈 흔적이 보인다. 생각이 많은 얼굴이다.

삶과 죽음을 생각해보는 시간에 아픈 저녁이다. 이 밤이 지겨울 것 같다. 아픔 없는 저세상에서 꼭 좋은 일만 하고 다시 태어난다면 아픔 없는 생을 살다 가게 해달라고 빌어주고 싶다. 이 아픔을 남겨두고 떠나는 너를 위하여….

PART

004

또 다른 사랑을 찾다

부르지 못할
축하곡

결혼식을 하루 앞둔 날 저녁이었다. 그날 하루도 참기 힘들었는지 자유수출 후문 삼각공원에서 그 아이가 임신이 되었던가 보다. 내동 판자촌으로 시집와 시집살이하면서 신혼 초에 부른 배 걷어차여 가며 탄생한 나의 첫 보물. 난 그 아이만을 위한 삶을 살지 않았다. 시어머니의 장난감으로 눈뜨면 업고 나가서 잠들면 데려오던 그 아이가 사춘기 시절에 엄마와 본의 아니게 떨어져 살 운명이 되었다. 감당할 수 없었던 사춘기 시절에 엄마와 헤어진다는 사실을 인식할 겨를도 없이 헤어졌다. 마지막 인사도 나누지 못한 채 3년 동안 원망 속에 자신을 가두고 살았단다. 초등학교 때 활발하고 앞장서길 좋아했던 명랑한 성격이 점차 내성적으로 변하게 된 딸. 친구를 여러 명 사귀지 않고, 스스로 자신을 구속하는 처녀로 대학 생활 동안은 혼자 외로움을 겪게 되었다고 한다.

동생과 아버지를 돌보며 생활하던 대학 3학년 때 동생이 입대하게 되며 혼자가 된 딸아이는 외로움에 힘들어하고 있었다. 그때 친구의 소개로 사위와 인연을 맺게 되었단다. 보광사 사찰에서 간절한 소망으로 딸과 아들이 소통되게 해달라고 기도했던 삭발의식 행하던 날, 이모와 함께 헤어진 후 첫 상봉이 이루어졌다. 나와 딸은 그동안 헤어져 있으며 힘들었던 일들을 이야기하며 울었다. 그 기억에 다시 눈시울이 뜨거워진다. 2007년 하산하고 나서야 사위 얼굴을 보게 되었다. 차분한 성격에 착하게 생긴 사위였다. 강하고 박력 넘치게 생기지 못한 점이 딸아이 아버지는 못마땅하다고 했지만, 처음 보는 내 눈엔 사위가 마냥 부드러운 성향을 지닌 점이 꼭 마음에 들었다.

포용하고 배려할 줄 아는 그런 점들을 보며, 내 딸아이가 좋아하는 사람이면 누구도 반대하지 않았으면 하는 바람이 더 컸다. 그때부터 내 사위는 복덩이로 불러줬다. 아들처럼 사위처럼 든든한 복덩이. 딸아이와 사위는 오랜 시간 연애를 했다. 엄마보다 더 긴 세월을 연애 시절로 보냈다. 딸아이 30살, 사위 33살 되던 해, 해 갈림이 있던 달에 결혼했다. 전 남편은 엄마 아빠가 29살, 24살에 결혼해서 '죽을 4자'와 '아홉수'에 걸려 평생 함께 할 수 없는 아픔을 겪었다며 일찍 결혼하는 것을 극구 말렸다. 그래서 서른이 되던 해 결혼을 하게 되었다. 딸 신혼살림 집을 마련해놓은 작은방 가방에서 결혼식 청첩장을 우연히 발견하고 혼자 오열했던 일도 지난 추억이 되고 말았다.

크루즈 여행으로 도쿄를 다녀오며 도쿄 공항에서 손자 선물을 사 왔다. 예쁜 여름옷 두 개와 신발 하나를 사 왔다. 부산대 양산병원 정기 검진을 받는 날, 이른 아침 시간에 딸아이에게 '지금 출발한다. 가서 보자'고 간단한 문자만 남겼다. 아침 9시 반이었다. 손자를 본 지가 두 달 이상이 된 것 같지만, 할매 하고 서툰 걸음으로 달려온다. "아이고 내 강아지." 손자를 번쩍 들어올려 안았다. 몇 달 안 보는 사이에 엄청나게 말이 늘었다. 세 살배기 손자가 "할매 많이 보고 시퍼쪄요. 사랑해요. 할매"라고 한다. 할머니 할아버지라는 말보다 할배 할매가 쉬운가 보다.

할매라고 하는 손자가 마냥 귀엽고 예쁘기만 해서 어쩔 줄 몰라 하는 나를 보며 딸은 "영락없이 할매다. 엄마 애 유아원 갈 시간이야. 같이 보내주자"고 했다. 함께 길을 나섰다. 같은 단지 내에 있는 유아원에 보낸다고 걸어갔다. 할매인 나에게 모자 자랑도 한다. 그동안 보지 못했다고 얼마나 귀여움을 떠는지 서툰 발걸음을 떼는 손자와 자랑하는 듯이 걸어 도착한 유아원. 할매와 잘 다녀오겠다는 인사 없이 들어 가더니 할매, 할매 하며 울었단다. 들여보내고 딸아이 표정이 어두웠다. 미처 할매와 이별할 틈을 주지 못했더니 서러워 운다고, 유아원 선생님이 전화가 왔다. 못내 아파하는 딸에게 내가 말했다. 넌 참 대견하다. 너의 전부로 네 아들에게 온 힘을 기울이는 걸 보며 난 그렇지 못했다고 했다. 딸과 살아오며 가장 긴 시간의 대화가 시작되어 가고 있었다.

배불렀던 시절, 연탄아궁이 4개를 갈고 나면 부른 배를 앞세우고 연탄재 16개를 머리에 이고 다니면서 청소차에 보냈다. 할머니의 결벽증 이야기부터 아픔은 시작되었다. 첫아이가 딸인데 소꿉놀이 기구 하나를 제대로 갖고 놀게 하지 못했다. 그 딸이 시집을 갔다. 글 사랑 모임에서 육아서를 갖다 줬다. 『내 아이 바보 만들기』, 『서툰 엄마』, 『여자는 육아로 성장한다』, 『습관 육아』. 몇 권의 책을 주며, "엄마는 너를 키울 때 육아서를 보지 못했다. 할머니의 육아법과 범벅이 되어 무작정 업고만 키웠다. 할머니 사랑이 엄마인 나보다 먼저였기에 어쩔 수 없이 선택된 일이었다"고 변명했다. 마음껏 동화책 한 권을 펼쳐 들고 이야기 한 번 들려주지 않았던 그 시절엔 시집살이하느라고 딸아이에게 온전한 마음을 전해 줄 수가 없기도 했다.

고모, 삼촌, 할아버지, 할머니, 아빠가 먼저였다. 새벽일 나가시는 할아버지 새벽밥부터 시작하면 하루 밥상만도 열 번 이상 차려야 했기 때문에 아이에게 사랑하는 마음을 전할 수 있는 나는 없었다. 할머니 손에 고모 손에 키워졌기에 한 번도 책을 맘껏 흩트려 놓거나 장난감을 흩트려 놓고 인형 놀이 같은 걸 마음대로 할 수 없었다. 그 속에서 자란 아이 딸아이는 중학교 시절에도 인형을 좋아했다. 그때 생각하면 지금 딸아이는 정말 육아를 잘하고 있는 것 같다. 온 집안이 아이 책으로, 장난감과 놀이기구로 채워져 있다. 말하기 시작하고부터, 감성 언어를 구사한다는 손자가 얼마나 고마운지 모른다.

어릴 때 책을 읽어주지 못한 엄마 밑에 자라서 그런지, 마음껏 책과 놀지 못했던 아쉬움 때문인지 딸은 손자에게 책을 많이 읽어준다. 입에 침이 마르도록 읽어 달라는 손자 때문에 길게는 3시간이 넘도록 읽기도 했단다. 글 읽기를 많이 한다는 딸과 지금 나의 상황들을 이야기했다. 눈물이 범벅되고 딸아이가 등을 토닥여 준다. 엄마 아픔을 이해라도 하는 듯이, 아이를 낳고 보니 엄마가 얼마나 소중한지를 알겠단다. '아, 이렇게 나를 키웠구나' 하며 깨닫는다는 딸은 참 암담했던 대학 시절, 아무에게도 엄마와 아빠의 이혼을 말하지 못하고 살았지만 남들이 먼저 알더라는 아픈 이야기를 하며 눈물을 찍어낸다.

딸이 엄마 이제 하고픈 일 하며 엄마만 행복하면 된단다. 건강하게 여행 다니고, 책 쓰고, 사진 찍으며 다니는 엄마를 보며, 너무 대단한 우리 엄마가 자랑스럽다고 말한다. 딸에게 그 얘기를 들으며 한 줌 눈물을 찍어낸다. 뒤돌아보면 딸아이가 내 생에 전부였다면 한 번 더 딸을 생각했을 테고 아들을 생각했을지 모른다 싶다. 죽을 때 죽더라도 함께했을까? 난 나만 생각하고 지긋지긋한 20년 결혼생활을 청산했다. 엄마가 없는 큰집 살림을 맡아서 해왔던 딸, 병든 할머니 임종을 지켜봤던 딸, 그런 내 딸에게 미안한 나는 내 생에 가장 힘든 시기에도 엄마와 딸로 정을 나누지 못했다. 그저 남들처럼 속 이야기 한 번 하지 않았다.

만나면 그냥 현실에 보이는 것만 이야기하고, 오랫동안 함께 있는 시간이 거북스러워 마냥 핸드폰만 들여다보다가 쇼핑도

한 번 안 해봤다. 여행도 한 번 못 가봤다. 서로가 마음을 열지 않았다. 이야기 물꼬가 트인 것은 손자가 있기 때문인지도 모른다. 지금 처한 상황을 이야기하며 울었다. 딸은 엄마가 외갓집 식구들에게 오롯이 왕따 당하고 있다는 이야기도 했다. 혹여 딸아이가 상처받은 아픔을 누르지 못할까 봐 참고 있었던 세월이었다. 혼자만 감당해도 되는 내용까지 말했다. 딸아이 결혼식 하던 날을 잊지 못한다.

얼마나 울었던가. 4년 전 산업시찰차 비료 공장 견학에 경영학과 반 전원이 나섰다. 이른 아침 교문을 나서며 인증 사진도 찍고, 모두 순천정원박람회까지 들러서 올 거라고 부풀어 있었지만, 한 사람은 가슴으로 울고 있었다. 관광차에 몸을 싣고 남해고속도로를 질주하고 있었다. 차츰 딸아이 예식 시간이 다가올수록 엄마인 나는 가슴이 찢어지는 아픔을 느꼈다. 결혼식에 와달라는 부탁도 없었지만 오라고 하였더라도 난 기꺼이 가지 않았을 결혼식이었을 것이다. 남의 이야기일 때는 그냥 무덤덤하게 보내야지 하는 마음이었다. 정작 다가온 일엔 그 마음이 되지 않는 것이 어미였기에 그러했나 보다. 진주 사천을 지날 무렵 소낙비가 창을 때렸다.

창밖의 비가 내 눈물 되어 씻어 내렸다. 먼 산을 바라보며 하염없이 눈물지을 때, 반 아이들은 흥겹게 관광버스에서 음주 가무를 즐기며 통로가 비좁도록 놀고 있었다. 남몰래 흘려야 했던 눈물은 비가 대신해주는 듯했다. 화학 공장을 견학하고 여수관

광단지 향일암 부근까지 갔다가 점심을 횟집에서 먹는데도 난 입 안이 껄끄러웠다. 커피 한잔 들고 먼저 나와 한숨지으며 딸아이가 자라온 지난날을 그려 보았다. 엄마가 해주지 못했던 사랑. 복덩이와 영원히 행복하게 잘살아 달라고 빌고 또 빌며 하늘 한 번 쳐다보았다. 맑고 구름 없이 청명한데 그렇게 소나기가 내 마음을 아는 듯 내렸단 말인가?

오후 일정이 시작되는 동안 순천만 정원 박람회를 관람한다. 꽃들도 예쁘고 저 많은 인파 속에 유독 아픈 사람은 나뿐인가 보다. 즐겁지가 않았다. 반 아이들이 사진을 찍고 삼삼오오로 모여 다니며 관람하는데도 난 모일 시간만 기다리는 힘없는 아낙이었다. 걸음을 걷고 다닐 기운조차 나지 않았다. 반 시간쯤 돌다가 제자리로 돌아와 담장 턱에 엉덩이를 걸치고 앉아있었다. 핸드폰으로 복덩이 전화가 울렸다. 어머니라고 부르던 놈이 그사이 예식을 올렸다고 전화를 한 것이다. 깍듯한 말투로 "장모님 어디세요? 기업 박람회 구경은 잘하고 계세요?"라고 묻는 게 아닌가? 눈물이 났다. 애써 코맹맹이 소리 하지 않으려고 전화가 안 들리는 척 말한다.

"그래 난 괜찮아 잘했어? 우리 애는 울지 않았어?"

"네, 장모님. 웃으며 잘했어요. 안 울던데. 장모님 어쩌지요? 좋아서 웃던데요."

"그래, 잘했어. 그래야지. 참 다행이네! 웃었다는 것 보니 딸 낳으려나?"

행복하게 잘 살라고 몇 번이나 부탁하고, 프랑스 파리로 신혼 여행 떠난다는 사위에게 딸 생에 잊지 못할 여행 만들고 오라고 부탁했다. 복덩이 내 사위야. 사랑해.

그날이 아직도 어제 같다. 하지만 그날의 아픔은 지금 손자가 태어나고 나 스스로 행복하게 생각하고 사는 지금은 조금 잊혀 가고 있다. 하지만 오늘 딸과 옛이야기를 하며, 가슴에 응어리져 있던 말들을 쏟아 내고 나니, 조금은 시원해진 느낌이 든다. 하지만 나의 하소연으로 더 오래 간직될 아버지에 대한 기억들, 더 멀게 느껴질 외갓집과의 거리감이 걱정이다.

딸에게 물었다. 엄마 첫 번째 책에서 못 다한 이야기를 두 번째 책에서 할 건데 네 생각은 어떠냐고. 딸이 시원하게 대답한다. 엄마 인생인데 나에게 아무렇지 않다며 생각대로 하시란다. 대학 땐 엄마를 이해할 수 없어서 친구들에게도 말하지 못하고 숨겼지만 지금은 그렇지 않다고. 엄마 이야기를 말할 기회가 있으면 꼭 하고 산단다.

엄마도 이젠 악몽을 꾸는 그 이야기 맘에 담아 놓지 말고, 속 시원히 얘기하고 살라고 한다. 대견했다. 엄마 딸이 아이 엄마가 되고, 부쩍 성장한 것 같아 마음이 놓인다. 다만 걸리는 게 있다면 멀리 재외동포가 된 아들이다. 아들에게는 물어보지 않았지만 이젠 내 마음 가는 대로 펼치고 살리라고 마음먹어 보는 날이었다.

산과 하늘,
바다보다 더한 그리움

생에 가장 슬픈 일을 경험한 엄마는, 아들이 보고파서 날마다 서러운 날들을 보내야만 했다. 왜 보여 주지 않느냐고 소리치고 악을 질러 보지 않았다. 끔찍했던 지난날을 생각하면, 보고 싶어도 참고 견뎌야 했다. 진실은 언젠가는 알아줄 날이 있을 거라고 나에게 다짐하면서 울분을 참고 내 안에 삭여야만 했다. 그 과정이 얼마나 길고 길었던가. 하루가 십 년 같고, 일일이 여삼추라고 누가 말했던가. 쉽게 보고 싶다고 달려가도 되는데, 그렇게 하지 못하는 바보였다. 그 사람이 무섭고 싫었다. 그림자처럼 사람을 붙였는지 내 등 뒤에는 항상 누군가가 나를 뒤따른다는 느낌이 들었다.

2004년 4월에 조정 판결을 받고 완전한 이혼자가 되었는데도, 그의 그림자는 무수히 많은 날이 지나도록 내 곁에 맴도는 느낌이었다. 양산 북정 승환 트윈스룸이 나의 호적지로 변해 있었다. 동생의 인연으로 스님과도 인연을 맺게 되었다. 불국정토라고 말했던 유교 사상이 지배적인 경상도 지방에서 연애해서 결혼한 1세대에 내가 포함되어 있었다. 하지만 우리 청도면에서 호인으로 소문나 있는 우리 아버지에게 가장 먼저 아픔을 안겨다 주었다. 나 혼자만 참으면 오십 명이 편안해지리라는 그 마음 때문에 항상 나는 쉬운 결정도 더디게 했다. 이젠 훌훌 털고, 나 혼자 열심히 살아 보리라고 마음먹은 날들이 많았다.

미쳐 있었던 지난날 인터넷이 있었기에 그나마 견디는 힘이 있었다. 유일한 나의 낙이었고, 위로가 되어준 컴퓨터였다. 책 읽기를 좋아하진 않았지만, 음악 속의 운율들이 좋았다. 시적인 감성이 묻어나는 노래 가사들을 들으며, 참 많이도 울고 감성에 젖기도 했다. 양하영의 '촛불 켜는 밤', 양현경의 '너무 아픈 사랑은 사랑이 아니었음을', 박강성의 '새벽' 같은 노래 가사에 혼자 울고 웃으며 몰입했던 시간이었다. 그렇게 세월은 흘러갔다. 3년째 아들 생일날 새벽에 보고싶어서 글을 쓴다.

2005년 6월 20일 새벽 1시 47분

사랑하는 아들 생일이었다. 까마득히 잊혀가는 시간이 아쉬울 만큼 아들이 보고 싶음에 애달픈 하루였다.
윤임이가 아파서 어제 창원 가던 날 몇 년 만에 헤어디자이너 이사장님 미용실을 찾았다. 아픔이 많은 거리. 삶의 터전이었던 그곳을 내가 3년 만에 의미를 부여한 채 찾을 줄이야 아무도 몰랐을 것이다. 108번뇌의 1004가 되어 날아갔던 그날이 언제였던가.
그 누구도 알지 못하는 내 삶을 참으로 어이없이 20년이란 멍에 속으로 가둬 버렸다.
힘들게 살아온 날들이 주마등처럼 스쳐 갔다. 아무도 모르게 아파트 층수를 헤아리면서 멀리서 한숨짓는 시간이었다. 참 행복했고 단란했던 아파트의 생활이었는데 백팔번뇌의 천사가 되어버렸다. 운명처럼 말이다. 그 누가 내 맘을 알리요. 20년을 한결같이 살아온 나였다. 하지만 오늘부터 이 이름을 지우고 싶다.

인연이 어디까지인지는 모르지만 내 살아온 과거의 모습은 연주로 인해 빛날 것 같은 예감이 든다. 많은 것을 깨닫게 해준다. 부처님 가피를 입었나 보다. 내 곁에 사랑하는 아우 때문에 내 인생에 불빛이 되어 올 그날을 위해서 이제 조용히 나를 자신을 깨달음 속으로 인도해 줄 인연을 만났다. 그것도 그 남자와 받침 한자 틀린 인연으로의 스님이 계신다. 계를 받지 않아도 명성이 있으신 그분께서 지어주신 또 다른 불명 '연(연꽃)주(배)'. 이 이름으로 살아갈 것이다. 이름 석 자에 먹칠하지 않을 각오로 만인들에게 쉽게 불릴 연주를 위해 행치원에서 저녁을 거룩하게. 이름값이라 하기엔 너무나 부실하지만 굳이 의미를 부여한다면 정말 멋진 저녁이었다. 자연경관이 수려하고 좋은 사람과의 인연으로 모여 행복한 저녁이었다. 큰절 올리지 못하고 받아온 연주 불명이지만 그 효과 또한 엄청난 의미를 이 밤에 부여했다.
오늘 좀 가볍게 쉬는 날이었다. 잠시 점심시간을 도와서 행치원으로 이차 발걸음을 옮겼는데 행치원이 꼭 예전에 안민동 청솔마을에 살았던 그 느낌이었다. 집 자체에서 오는 중후한 맛. 감히 청어람 아파트에서 느끼지 못했던 포근함.
자장면 한 그릇의 행복함이 지배했다. 사과 하나에 커피 한잔의 여유를 맛보고 두 분 스님을 뒤로한 채 청어람 아파트로 발길을 옮겼다. 아무도 기다리지 않은 내 집이지만 난 이곳을 사랑하련다. 이제 먼 훗날 내 아이들이 찾아올 그날까지 이곳에 머물며 기다릴 테다.

잠시 접속하여 아들에게 메일을 보내고 잠자리에 들었다. 핸드폰에서 슬픈 뻐꾸기 소리가 연달아 4번이나 울리더니 그렇게 사랑하고 보고파 하는 아들로부터 답장이 왔다. 너무 감격해서 슬픔과 기쁨의 눈물을 흘렸다. 참으로 오랜만에 아들이 보내온 편지를 보며 아들이 보고파 천정을 보면서 눈물이 범벅되고 코가 막힐 정도로 혼자 울어 버렸다. 가슴 아팠다. 미역국 의미 없이 생각하면 별것도 아니지만 연꽃 배 의미를 부여하는 오늘 같은 날은 정말 의미가 있다.

아들이 보내온 문자메일이었다.

> 엄마, 아들이 그냥 메일 보고 문자 보내는 건데, 참 잘 있는 거지? 건강해야 합니다. 번호 없이 보내는 거 이해해줘. 오늘 미역국 못 먹었다. 사실 좀 우울하네! 아침에 일어나서 엄마 생각했다. 잘 살고 있는지 그냥 건강하게 지내. 내가 좀 더 용기가 생기면 먼저 연락할게. 태어나게 해줘서 고마워요…….

가슴을 에인 듯이 슬펐다. 하지만 연주로 불명을 받는 날 이 같이 좋은 일이 생겨서 한편으론 감사한 마음으로 눈물이 났다. 좋은 인연으로 좋은 일만 하고 살아야 한다고 생각했다 헤어진 아픔으로 살아온 3년이지만. 그 남자와 내가 저질러 버렸던 실수를 이제 정리하고 연주로 거듭나게 된 날. 의미가 많았다. 잠에서 깨어나 이 새벽에 내 모든 것을 내 삶의 방, 혼자 쓰는 나의 일기장에 메모하고 싶었다. 이제 더 많은 외로움이 범벅된다 해도 연주는 행복한 웃음을 지을 그날을 위해 열심히 살아 보련다.

사랑하는 아들아!

엄마가 애타게 널 보고파 하면서 살고 있으니 언제든 목소리 한 번 들려주고 엄마 손 따뜻이 잡아줄 그날을 기다리련다. 너의 생일에 즈음하여 엄마 또한 연주로 거듭난 날이니 스무 번째 생일에 엄마 살아온 인생 20년을 고스란히 바쳤고 다시 거듭난 연주로 너의 생일을 기억하련다.

모든 것이 삼위일체가 되는 날이네! 우연치고는 참 희한하다. 연꽃배 되어 중생들을 부처님 전으로 인도하라는 뜻이란다. 가슴 가득 연주란 이름을 되새겨 본다. 아들 생일에 보내온 편지 받는 날, 잊지 못할 오늘을 만들면서. 엄마 연주는 다시금 잠을 청해보련다.

눈물을 한없이 쏟아 내던 날이다.

지친 어깨
기댈 곳을 찾아

경기도 파주시 광탄면 보광사에 몸담은 지 꽤 오랜 시간이 지났을 때였다. 2006년 봄 무렵 사찰 생활이 몸에 배고, 종무소 일이 정리가 되어가면서 제를 지낼 때마다 제 수발을 드는 보살이 한 명 필요했을 때다. 보광사는 봉안당이 있는 사찰이라, 유별나게 사십구재가 많았을 때다. 새벽에 일어나 전을 부치고, 그날 있을 제사음식도 종무원이 다 준비한다. 공양간에서야 물론 그 외 나물과, 메밥 등을 짓지만 제사상 차리기는 3명의 여자 종무원이 돌아가며 수발하곤 했다. 새벽예불에 종무원은 굳이 참석하지 않아도 되었지만, 꼭 제사 수발 땐 한 명이 필요했다. 지장 전까지 메밥과 물밥 때 필요했다. 그땐 왜 그렇게 불평이 많았는지. 지금 생각해보면 젊음이 있었기에 그랬던 것 같다.

부처님 전에 살고 있어도 마음이 여유롭지가 않았다. 삶에 애착이 많아서였는지 왜 그랬는지 이유는 지금까지도 모른다. 이 좋은 환경에서 살고 있어도 좋은 줄 모르듯이, 사람은 적당한 시간이 지나면 습관이 되어 버리는 것 때문에 불만족이 생겨나는 것 같기도 하다. 사찰에 올라와서 살고 있던 친구들이고 동생들인데도 서로 의지하며 사는 인내심이 부족했던가? 거기도 사람 사는 곳이라 시기와 질투가 있어서일까? 그러던 어느 날 초하룻날이다. 불공 카드를 빼놓다가 눈에 익은 이름을 발견하였다. 애들 아버지와 가장 절친한 친구 이름을. 처음에는 내 눈을 의심했다. 동명이인이라고 생각하려 했지만 친구 아내의 이름, 자식 이름도 적혀 있었다.

'행 효' 자 이름만 달랐다. 형수님이 돌아가셨고 거기서 제를 지냈다는 것이었다. 그날 첫 제를 지낼 때 내가 제 바라지였었는데, 그 친구 분은 나를 몰라봤다. 그분의 형님이 말씀하신다. 내가 제사 시작부터 끝부분 장엄 염불할 때까지 불경만 보고 있었기에 몰랐다는 것이었다.

그럴 수 있다고 했지만, 너무 다행이라고 말했다. 이런저런 이야기는 하지 않았지만, 그 형님은 내가 왜 거기까지 와있는지는 모르는 것 같았다. 애써 피하고 싶었다. 불편했다. 누군가 나를 알아본다는 사실이 이해가 되지 않았다. 이후 종무소 근무가 싫어졌다. 종무소 자리에서 이동하여 좀 편한 곳으로 보내지길 원했다.

산사가 중앙정보부 같은 사찰의 역할을 하는 곳이었는데 그것을 인지하지 못하고 노는 날이 올 때면 속가에 와서 사흘씩 쉬어 가곤 했다. 공기 좋고 물 좋아 방에만 들어가면 조용한데, 인적이 끊어지는 저녁예불 시간만 지나면, 산사에서 느낄 수 있는 고요를 맛보며 살았다. 지금 생각해보면 그때로 돌아갈 수만 있다면 좋겠다 싶다. 참 좋은 시절이었다고 생각이 된다. 종무소 근무가 일 년 정도 지나고 나니 사람들과 대화하는 것도 싫었다. 생각보다 말이 많은 곳이 그곳이었다. 조용한 곳으로 보내줬으면 하는 바람이 있을 때 총무 스님께서 불교용품 판매점과 병행하는 찻집으로 자리이동을 시켜주셨다. 처음에는 그곳이 좋았다. 오는 사람들 맞이하는 것도 좋았고 용품판매도 수입이 괜찮아서 매일 영업한 돈을 결산했다. 늘 해오던 업무라 마음에 들었다.

그때 대추차를 정성껏 달여서 연등 만들러 오시는 보살님들께도 공짜 보시도 많이 했다. 방송국에서 촬영을 하러 오기도 했다. 휴일에 가보고 싶은 찻집으로 공개된 후 여의도에서도 대추차를 직접 사러 오기도 했다. 애들 아버지 친구 형님은 부인이 돌아가신 후에 보광사 영각전 봉안묘에 안치했다. 거사님들 모임에도 나오시고 자주 보이는 분이기도 했다. 전화번호도 주시고 때론 전화로 안부를 물으시곤 했는데, 알려진다는 사실이 두려워 수신 거부해 놨다. 알려져도 무서울 건 없지만 왠지 그땐 그랬다. 잊고 지내고 싶었다. 가끔 가슴이 아팠다. 가슴과 가슴 사이를 다섯 손가락으로 두들기면 아팠다. 화가 차올라 그렇다는 것이었다. 진호 스님께서는 신묘장구대다라니를 많이 외우고 낭송하라고 하셨다. 여강 스님의 목소리로 신묘장구대다라니를 틀면 정말 가련하게 들려오는 염불 소리에 심장이 아파져 오는 것 같았다.

찻집에서 명상도 틀고 '떠날 때 임의 얼굴' 한용운 임의 시가 명상음악이 되어 울려 퍼지면 가슴에서 이는 애틋한 감정이 살아 오른다.

떠날 때 임의 얼굴

한용운

꽃은 떨어지는 향기가 아름답습니다.
해는 지는 빛이 곱습니다.
노래는 목마 친 가락이 묘합니다.
임은 떠날 때 얼굴이 더욱 어여쁩니다.
떠나신 뒤에 나의 환상이 눈에 비치는
임의 얼굴은 눈물이 없는 눈으로는
바라볼 수가 없을 만치 어여쁠 것입니다.
임의 떠날 때 어여쁜 얼굴을 나의 눈에 새기겠습니다.
임의 얼굴은 나를 울리기에는 너무도 야속한 듯하지마는
임을 사랑하기 위해서는 나의 마음을 즐겁게 할 수가 없습니다.

만일 그 어여쁜 얼굴이 영원히 나의 눈을 떠난다면
그때의 슬픔은 우는 것보다도 아프겠습니다.

이렇게 매일 명상음악과 함께 내 마음을 내려놓는다. 봄이 오고 사찰에 와있는 시간이 길어지면서 전국의 친구들이 내가 있는 곳을 알아냈다. 연주표 대추차도 마시고, 연주 얼굴도 보고 고령산 산행도 할 겸 친구들이 봄에 찾아왔다. 그리움으로 내 가슴에 남아 있는 친구도 왔다. 산나물 비빔밥집에서 점심을 먹었다. 친구들이 다시 올라와 대추차를 마신다. 혈소판 축소병에 걸린 친구도 왔다. 아프단다. 육신이 병든 자신보다 정신적으로 힘든 내가 더 아파 보인다며, 위로하는 친구가 그땐 내 곁에 있었다. 몇 년을 더 바라보지 못하고 그렇게 허무하게 떠날 줄은 그때는 몰랐다. 도회적으로 생겼던 친구는 항상 자신보다 남을 위로했다.

아버지 상 당했는데 와보지 못했다고 만날 때 봉투를 전해주던 친구. 그 친구는 지금 우리들 곁에 없다. 지금 글 쓰는 와중에 TV 모니터로 틀어 놓은 사진이 눈앞에 지나간다. 음악도 임의 얼굴을 틀고 명상에 잠겨 보며 그때 그 순간의 감상에 몰입하고 있다. 이 또한 이러고 지나가겠지만 예쁜 감성이 살아 있는 나에게 감사해보는 시간이다. 오전에 비가 내리더니 이제 걷혔다. 저 멀리 보이는 진영이 잿빛 구름에 신축되는 아파트 건물만 전경을 막고 있다. 카카오톡에는 조연주 작가의 5번째 책 계약이 올라왔고 축하 메시지를 전하고 있는 시간이다.

이런 감성이 지배하는 날이면 어김없이 옛 생각이 떠오르곤 한다. 힘들었지만 그때 그 시간이 행복했다는 생각과 함께 불현듯 그 시절이 그립다.

그때가 그립습니다

노을빛 연주

불빛이라고는 반딧불만큼이나 아스라이
빛을 발하는 대웅전 처마 모서리에 달린 등 하나
소 찾는 집 참나무에 매달아 놓은 삿갓 등이
외로이 고 사찰을 지키는 지킴이 역할을 하고……

이른 새벽 도량을 사각사각 자갈밭 내디디며
목탁 소리에 맞춰서 천수경 외는
스님의 독경 소리가 끝남과 동시에
두우웅 둥두우웅 둥 33번의 새벽예불종이
울리는 시각이면
어김없이 눈뜨는 새벽이 된다

불법을 지키고 사는 보광사의 일상이 시작을 알리고
자정이 되어서야 아랫목을 데우는 심야 전기의
따스한 자리를 박차고 일어나야 한다
게슴츠레 뜬 눈으로 세면장 향하는 발걸음은
영가천도를 위해 공양간에 마련되어 있는
월계표를 바라본다

공양 시간이 되기 전에 해야 할 일들은
바쁜 손놀림으로 지짐을 부친다
감자전, 빈대전, 두부전, 돌탑처럼
쌓아 올린 제사상에 놓여질 전들을
정성스레 손질하는 그 시간이 끝나면

아침 공양 시간이 임박해지고……
수희 보살, 보문심 보살, 공덕행 보살,
소정 보살, 서림 처사, 보명 처사
6명의 절 가족의 공양이 시작되고
칼칼하게 다진 고추 양념간장에 생김 달라고
아우성치는 보살이 나였지……

제 제각각 맡은 업무에 그렇게 시간이 가는 줄 모르고
우린 고령산자락의 숨결을 함께 한 그 시간이 그립습니다
지금은 뿔뿔이 흩어져 어느 보살은 사찰로 갔었고

어떤 처사님은 또 다른 생업을 찾아 속가로 돌아갔었지

오작교에 전통찻집을 낸 연주 보살은

사찰의 때 묻지 않은 일상들이 지금도 그립습니다

그 사람을 만나다

2005년 10월 가을 고령산은 내가 여태 본 산 중에 가장 아름다운 산이었다. 천년 고찰이니만큼 한강 이북에서는 이름난 사찰이기도 했다. 대한불교 조계종 제25교구 봉선사 말사였다. 산으로 온 후 천천히 쉬엄쉬엄 하라던 사찰 일은 너무 많았던 것으로 기억한다. 마당엔 자갈이 깔려 있고, 화장실은 공동 화장실이었다. 밤이면 백 미터 넘게 떨어진 화장실을 다닌다는 것이 조금 마음에 걸렸지만, 믿음 자체로 극복할 수 있다고 생각했다. 많은 신도가 오가는 만큼 밤이면 가장 조용한 산사로 변했다. 주말이면 몇 백 명 오가는 신도들과 산행하는 사람들로 붐볐다. 공양간(식당)이 좁아서 비빔밥 그릇을 들고 밖에서 공양하는 사람들도 있었다.

자신의 밥그릇은 씻어 놓고 가야 하는 사찰이었지만 식기 세척기가 있었으면 좋겠다는 이야기를 총무 스님께 했었다. 돌고 래 식기 세척기를 비싸지만 구매했다. 내가 사찰에 오고 난 후에 세척기가 들어와서 연주가 보시한 줄로만 알고 있었던 보살님들이 뒷전에서 수군거리는 소리도 들려왔다. 세척기 보살이라고 해도 개의치 않았다. 사찰 일이란 누가 말하지 않아도 스스로 할 수 있도록 인도하는 곳인가 보다. 사무장 보살님께서 일주일 동안 아무 일 시키지 말고 그냥 두라는 스님의 명을 받고도 혼자 할 수 없는 일들이 사무실 일이었다. 눈 뜨면 공양간의 일보다는 종무소 일이 눈에 들어왔다. 나 스스로 종무소 일을 돕는 것이 재미있었다. 제사 수발도 들기도 하고 전화받아 주기도 하다 보니 차츰 종무소 일이 몸에 뱄다.

사무장 보살님과 함께 종무소 일을 보라고 말씀하셨다. 대웅전을 오가며 새벽 도량석 소리에 깨어 있기도 했지만, 차츰 사찰일이 익숙해지면서 종성도 들리지 않고 조금 더 자고 싶은 욕구만 늘어 갔다. 긴 머리 질끈 동여매고 법복 입은 민낯으로 생활 속에 젖어 들었다. 그때 진호 스님은 내가 시집 안 간 노처녀인 줄 알고 기와장에 인연 발원을 넣어주시기도 했다. 그로 인하여 생긴 일 중 하나였을까? 천수경 반야심경을 목탁 소리에 맞춰 읽으면 참 잘 웅얼거리지만, 혼자서는 절대 외우지 못하는 머리 나쁜 보살이었다. 부처님 전에서 살아가기로 마음먹고 처음으로 추운 겨울이 왔다. 경상도에서는 절대 입지 않는 빨강 내복을 입어야만 했다. 법복 또한 두꺼운 것으로 장만해야 했다. 파주의 겨울은 살을 에는 듯이 추웠다. 처음으로 경기도에서 겨울을 맞이해보는 나로서는 좀처럼 적응이 되지 않았다.

두꺼운 옷을 입고 일을 하자니 몸 움직임이 서툴렀다. 저녁이면 인터넷 쥐띠 모임방에서 사이버 자키 생활을 여전히 이어 오고 있었다. 쥐띠 친구들이 사찰에서 하는 방송을 의아해하기도 하다 결국 처음으로 산사를 찾았다. 많은 것을 보여줄 수 없었지만, 사찰이나 속가나 별다른 차이를 느끼지 못할 것이라고, 나의 있는 그대로를 보여줬다. 그 친구들 중 지금까지 연결되어 오는 친구들도 있다. 오랜 세월이 지났지만 처음 본 그 느낌으로 현실에 잘 타협하며 사는 친구들이 많다. 내 현실을 가장 잘 이해하며 사는 지금의 내 남편도 쥐띠 동호회에서 만난 사람이다. 견우와 직녀로 만난 인연이라고 말하련다.

남편은 그 당시 하는 일이 아주 힘들고 위기에 처해 있었던 때라 정말 사찰로 들어오고 싶다고 진실된 마음을 전달해왔다. 사찰에 어떻게 해야 들어올 수 있는지를 채팅을 통해서 물어왔다. 그때 나는 "산에서 산다는 생각으로 속가에서 살면 무엇인들 못 하겠어요. 보이는 것만큼 자유롭지도 못하며 그렇게 신비로운 것은 아니에요. 죽을 힘을 다해서 살면 밖에서 사는 것이 더 좋아요"라고 말해줬다. 50살까지 행자로 들어와서 불교대학이나 승가대학을 다녀야 스님이 될 수 있는 자격이 주어진다고 했다. 진심은 통한다고 내가 산사에서 휴가받아 나가면 꼭 많은 대화를 해보자고 말했다. 전국건강세상 쥐띠 방에서 활동했던 나는 2006년 봄 체육대회에 참석하게 되었다. 잿빛 생활복을 입었던 이 사람은 처음 보는 순간 나와 많은 것이 닮았음을 인식했다.

대화를 해보지 않았지만, 언젠가는 인연이 되면 만나지리라는 믿음이 있었기에, 다른 친구들과 만남을 더 중요시했던 날이다. 먼저 대구 봉무공원 체육대회를 벗어났다. 부산 광안리 바닷가로 향한 우리들은 그날 야경과 함께 오랜만에 만난 친구들과 시간 가는 줄 모르게 보냈다. 40대의 반란이기도 했다. 너무나 빠른 세월이다. 십 년이 후딱 지난 지금에서야 이 사람과 내가 살아온 이야기를 꺼낸다. 그 시절을 회상해보면 쓴웃음만 나온다. 나 혼자 사찰 생활 3년을 살았다. 종교적인 생활을 하면서 점점 잃어 가는 사랑의 감정들을 한꺼번에 싹틔우기에는 조금 시간이 필요했던 것 같기도 했다.

그냥 아는 친구로, 채팅방에 들어오면 서툰 자판 솜씨로 나에게 안부를 물었다. 지나고 보니 우스운 일이었다. 자랑 같지만 난 자판 실력이 빨랐다. 이 사람은 독수리 타법이었다고 한다. 접속하기가 무섭게 날아드는 대화창 저지하기가 바빴단다. 나와 이야기하려고 하면 위에 쓰인 글들을 읽기도 전에 대화창이 쑥쑥 올라가는 터라 큰 깊이 있는 대화는 못 했다고 한다. 2007년 부처님 오신 날이 지났다. 사찰에서 하산하게 되었던 난 오작교라는 찻집을 만들었다. 사찰에 올라가기 전에 횟집으로 남아 있던 공간은 내가 쓰기로 했다. 시골풍으로 오작교라는 이름에 맞춰서 작은 공간을 꾸몄다. 안 선생님의 창작품인 연못과

남근 기둥들로 채워졌다.

전통 건물을 지어본 경험도 없는 안 선생님은 두 달에 걸 처서 집을 짓게 되었다. 고등학교 수학 선생님이었던 선생님 첫 작품인 오작교는 심혈을 기울여 만들었다. 그곳에서 이 사람과 나의 사랑이 시작되기도 했다. 별명이 견우인 거사님과 노을빛 연주가 만난 셈이었다. 친구들의 눈을 피해가며 영업이 끝날 때면 부산 해운대 달맞이고개에서 몇 번의 데이트를 하며 자연스럽게 가까워질 수 있었다. 서로에게 대단한 열정이 있었던 것은 아니다. 난 말이 많은 사람이었다. 그 사람은 말수가 적으며 느릿한 성품이었는데, 사찰에서의 정진과 수양으로 내가 많이 달라져 있었던 때였다. 남의 말 경청을 잘했던 것 같다. 별말을 하지는 않았지만, 말이 느린 남편은 말보다 술 마시기를 좋아했다. 둘은 서로가 이러 저러해 보자는 약속도 없이 마음에 서로를 두게 되었다.

언양에 내 집이 있었다. 언양에 있는 집은 사찰에 올라가기 전에 마련해둔 토굴이다. 가끔 오작교에서 취침하기 싫었던 날이나, 다음날 편히 쉬고 싶은 날엔 가끔 가던 집에 그 사람이 오게 되면서부터 생활이 달라졌다. 친구들의 눈을 피해 가며 서로의 사랑은 깊어져 가던 어느 날, 이 사람이 손발이 저리고 손끝이 시려 일할 수 없는 지경에 놓이게 됐다. 피검사를 권했다. 쉽게 검사만 하면 아무 일 없을 줄 알았던 사람이 고지혈증에 당뇨 수치가 극에 달하였단다. 사랑이 시작될 즈음 병마가 찾아와 애틋한 사랑으로 변해 가고 있었다. 당 수치 결과를 받는 날 파티마 병원에 입원하게 되었다. 오작교에서 밤이면 병원으로 출근을 하게 되었다. 십여 일 입원하는 동안에 우리는 더욱 애틋한 사랑으로 무르익었다. 이젠 서로가 떨어져 있기를 거부할 만큼의 깊은 사랑으로 몰입되었다. 운명처럼 다가온 견우와 연주였다. 이 사람 형님이 삼성 조선에 근무하다 구조 조정으로 중국 인사이동이 있을 때였다. 이 사람이 하고 있던 일도 부동산 라이선스가 있었다.

부산에서 일하고 있던 터라 하던 일이 끝나면, 서울로 돌아갈 채비를 하고 있었는데, 사랑이 찾아온 것이다. 아주버님과 장유에서 치킨업을 시작해보겠다며, 나에게 허락을 구했다. 친구가 닭 장사 하는 것을 본 내가 만류했지만, 꼭 해보겠다는 말에 거부할 수 없어서 허락했던 그것이 운명을 바꾸는 첫 관문이었다. 창원 오작교는 애들 할머니 댁에서 두 블록 위에 있는 위자료로 받은 건물이었다. 장사하고 있기도 했지만, 왠지 이곳에서 치킨 영업을 하면 안 될 것 같은 부끄러움이 들었고 10년도 안 되어 재혼하게 된다는 부담감이 있었다. 안면 있는 남의 눈치를 보게 되고 왠지 위축됐다. 절대 창원 내에서 장사를 허락할 수 없다는 말로 장유면 팔판동에다 가게를 얻었다.

영업하기 위해 두 달 간 지리를 익혔다. 사업을 해본 경험이 있는 사람이라 기업체 같이 만들려고 노력했다. 재혼하여 산다는 건 참 쉬운 일이 아니었다. 모르는 곳에서 애써 나를 표현하진 않았지만, 자신 스스로 속이고 있다는 사실이 마음에 무거운 짐을 지우고 있었다. 첫 번째 책에서 항상 남편에게 고마움을 표현했다. 치킨집을 지켜 주지 않았다면 둘은 아마 다른 길을 걷고 있지 않았을까 생각한다. 서로 생각이 많이 굳어 있는 시작점에서 서로가 만났기에 서로를 맞춰 가는 과정이 필요했으며, 처음처럼 쉬운 일이 아니었다. 아이 낳고 20년을 같이 살아온 사람과도 성격 탓으로 헤어지기도 하는데, 재혼은 더했다. 하는 일마다 충돌했다. 서로 애써 맞추지 않으면 불가능한 일이 많았다.

치킨 영업을 하며 다투기도 많이 했다. 별것 아닌 일로 천 원짜리 하나 때문에도 다투었다. 나만의 문제면 쉽게 넘어갈 일도 고객 중심에서 있는 남편은 좀처럼 그냥 넘어가는 일이 없었다. 불같은 성격에 완벽함을 주장했기에 힘들 때도 많았다. 지나고 보니 고맙고 살아줘서 감사한 일들이다. 그때 그만두자고 혼자 버려두고 서울로 딸아이 집으로 가서 일주일씩 내려오지 않고, 애먹이던 시절이 지금은 마냥 부끄럽고 미안하다. 이처럼 나를 위해 살고, 내가 하는 일이라면 어떤 것이라도 오케이하는 남편과 살고 있어서 행복하다. 꿈 많은 시절에 문교부 혜택을 가장 못 받고 자란 아내가 2013학번이 될 수 있도록 만학에 도움을 주었다. 지금 사회복지학과를 다니는 것도 이 사람이 아니었으면 불가능했다.

여행과 사진 그리고 나의 건강 모두를 책임져 주는 고마운 당신이 있기에 행복하다. 책 강연회에서도 죽어서 다시 태어나도 당신과 함께하고 싶다는 말을 남겼다.

불쌍한 사람. 나보다 못한 사람에게는 큰소리치지 않는 당신. 불의를 보면 못 참는 당신이 있기에, 오늘도 난 행복한 삶을 살 수 있고, 앞으로도 영원히 행복을 누리며 살 것이라고.

만나지 말아야 할 사람

살면서 만나야 할 사람과 만나지 말아야 할 사람이 있다. 불편한 관계를 지속하지 않길 바랄 뿐이다. 진영자이아파트로 이사 온 지 몇 해 되지 않았다. 장유에서 사림동 사무실을 오가며 생활할 때는 아는 사람을 만난 적이 없었다. 그때가 겨울이었던 것으로 기억이 된다. 요즈음 아파트는 방음장치와 목욕탕 시설이 꽤 잘되어 있다. 자이 아파트 역시 마찬가지다. 안방에 전신을 담글 수 있는 깊은 욕조가 있었기에 한겨울 빼고는 거의 대중탕을 이용하지 않는다. 그날은 날씨가 추웠던 기억이 난다. 아침을 먹고 모처럼 한증 좀 하고 오겠다며 대중탕을 찾았다. 몸에 비누질하고 대중탕에 들어갔다.

한증탕에 땀을 빼고 있는데 격하게 부르는 소리가 들려온다. "언니야, 여기 어쩐 일이고. 잘 지내나." 나를 두고 하는 소리였다. 낯익은 얼굴, 맨 알몸뚱이에 수건만 머리에 두른 채 아이들 큰고모가 나를 불렀다. "언니야, 이쪽 탕으로 와 바라 커피 한잔 하자." 한증탕에서 무슨 커피 타임. 별로 말하고 싶지 않아서 그냥 못 들은 척하고 앉아서 땀을 흘리고 있었다. 겸연쩍었는지 두 번 부르지는 않았다. 늘 오는 곳인지 아는 사람들과의 대화가 시끄러운 텃새 같아 보였다. 아는 사람도 많아 보였다. 대중탕은 오랜만에 왔는데 괜히 왔구나 싶었다. 내심 마음에 걸렸는데, 목욕을 마치고 나오니 애들 고모가 먼저 나와 있었다. 기다렸는지 "언니야, 전화번호 줘 바라. 내가 전화할게." 한 번 만나자는 것이었다.

내 전화번호는 주기 싫었다. 시누이 관계였을 때 심하게 다툰 적이 있었다. 그 이후에 처음 보는 얼굴이다.

"전화번호 줘. 내가 시간 나면 전화할게. 언니 어디 사노? 난 하우스토리 산다."

"……."

어디 사는지 말하기 싫어서 대충 얼버무리고 말았다.

"아버지 집에 자주 가나?"

"아니, 안 간다. 안 간 지 몇 년 됐다."

"딸이 되어서 그러면 되나? 자주 들여다 봐라."

"아버지가 내 안 좋아한다. 가면 뭐 하나?"

"그래도 가볼 만한 사람 큰딸뿐이 더 있나?"

"미워서 안 간다."

더는 할 말이 없었다. 속으로 너희 아버지를 딸이 미워하는데 내가 무슨 할 말이 있나 싶었다.

"언니야 난 언니 원망 안 하니까 언제 얼굴 한 번 보고 밥 먹자."

"……."

그래, 잘살라고 하고 헤어져서는 지금까지 연락하지 않았다.

한일합섬에 다니던 고등학교 2학년 2학기 때, 나를 지독하게 흠모하던 이가 애들 아버지였다. 그때 애들 고모는 양덕동 기숙사 앞에서 연탄 집을 하고 있었다. 칼국수 집에 김밥도 겸해서 팔고 있었을 때다. 장사가 잘되는지 한 번도 가보지 않았다. 처음 결혼하려고 인사하러 갔었는데 애들 고모가 나에게 저 인간 성질 지랄 같은데 언니 고생하겠다며 맘에 안 들면 관둬 버리라고 말한다. 애들 아버지보다 3살 적었다. 나보다는 두 살 많은 애들 큰고모였다. 그때 동거를 먼저 시작했기 때문에 우리보다 먼저 결혼식을 올려 줬던 것이었다. 연애 시절에 동생 결혼한다고 곤색 양복을 한 벌 갖춰 입고 데이트 나온 기억이 난다. 나더러 가보자고 안 해서 다행이었다. 그 후에 애들 고모부는 영흥철강에 다녔는데 그 회사에서 산재 사고를 당했단다. 본인의 손가락이 절단되는 사고였다.

장애를 가지게 되어 그런지 그 후에 성격장애가 온 듯했다. 잦은 부부 싸움으로 결혼 초 신혼 시절에 친정집으로 전화가 자주 와서 싸움을 말려 달라는 요청이 왔다. 그때마다 큰 올케인 내가 가곤 했다. 몇 번을 그렇게 내려가곤 했었는데, 부부싸움은 칼로 물 베기란 말이 있듯이 가보면 시큰둥한 싸움이었고 오히려 내려간 나만 어색한 분위기가 연출되었다. 나이 작은 처수씨가 왔는데 시매부 모습이 영 탐탁지가 않았다. 상스럽게 누워있는 모습도 싫었다. 그리하여 싸움을 하든 말든 그 이후에 가지 않았는데 한 번 크게 싸워 애들 고모가 집을 나갔고 별거 생활을 오래 했다. 내가 이혼하고 그 이후에 재결합하여 고생하다가 애들 고종사촌 결혼할 무렵에 합친 것으로 알고 있다.

그런 사연이 있지만, 결혼해서 살 때는 나에게 잘해줬던 큰 시누이였다. 큰애를 시아버지 생신날 아침에 낳게 되었는데 그때 혼자서 이리 뛰고 저리 뛰며 뒤치다꺼리 해주던 시누였다. 딸아이를 보면 고모와 많이 닮았다. 몸매며 얼굴이 갸름한 것까지 닮았다. 아무런 원수진 일 없이, 그냥 오빠 때문에 멀어진 사이기는 했지만 이야기하고 싶지 않았다. 만나면 구구절절 옛일들이 떠오를 것이기 때문이다. 내 결혼 생활 20년 동안 몇 번 만나지는 않았지만 아버지에게 귀여움받는 딸은 아니었다. 사위가 생활 능력이 없었던지 집에서 돈을 많이 가져간 것으로 알고 있다. 내동 방 한 칸 부엌 한 칸 세줄 때 방이 제법 많았는데, 결국 이사할 때는 땅값도 겨우 지급하는 형편이어서 시아버님께서 우리에겐 말 못 하고 딸 사위를 많이 밀어준 것으로 알고 있었다.

가끔 우리 집은 큰딸 때문에 망했다고, 불만 섞인 목소리를 내곤 하시는 시아버님이셨다. 자랑할 만한 것도 내세울 만한 것도 없는 집안이었지만 아버님은 성실하셨고 75세가 넘도록 공사판으로 일을 다니셨다. 등짐 그만 지고 집에서 쉬시라고 해도 이녁이 즐거워서 하시는 일이라 만류할 수가 없었다. 지금도 흘러가는 이야기를 듣기도 하지만 한백 직업 훈련소 뒤 밭 500평을 농사지으러 88세 노인이 자전거를 타고 다니신다고 했다. 딸아이가 이야기한다. 할아버지 집에 가면 본인이 맘이 아프다고 스트레스가 쌓인다고 한다.

추운 겨울이 와도 보일러 가동도 않고, 얼음 냉골 같은 방에 전기장판 하나만 켜고 웅크리고 계신 할아버지 모습을 봐야 하며 냉장고에는 음식이 썩어 가고 있다 한다. 밭에서 해온 푸성귀며 열무, 얼갈이 등등은 먹을 사람도 없는데 경작을 많이 해서 썩혀 내다 버리는 일이 많다고 속상해한다. 엄마 된 나는 자주 가서 뵙는 것도 좋지만 네가 아파가며 그렇게 할 이유 있냐고 했다. 숙모도 있고, 삼촌도 아빠도 계시는데 뭐 하러 그렇게 하냐고. 가지 말고 그냥 꼭 가야 할 일 있으면 가라고. 내 딸이 아픈 것은 나도 싫었다. 20년 동안 모셨던 시아버지는 정말 남에게 아쉬운 소리 안 하고, 자신이 손해 보지 않는 스타일이시다.

그런 할아버지께서 바뀌겠냐고 그냥 여태 살아 오신 대로 사시다가 가시게 그냥 내버려 두라고 했다. 너희 아버지가 알아서 하실 거라고 말하곤 한다. 습관이란 것이 얼마나 중요한지를 경험하지 않은 사람은 모른다. 시어머님께서는 고집이 센 아버님을 원망하시다가 돌아가셨다. 아프지 않은 곳이라곤 한곳도 없으신 애들 할머니. 임종을 끝내 지키지 못했지만 할머니 가시는 길은 안내해 드렸다. 인연 된 시어머니와 며느리이기에 마지막 가는 길에 그쯤은 해줄 수 있다고 믿었기에 가능하지 않았을까 싶다. 끝까지 그 가문에 지킴이가 되어 주지 못했지만, 시어머님껜 최선을 다했다. 마지막 그해 행여라도 시어머님을 수술대에 올렸더라면 내가 이렇게 이별을 하진 않아도 되었을지 모르지만, 운명은 있는 것이라고 믿고 싶다.

마지막까지 아홉 가지 약을 챙겨 드시던 그 정신력. 돌아가시는 그때 민속 처방이지만 좋은 길 가시는 길에 아들이 가지고 있는 몹쓸 편집증 가져가달라고 사찰에서 민속 처방을 내려준 공덕행 보살님의 처방을 써 보기도 했다. 아들이 입던 러닝으로 마지막 가시는 엄마 입술 닦아 드리며, 아빠 병 다 가져가라고 몇 번을 쓸어내리라고 했는데 갑자기 운명하셨으니. 아빠 속옷을 준비할 여유가 없어서 손수건으로 처방을 했다는 이야기를 딸로부터 전해 들었다. 이 무슨 운명의 장난인가? 그렇게 한들 무슨 소용이냐만 자신을 인정하고 자신의 성격이 남들과 다름을 잘 아는 아버지로 거듭나기를 바랐던 내 마음이었는지 모른다. 나보다 더 먼저 재혼을 했었단다. 재혼했던 그 여자와 6개월 이상 살았는데 그 여자도 견디지 못하고 가버렸다고 했다.

운명처럼 이어줄 끈이 있는 것도 아니고 그렇게 떠났나 보다. 올 때는 화려한 등장은 아니어도 왔다가 가버린 뒤의 이야기는 듣고 있었다. 일기장 쓰는 걸 좋아했던 나. 한 치의 오차도 있어서는 안 되는 완벽주의여서 20년간을 가계부를 썼다. 결혼하기 전부터 금전 출납을 써왔던 터라 만들어진 가계부 쓰는 것도 쏠쏠한 재미였다. 함부로 돈 쓰는 경우가 없었다. 재산을 불리는 데 많은 도움이 되었을 습관이었다. 그렇게 알뜰하게 살아왔던 대가로 헤어질 때 그만큼의 보상도 받았지 않았겠는가? 생각하면 아프다. 그 이후에 내 삶에서 가계부는 다시 쓰지 않았다 해도 역시 회사 일계표를 쓰는 건 마찬가지였다. 습관처럼 지출을 관리하고 있었다.

가계부 맨 위 칸 일기란에 일과를 적는 건 당연하였고, 느낌도 가끔 적었다. 싸움하는 날이 많았기 때문에 나의 감정 기복만 적혀 있었다는 가계부. 아빠의 새 여자가 와서 아파트 이사할 때 정리하다가 발견한 일기장을 보고 엄마를 읽었다는 그 여자. 끝내 함께하지 못했다는 안타까운 소식도 잠시였고 불쌍한 건 애들 아버지였다. 그토록 미워했던 그 남자. 그렇게밖에 살 수 없는 성품이 안타깝다. 인물값을 못 하는 그 사람. 결혼할 당시 청도면 동네가 훤하다고 할 만큼 말쑥한 성품에 인품이 있는 사람이었는데, 어쩌다 그런 혼자만의 세계, 집착에서 벗어나지 못했는지 안타까울 뿐이다.

주남집에 앉아서 하우스토리가 보인다. 아무렇지도 않은 듯이 만나서 옛이야기 나눌 시기가 올까? 봐서는 안 될 사람과 보아도 되는 사람이 있는 건 맞는 소리다. 보고 아플 바엔 안 보는 것이 났다. 어디서 살더라도 애들 고모이고 애들 아버지이기에 건강한 모습으로 잘 살길 빌 뿐이다. 건너다보면서 마음으로 기도한다. 언제까지나 행복하게 지내라고.

사랑으로 씨앗을 심는 마음

내 작은 삶의 공간 담벼락 옆 세 평 남짓한 텃밭이 있다. 장독대와 창고 옆에 붙어 있어 보일 듯 말 듯 한 텃밭이지만 꽤 할 일이 많은 농사일의 작은 모습을 기대하는 곳이기도 하다. 초여름엔 상추와 얼갈이를 심어서 끼니마다 신선한 상추로 겉절이 고기쌈 등등 많이도 입맛을 돋워 주었고, 남은 남새들은 이웃들과 나눠 먹는 역할을 했었는데, 여름철에 심어둔 고추와 근대 등이 가을이 무르익을 동안에 먹을거리 제공을 해주었다. 오이고추, 청량초, 일반 고추 등 모두 합하여 열 세포기를 영광 친구 집에서 얻어온 모종으로 심어 두었는데 제법 거름이 좋았든지 탐스럽게 열렸다.

빨갛게 익은 고추 수확할 시기를 놓쳐서 물러지기 전에 전량을 수확하여 친구랑 셋집에 나눠먹었다. 이번 가을 서리가 내리기 전에 고춧잎을 따야 했는데 그마저도 시기를 놓쳐서 잎들이 힘없이 쳐져 가고 있었다. 시간 내서 정리하기로 마음먹고 목욕탕 의자를 밭에다 두고 하나둘 정리를 했다. 고춧잎과 고추는 따로 분리해서 이파리가 검정 봉지에, 고추는 장바구니에 가득히 채웠다. 사무실 옆 작은 내 공간에서 고추 장아찌를 담그려고 이쑤시개로 하나하나 찔러 준비해두고 고춧대 정리한 밭에는 이 집 이사 오기 전에 주인이 두고 간 거름 여섯 포대를 밭 골고루 뿌려 두었다.

겨우살이 식물을 심어야겠기에 시금치, 겨울 초상추 등 이른 봄에 먹을 것들을 준비하려는 밭 북돋우기였다. 농사일을 도우며 자랐지만 거름 내기도 쉬운 일은 아닌 것 같았다. 검은색 물이 장갑에도 들고 작업복에도 들어서 더러워졌다. 그래도 모든 생물의 밑거름이 된다는 것이 중요한 사실이었다. 밭을 손질하다 보니 마음마저 깨끗이 정리되는 것 같다.

시작이 반이라고 시작해보니 어느새 깔끔하게 정리되었다. 차 한잔 하는 여유로운 시간에 절친 윤임이가 온다고 전화가 왔다. 내가 가장 사랑하는 친구 셋을 뽑으라면 그중에 포함되는 친구다. 동경 전자 시절부터 봐왔던 친구다.

결혼하여 큰딸 초등학교 입학하고 보니 같은 학급 운영진 자모였다. 보는 순간에 처녀 시절에 같은 회사에 다녔던 기억이 났다. 살아오는 동안 365일 중 360일을 붙어서 지냈다고 해도 과언이 아닌 친구다. 사우나를 좋아해서 눈 뜨는 새벽이면 으레 먼저 가는 곳이 목욕탕이었다. 건강을 위해서 다니는 곳이 그곳이었다. 유일한 낙이었는지도 모른다. 선천적으로 신장이 좋지 않아 땀으로 배출하는 경우이다. 명서동 살 때는 경남온천에 주로 다니기도 했는데, 중앙동으로 이사 오면서 많이 달라졌다. 내 삶이 달라진 이후에 자주 만나지 않았지만 항상 곁에 있었던 것 같은 친구이다. 사돈과 함께 왔다.

매일 목욕탕 다니기를 평생 해온 친구다. 임이 아들과 딸을 바꾼 사돈도 목욕탕에서 만난 인연이다. 오랜 세월 동안 봐오다 서로 사돈이 된 인연으로 오늘 우리 집까지 왔다. 내 방식대로 커피를 끓였다. 생 커피를 콩 볶듯이 볶아서 20g의 커피를 2리터 주전자에 끓인다. 20분간 더 끓이면 세상에서 가장 맛있는 커피가 된다. 그렇게 대접을 했고 윤임이는 올해 지어온 햅쌀 10kg짜리를 옥선이 몫이라며 두고 간다. 좋은 건 나눠 먹고 좋은 건 함께 보는 거라고 항상 실천하는 친구다. 매력 만점이다. 무엇을 받았기 때문이 아니라 원래 자선 사업가 기질이 남다른 친구다. 항상 온순하며 정겨운 친구. 오늘은 사돈과 주남길 걷겠다고 차 한잔 마시기가 무섭게 대문을 나섰다. 나와의 인연은 수십 년이 되었다. 한때 잊지 못할 에피소드도 많은 친구다. 한창 때는 누구도 우리들의 세 명의 사이를 비집고 들어올 수 없었다.

삼십 대와 사십 대를 지나왔고, 농산물 공판장 영업장이 된 자야. 일터에 나타나기만 해도 오빠 언니가 고개를 저었다. 점심 약속이 있다며 나간 우리는 무작정 달려 통도환타지아로 향했다. 판타지아 내에 설치된 모든 시설을 다 타보는 방랑기 많은 친구 덕분에 추억할 수 있는 삼십 대가 있다. 너와 나 우리가 이제 50대의 며느리를 본 시어머니가 되어 있다. 아이 쥐(띠) 어른 쥐(띠)가 모여서 밥도 먹고 수다를 떨어보기도 한다. 지금까지 인연의 고리로 이어진 친구는 몇 명 안 된다. 7명의 운영진 자모가 이젠 3명 남아 겨우 연락하고 살면서 가끔은 옛 시절로 돌아가보기도 한다.

겁도 많고 눈물도 많지만 가난한 사람이나 약자를 보면 그냥 지나치지 못하는 친구다. 가진 한도 내에서 나눠 먹고 살며 남을 돕는 그런 점은 본받아야 할 점이다. 본인도 힘든 때밀이인데 목욕 오신 할머니들 보이는 대로 등을 밀어주는 내 친구 임이. 지금은 남편이 하는 사업이 잘되어 큰 부자가 되었다. 대산면 아웃도어 거리에 금싸라기 땅을 가지게 되었지만 근검절약하고 아픈 사람은 도우며 살아온 친구다. 나보다 못한 사람에게 내가 지은 쌀은 나눠먹어야 한다는, 본받을 것이 많은 친구 임이. 지금은 아들 며느리와 남편이 주식회사를 운영하고 있다.

사돈을 모시고 왔기에 이런저런 이야기도 못 하고, 차만 간단히 한잔하고 고춧잎과 청량초를 봉지에 조금 싸서 보냈다. 나머지 텃밭 정리하는 동안에 여기 부재중 통화가 많이 들어와 있다. 요즈음은 6시 정도만 되어도 어둡다. 저녁은 식은 밥에 라면 하나 끓여 얼렁뚱땅 먹어치웠다. 낮에 했던 거름 내기 때문인지 허리가 쑤시며 아파졌다. 할 일도 많았지만 모든 걸 다 포기한 채 누워있던 그 자체로 하룻밤을 잔 것 같다. 전화가 걸려왔다. 남편이었다. 술기운이라 오늘 밤엔 못 내려오겠다는 전화다. 자다 말고 받은 전화라 알아서 하세요 하고 전화를 끊었는데 새벽에 문소리가 났다. 아침인가 보다. "몇 시예요." 새벽 5시 반이란다.

집에 도착하기가 무섭게 다른 가방을 싸야 한다고, 물 한 모금도 마시지 않은 채 떠나는 신랑 뒷모습에다 대고 몇 시 차로 가냐고 물었다. 6시 40분 기차란다. 어제 정리해둔 고추 생각이 났다. 사찰에 있을 때, 고추 장아찌 담그는 걸 봤기에 일산에서 반찬가게 하는 대원성 언니께 전화를 해봤다. 쉽단다. 1대1 비율이란다. 식초, 설탕, 간장을 1대1로 담그란 소리인 것 같아 고추 분량을 달아 보니, 5kg이었다. 간장2ℓ, 설탕 2kg 식초 2ℓ에 김빠진 소주가 있어서 두 병을 부었다. 거기에 정리해둔 고추를 김치 통에 담고 설탕을 녹여둔 간장 물을 부었다. 새콤달콤 짭짤한 맛이 일품인 듯하다. 얼마 전 청산도 앞바다에서 두어 개 가져다 놓은 몽돌로 눌러 장아찌를 담고 오늘 할 일을 정리해본다.

4년 전 이곳으로 들어올 때만 해도 시골이라 차량이 그렇게 많지 않았던 동네였다. 갈수록 대산 공단에 인구가 증가하는 탓인지, 창원이란 곳을 더 발전시킬 만한 곳이 없는 까닭인지, 우리 집 앞에서 지켜보면 차량이 급히 증가한 것 같기도 하다. 발전되어 가는 모습이 보이는 듯하다. 함께 여행을 다녀왔던 친구들은 제각기 열심히 사는 것 같다. 주남들판 가을 하늘이 참 맑은 오후이다. 낯선 전화번호가 떴다. 사회복지학과에 다니는 동생의 전화였다. 한가한 오후에 이렇게 안부라도 물어주는 아우가 있어서 행복하다. 학교생활의 이모저모를 물어 온다. 염려 덕분이라고 누가 말했던가? 방금 옥선이 생각을 했는데, 목욕 가자고 연락이 왔다. 부곡온천 가자고 한다. 오늘은 조금 힘들겠다고 어제 임이가 갖다 준 햅쌀이나 가져가라고 전했다. 2시쯤에 오겠단다. 아침도 먹는 둥 마는 둥 했는데, 점심이나 같이 먹자고 했다. 1시 반쯤 반가운 얼굴이 보인다. 바보 국밥집에서 둘이 섞어국밥을 맛있게 먹었다. 지나오던 길에 친구가 새로 지은 창고 건물을 구경시켜줬다. 남편 숙원 사업이기도 했지만 나 또한 같은 마음이었다.

정성껏 지은 건물이다. 사업상 짓기는 했지만, 자금이 달려 명서동 건물 팔아서 대체용이 된 셈이다. 시스템 식으로 창고를 지어 꿈에 부풀었는데 이 건물에 이사도 들어와 보기 전에 임대를 주기로 결정했다. 어쩔 수 없이 그래야만 하는 시점이기도 하지만 조금은 서운함이 있기도 하다. 참 튼튼하게 잘 지었다는 친구의 말에도 서운함이 배어 있었다. 이렇게 잘 지어놓고 계속 사업을 영위할 줄 알았는데, 세를 주게 되어 섭섭하다 한다. 친구이기에 같은 느낌이 아닐까 하지만, 이게 다는 아니라고 위안으로 삼으며 좀 덜 쓰고 좀 아껴 쓰고 이제 편안한 삶을 살아야 하지 않겠냐고 나를 위로해본다.

아파트에 살았던 예전에 비교해 삶의 터전이 달라지면서 여유로운 생활을 할 수가 있다. 많은 사람이 고집하는 아파트를 떠난 주택에서의 삶이 편리하다는 걸 모르는 사람들이 대부분이다. 이제 아이들도 다 자라고 부모 곁을 떠난 나이가 되었다. 우리는 자연과 더불어 살아가야 하는 나이가 되다 보니, 주차난도 걱정 없고, 아침저녁으로 자연과 함께 도보를 걷든지 라이딩을 하든지 건강을 생각해가며 살아가야 하는 나이가 되었다. 주택에 살면서 작은 텃밭 운영이라도 하게 되면 소일거리로 살아가는 데 활력이 될 수 있다. 노년에 작은 집 하나 마련하여 흙과 함께 생활하며 지내는 꿈을 가져 보는 것도 좋을 것 같다.

텃밭에 거름 주고 뒤집은 밭을 며칠이 지나도록 아직 뒤집지 못했다. 며칠 더 기다려야 할 것 같다. 나 혼자만의 힘으론 할 수 없는 일이기도 해서 남편의 도움을 받기로 했다.

햇살이 따사로운 오후 몇 일만에 만난 남편과 차 한 잔의 여유를 가져본다.

To be able to
love to the pain

PART 004

동병상련의 인연을 만나다

사진을 좋아하고 자연을 사랑하며 산다는 것은 참으로 행복한 일이다. 언제 어디를 가더라도 앵글 속에 모든 자연을 담고 싶어 하는 이유이다. 함께 사진 배틀에서 생활한 지가 3년이 넘었다. 많은 사람을 만나고, 출사하고 사진을 공유하며 공부하는 것은 참 좋은 일이다. 인연이 된 사람들과 같은 방향, 같은 감성으로 타인의 감성을 배운다는 것이 너무 좋다. 감성도 배우는 것이라고 선생님께서 누누이 이야기한다. 며칠 사이에 명소를 찾아다니며 촬영을 한다. 포인트도 찾고 작품에 관련하여 팁도 얻기도 한다. 이번 사진 아카데미를 시작한 지가 두 달 접어들었다. 8월 첫 출사로 창원의 집을 정했다.

오후 4시에 모이기로 했는데, 선생님께서 좀 일찍 도착하여 커피숍 전경을 올렸기 때문에 일찍 출사지에 갈 수밖에 없었다.

날씨가 덥기도 했지만 몇 명이 빠지고, 속 딱하게 6명이 출사를 했다. 백일홍 계단 아래 앵글도 잡아 보고 기왓장도 찍어 본다. 마룻바닥 너머로 비친 반영도 찍어 보며 선생님께서 먼저 각도를 잡아 찍어 준다. 안정감이 있는 구도를 찾아 멋진 숏도 날려 보았다. 한참을 촬영하고 있는데, 창원의 집 관리인이 6시 폐문이란다. 쫓기듯이 미련을 남기고 간단한 출사를 했다. 저녁은 의령 메밀국수집으로 정했다. 저녁이 늦은 탓에 배가 많이 고픈 선생님이셨다. 몇 번 만나지는 않았지만 공감대가 같다 보니 더욱 친근해진 아카데미 식구들과 좀 오래 이야기를 나누려고 식사 후에 전통찻집으로 가게 되었다.

오미자차와 대추차를 시켰다. 전통 쌍화차 한잔은 서비스로 주인장께서 주셨다. 연세가 지긋하신 가게 사장님이 정이 많으신 분 같았다. 아기자기한 도자기로 가게가 꾸며져 있었다. 예술가같이 생기신 사장님이셨다. 근데 대추차가 영 맛이 없었다. 한참 사진 이야기를 했다. 더 발전된 모습으로 출사에 임해야 한다는 말씀과 이번 출사지는 학생들인 우리가 정했지만 마음에 들지 않는다는 이야기를 하셨다. 내가 먼저 반박했다. 수업을 가르쳐 주실 분이 어떤 방법으로 어떻게 알려주실지 정해주셔야 한다고. 출사지도 선생님께서 정해달라는 말을 했다. 어두워진 여름밤의 출사는 다음을 기약하며 헤어졌다.

일요일에 출사를 가게 되면 휴일에 혼자 집에서 빠져나갔다가 와야 해서 괜히 미안한 마음이 들었다. 좋아서 하는 일이라고 하고 싶어 하는 사진 마음대로 찍어보라고는 하지만, 늦은 시간이면 미안한 마음이 생긴다. 늘 다니던 길이라 금방 집으로 왔다. 매주 있는 목요일 리뷰 시간에 창원 집 사진을 리뷰했다. 같은 곳 다른 느낌으로 새로 장만한 TV가 있어서 수업을 할 만했다. 바다 향기가 카스텔라 빵을 사왔다. 내가 끓여 놓은 커피 삶은 물과 함께 먹으며 수업을 진행했는데 시간을 많이 소비했다. 늦은 리뷰가 끝나고 24일에 수업이 없는 관계로 부산 선생님 집을 방문하기로 했다. 우리 집에서 진행된 수업이라 늦게 끝나도 정리도 않은 채, 그대로 문을 잠가 두고 다음을 기약했다.

금요일 아침부터 어제 수업 장소를 열심히 치우고 있는데, 마창진 밴드 시꿈사 님과 토토르가 오겠단다. 대구 은하수 동생이 밀양 빅토리아 연을 찍으러 온다는 것이었다. 허락했다 토토르가 오면 바로 가겠다는 약속을 했다. 12시 정도에 집 마당에 개소리가 난다 동생이 커피를 싸서 왔다는 것이다. 냉장고에 넣어 놓고 메타세쿼이아를 찍고 오겠다고 나섰는데, 시꿈사 님이 오신단다. 일이 점점 커졌다. 토토르와 시꿈사 님을 만나 밀양 가기 전에 점심을 먹고 가기로 했다. 박현철 작가님의 아내분 친정집에서 하는 순두부집이었다. 인사를 여쭈며 오늘 작가 마님 안 오시냐고 했더니 휴가시라고 한다. 친절한 인사도 건네주신다. 들깨 순두부, 얼큰 순두부, 열무 국수를 시켜서 셋이 점심을 먹는데, 반찬이 조금 짠 거 같아서 본품만 열심히 먹었다.

나오는 길에 리뷰를 남겼다. 반찬이 오늘 대체로 짜다고. 담음엔 바로잡으시겠단다. 기분 좋게 밀양으로 발길을 옮겼다. 선생님께서도 부산서 출발이시란다. 감수성이 예민한 사람이다. 감성이 풍부한 남자라서 조금 골치가 아프다. 누가 맞춰서 살지 모르지만 내심 걱정이 앞선다. 며칠 전에 선생님과 3명이 단출하게 저녁에 출사할 일이 있었는데 자신 이야기를 풀어놓으셨다. 참 힘들게 미국 생활 15년을 하고 돌아왔다고 하셨다. 아내와 오랜 시간 떨어져 있었기에 합칠 시간이 된 거 아니냐고 여쭸더니 마님이 절대 예전 같지 않으리라고 하셨다. 15년을 송두리째 또 갖다 바치고 말았단다. 백을 맞추면 삼백을 원하고, 원하는 대로 다 해주면, 또 다른 목표가 생기는 그 사람이다.

마님의 편집증이 떨어져 살았던 15년을 무색하게 해서 합친 지 2년 만에 또다시 이별이란 아픔을 맛보는 중이란다. 외롭단다. 사람으로 얻은 병은 사람으로 고쳐야 한다는 말이 있듯이 외롭다는 표현을 하는 선생님을 보고 참 마음 아팠다. 어찌 그렇게 자기 마음을 잘 알고 이야기해주시냐는 선생님께 난 핑계를 댔다. 내 주변에 누군가 그런 사람이 있다고. 영원히 고치지 못하는 병이라고. 아팠지만 잘 헤어졌다고 말해줬다. 사람이 사람을 믿지 못하고 신뢰가 무너진 관계였다. 자존심 상하게 하는 말과 행동, 핸드폰 조사는 아무 일도 아닌 것처럼 행동한다는 선생님의 그녀. 내 마음에 잊혀간 복병이 도지는 듯했다. 말로 표현할 수 없었다.

당해보지 않는 사람은 그 사람 마음을 모른다. 남들이 볼 땐 가장 이상적인 부부, 외형상으로는 아주 잘 어울리는 한 쌍일 테다. 다들 그렇게 오해하고 있지만, 정작 본인은 얼마나 힘들고 지치는 일인지 모른다. 내가 보기에는 벌써 선생님도 병들어 있다. 말이 불안하고 정서적으로 안정되지 못한 사람으로 보인다. 눈을 잘 마주치지 못하고, 일부러 시선을 피한다. 아프다는 것이 눈에 보였다. 늘 일을 하고 있지 않으면 그 불안한 세계에서 벗어날 수가 없다. 나 또한 그런 세월을 20년을 살았다. 아무렇지도 않은 듯 살고 있지만, 나 역시 가려져 있을 뿐일 테다. 어떤 계기가 되면 지난 일들이 악몽처럼 되살아난다.

빅토리아 연을 담으려고 밀양 연극촌에 모였다. 선생님과, 토토르, 시꿈사, 연주, 은하수, 그 외 다른 동아리 사람들이 빅토리아 연 주위를 포진하고 있었다. 섬세한 감성을 본받고 따라해 보려고 노력은 하나, 개인이 지닌 그 감성을 어찌 다 알아 내겠는가. 비슷한 곳에 비슷한 감성으로 노을이 물드는 시간까지 담고 또 담고 시간은 금방 흘러갔다. 요즈음 새벽에 눈 뜨면 카카오스토리를 검색하는 습관이 생겼다. 새벽에 눈 비비고 일어나 보니 창녕 친구가 생일이란다. 스냅 시드에 바로잡은 꽃다발을 올리며, 축하 메시지를 보냈더니 창녕에서 생일 턱을 내겠단다. 밀양 연극촌 출사가 일찍 끝나면 바로 가겠다고 말했다. 어쩌면 집을 나설 때부터 준비된 일이다.

천왕재 고갯마루 넘고, 어둠이 완전하게 내린 창녕 자연농원에서 친구들이 모여 있었다. 참 오랜만에 오리탕을 먹었다. 무

넣고 끓인 탕이 사십 년 전에 귀한 오리 한 마리 잡으면 온 마을 사람들이 잔치하던, 그때가 연상될 만큼 맛있는 국물이었다. 6명이 모여 생일 파티를 끝냈다. 남자들은 술을 좋아한다. 중학교 동기들이라 만나면 헤어지는 시간이 결정되지 않는다. 8시에 만나 저녁 먹고 2차 고깃집까지 들르고 보니 열한 시가 거의 다 되었다. 창녕에서 영산까지 오는 친구를 바래다 주고 집에 도착하니 자정이 다 되었다. 요즈음 당뇨 치료와 운동요법으로 다이어트를 시작한 남편은 저녁 차려 먹는 게 부실했던 탓인지, 늦은 시간까지 나를 기다리다 화가 났던 모양이다.

막 문을 열고 들어오는 날 보고 큰소리로 "당신 요즘 뭐 하는 사람이야"라고 소리 지르며 인상이 좋지 않았다. 좀처럼 그런 얼굴을 보기 힘든 인상이었지만, 내 속에서 더 고동치며 악몽이 또 되살아난다. 윽박 지르는 소리, 인상 쓰며 죽일 듯이 고함치던 애들 아버지 모습이 지금 이 사람 얼굴에서 가면 쓴 사람처럼 다가온다. 아무 말 없이 카메라 가방을 멘 채 부동자세로 한참을 서 있었다. 멍하니 '저 사람 왜 저러지? 저러고 소리 지른 사람이 남편 맞나?' 내가 다 알 수 없었던 숨겨진 무서운 모습이 나타났다. 한숨을 푹 쉬며 털레털레 내 방으로 발길을 옮겼다. 복병처럼 떠오르는 언어들이 떠올랐다. 한동안 잊고 지냈던 애들 아버지를 기억할 수밖에 없는 현실이었다. 문을 쿵쾅 닫는 소리에 작은방으로 슬며시 들어가 하루 동안 찌들었던 염분 섞인 몸을 씻은 후에 잠이 들었다.

아침이면 으레 깨우는데 그렇지 않은 그를 보며, 어제 화가 많이 났던 모양이라고 생각했다. 아침준비를 하고 있던 날 바라본다. 어제는 아무 일 없었다는 듯이, 고성 옥천사 쪽으로 상권분석팀 부부 워크숍을 가기 위해 봐 둔 장소를 가보자는 것이었다. 내가 먼저 재촉했다. 어떤 곳인지 인연 지어진 그분이 별로 할 일이 없으면 그곳에 지어진 건물을 관리하며 지내보겠냐고 제의해온 것이었단다. 말로만 듣고 결정하기가 쉬운 일이 아니어서 가보자고 준비해서 떠나며, 어제 있었던 일들을 이야기했다. 왜 늦게 왔는지. 만난 지 3시간 만에 헤어져 오는데도 그렇게 시간이 걸린 거라고. 당신이 이처럼 예전에 말하지 않던 그런 모습으로 나를 꾸중한다면 나는 15년 전 일이 떠올라 말을 잊고 가슴이 쿵쾅쿵쾅 뛴다고. 억압되었던 지난 일들이 악몽이 되어 우울해진다고 이야기를 들려줬다.

정말 행복하게 사는 나라고 자부했는데, 한순간 물거품이 되고 만다는 말을 했다. 남편이 고개를 끄덕였다. 그 정도일 줄은 꿈에도 생각 못 했다는 것이었다. 대화해야 한다. 서로가 바라만 본다고 내면의 세계까지 이해해줄 것이라는 생각은 버려야 한다. 가까운 남편일수록 많은 대화가 필요하다. 모처럼 집 밖을 나서며 이런저런 이야기를 하다 보니 고성에 도착했다. 차로 달리다 보니 눈에 익은 거리다. 예전 애들 아버지와 아이들 키울 때 가끔 물장난 갔던 곳이었다. 풍수지리를 모르는 내가 봐도 인적이 드문 곳이었다. 예나 지금이나 달라지지 않는 곳이었고, 변하려 해도 변할 수 있는 곳이 아니었다.

전세금 오천만 원만 걸고 관리하며 살라고 한다 해도 망설여졌다. 해 본 일도 아니고 전원생활이 쉬운 일은 아닌 데다 또 모텔 경영까지 해야 하는 어려움이 있었다. 이 모든 걸 극복한다 해도 그곳에는 가고 싶은 마음이 생기질 않았다. 이십 년도 더 된 모텔과 지형적으로 북쪽이면서 양지바른 곳이 아닌 응달의 기운이 먼저 도는 그런 형상이 내게 엄습해 와서 싫다고 했다. 처음에는 어느 정도 지금 사는 곳에서 가까우면 한 번 이동해 볼까 하는 마음도 있었는데 접어 두었다. 반성 수목원이 10㎞ 지점에 있어서 돌아오는 길에 들렀다. 모처럼 몇 시간 산행을 하려니 준비해간 물과 과일을 점심으로 대체하기엔 부족했다.

수목원을 돌면서 엊그제 선생님이 한 말들이 떠올랐다. 주말이면 참을 외롭다던 그 말이 이해가 되면서 '외로우니까 사람'이라는 글귀가 뇌리를 스쳐 갔다. 선생님에게 조금은 시간이 필요할 거라고 말했지만, 강성을 띄지 않은 감성이 짙은 여성을 찾고 있었다. 같이 공부했던 동생 중에 사별하고 참 예쁘고 단아한 동생이 있었는데 문자로 의중을 떠봤다. "언니 마음만 곱게 받겠습니다"라고 답변을 받았다. 사람을 소개하는 일이 어렵기는 해도 둘이 만나면 참 이상적일 거라는 생각이 들었다. 오지랖이라고 그 누가 말할지 모르겠으나 선생님의 절절한 외로움은 당해 본 사람만 아는 동병상련이므로 나라도 이해해야 하지 않을까 하는 마음에 가슴이 아픈 하루였다. 꼭 나처럼 옛사람과 100% 다른 좋은 사람을 만나서 행복하기를 기도해보는 시간이다.

PART
005

마음이 성장하는 시간

물질에서 벗어나

오월의 태양은 눈이 부시다. 하루 일교차가 심한 요즘은 더욱 옷 입기가 까다로운 시점인 것 같다. 토요일에 일곱 시간의 수업을 마치고 난 후라 그런지 몸이 점점 나른해지기 시작했다. 눈 뜨는 시간이 늦어진다. 아이들도 없고, 남편 또한 지도자 과정 워크숍을 위해 떠난 날이라 전화벨 소리 듣고 일어난 시각이 일곱 시였다. 신지로이드 한 알과 물 한 모금을 먹고 다시 눈을 뜰 수 없어 잠시 누웠는데 한 시간 반이 지났고 알람이 울렸다. 알람 소리에 깨어서 식후 약을 먼저 먹고 아침을 먹었다. 단조로운 아침 식사였다. 김장김치와 오이 겉절이에 하얀 쌀밥을 먹었다. 누가 간섭하는 이도 없는 공간에 TV도 틀지 않고, 한가한 아침 식사를 마치고 혼자 멍하니 핸드폰을 뒤지기 시작했다. 블로그에 기쁜 소식이 올라왔다.

자이언트 글쓰기 46번째 출간 계약 소식으로 카카오톡이 야단법석이다. 나 또한 한 줄의 간단한 축하 메시지를 남겨본다. 지역적인 환경 때문인지 내가 하던 일을 손놓고 나를 돌아보니, 나 혼자 참 외로운 사람임을 실감한다. 한동안 글쓰기도 미루어 왔고, 또 무언가를 시작한다는 것이 두려움도 있다. 쓰는 건 문제가 안 된다고 하더라도 퇴고 과정이 너무나 힘들었기에 잠시 나를 놓아보았다. 어느 작가님들처럼 자기계발서를 쓰는 것도 아니요, 지난 경험으로 에세이를 두 권 낸다는 것 또한 부담됐다. 글쓰기를 손에 놓고 멍하니 앉아 있는 시간에 자판이라도 두드리면 몰입하는 시간이 있기에 혼자 막막함은 없겠지만 이 또한 지치기도 했기에 멈추어 두고 있었다.

150평 정도의 마당을 씻어 내려면 기계가 없이는 힘들었을 거라고 느낀 적이 있다. 고압 세척기를 한 대 구매하여 어제 청소를 했다. 사무실에 앉아서 마당을 바라보니 먼지 하나 없는 듯이 보인다. 뙤약볕에 뜨거운 열기만 올라오고, 하얀 담장 너머 모퉁이에 핀 장미꽃이 가뭄에 시달리어 고개를 숙이고 있다. 가뭄이 드는 해이다. 보리가 벌겋게 타들어 가는 형상을 하며, 못자리에 벼 심기가 한창이어야 할 주남들판에는 곳곳에 겨우 물대기 되어 있는 논만 갈아두고 있다. 가끔 지나가는 차 소리도 정겹게 들려오고, 마당 끝 강아지 집도 깨끗하다. 남편이 서울 가기 전에 개집 청소를 한 모양이었다. 나미, 옹이가 더위에 지친 듯이 말없이 배만 깔고 누워 있다.

오월도 말기에 접어들었고, 이제 얼마 남지 않은 1학기 수업도 끝이 보이기 시작한다. 일주일에 한 번 수업이라 학교 가는 날엔 꽤 긴 시간 동안 수업한다.

오월에는 연휴가 많았고, 체육대회가 끼는 바람에 수업일수가 몇 주 안 되긴 했지만, 편하게 넘어가는 달이기도 하다. 유월에 워크숍 준비가 되어 있고, 칠월이면 서유럽 여행을 한 번 더 하기로 되어 있다. 꿈에도 그리던 스위스를 가기로 되어 있고, 팔월엔 친구들과 대만을 가기로 했다. 여행을 추진하고 보니 어려운 점이 생기기도 한다. 15명의 친구 중에 11명만 찬성을 하고 안 가는 친구가 생기면서, 서로 충돌이 생긴 것이다.

밴드에 찬성반대 투표도 올리며 갈 방향을 정했다. 함께한다는 것에 의미를 둔다면 남을 배려해야 하고, 혼자만의 생각을 피력하기보다는 다수결에 따라줘야 하는데, 친구들과 의견이 분분해진다. 임시총회를 결정하여 다시 만났다. 의견 수렴을 위한 일정이었다. 노는 것이 내 일이고 내가 가장 잘하는 것도 노는 것인데, 요즈음 며칠은 많이 심심해한다. 주어진 숙제를 하기도 해야 하는데, 무슨 일이든 닥치면 하는 습관이 있는 것 같다. 방학이 이제 한 달쯤 남았고, 공부할 시간도 얼마 남지 않았다. 보고서 작성이 어렵다. 학위 수여식 받을 때도 논문을 쓰고 통과하긴 했지만, 석사과정에도 이번 학습보고서가 졸업논문에 큰 힘이 될 거라고 말씀하신다.

어제 정신상담분석 수업에서 꿈에 대하여 잠깐 들었다. 꿈을 꾼다. 누우면 꿈을 헤매다가 아침을 맞이한다. 왜일까? 나의 내면의 세계에 깊은 트라우마가 있다고 말씀하시는 신경정신과 선생님의 말씀이 맞는 말인가 보다. 아픔으로 20년을 견뎠다면 그 배가 되는 40년을 희석하고 살아야 한다는. 명상에서 잉크 방울을 떨어뜨려 실험했던 맑은 물, 잉크를 떨어뜨리기 전의 순수한 맑은 물은 영원히 찾기가 힘들다. 물통에 물을 채우고 그 배가 되어도 통을 새로 비우고 씻지 않는 이상 희석하는 세월이 있지 않겠는가? 현실인지 꿈인지 분별이 가지 않을 만큼 꿈과 허우적대는 시간이 많아진다. 어젯밤 꿈에도 엄마 집 전화번호가 생생하게 핸드폰에 뜨는 장면이 연출되었는데, 통화 내용은 기억이 나질 않고, 아침에 한참을 멍하게 생각해봤다.

엄마와의 감정에 깊은 골이 파여 마음에 묻어둔 사실이 걸렸던 것인지 이유는 모르겠다. 깨끗한 꿈 영상이 떠오르지는 않지만, 매번 꿈꾸는 형상은 다를 바가 없다. 꿈을 꾸고 난 뒤부터는 머리가 맑지를 못하다. 잠을 자도 잠이 온다. 휴대전화를 들고 십 분 정도 검색을 하든지 답글을 달든지 하면 여지없이 눈이 감기는 자신을 느낀다. 무엇 때문인지 아직 영문을 모르겠다만, 꿈꾸는 그날까지 나와의 싸움은 영원할 것 같다. 나의 내면의 무의식 세계를 들여다 보고 싶을 만큼 난 생생하게 꿈과 싸움하고 있다. 어제 남편이 워크숍을 떠나기 전에 저녁을 먹으며 남편을 가만히 쳐다보다가 괜히 측은지심이 들었다.

나를 만나기 전에는 샤프한 몸매를 유지했는데, 이젠 나이도 들고 배만 볼록 나온 할아버지로 변해 있는 모습이 짠하다고 말했다. 남편은 자기는 마누라를 엄청 잘 키워 놨는데, 나는 왜 이 모양이냐고 반문해서 한참을 웃었다. 서로를 의지하고 있을 때는 그냥 그렇겠거니 해도 집에 없는 날이면 이렇게 허전할 수가 없다. 무엇을 해도 봐주는 이가 없어서인지 효율적이게 하지 못하고 심심해하고 있다. 창문 너머 진영이 보이고 사거리에 가끔 지나는 차 소리도 정겹게 느껴지는 휴일 오후에 남들이 보면 엄청 일을 열심히 하는 사람으로 보이겠지만, 여유롭게 자판을 두드리고 있다.

탁자에는 둥굴레 차 한잔이 놓여 있다. 핸드폰 소리가 울린다. 멀리 서울역에서 남편이 전화가 왔다. 다섯 시면 도착이라고 알려온다. 힘들지 않으냐고 물었는데, 생생한 기운을 불어 넣어 준다. 난 왜 이토록 힘이 드는지 자신을 알 수가 없다. 고등학교 1학년 17살 나이에 초경을 시작했던 내가 40년이 지난 올해 3월에 폐경이 왔다. 이탈리아 여행을 2월에 했었는데, 여행 중에 월경이 있어서 곤란했다. 남들이 흔히 말하는 갱년기 증상일까? 애써 지우고 싶은 갱년기다. 신체적 호르몬 변화에 적응해 가야 하므로 일부러 결부시키지 않으려고 애쓴다. 긍정적인 삶의 목표가 뚜렷해지면 피해 가지 않을까?

십수 년 전부터 가까이에 사는, 큰아이 4학년 때 같은 자모였던 언니가 있다. 무속신앙을 좋아하기도 하지만 남의 이야기를 잘 알아서 판단해주기도 한다. 때로는 언니에게 내가 먼저 전화하기도 하며 꿈 이야기를 할 때도 있다. 본인의 일은 잘 몰라도 나에 대해서는 잘 맞는 예언을 하기도 한다. 아들이 미국에 건너가려고 하던 2010년 7월에 혼자 떠나는 미국 유학인데 언제쯤 박사학위를 받겠냐고 지나가는 말로 물었다. 언니는 7년쯤 예상했다. 그 당시에는 아주 섭섭한 생각이 들었다. 내가 물어놓고도 말이다. 근데 세월이 눈 깜짝할 사이라고 말하듯이 그렇게 빨리 세월이 흘러갔고, 올해 5월에 박사학위를 받았다. 지나간 햇수로는 7년째라고 하는 말이 맞는다.

수업 시작해서 학위 따기까지 6년 세월이 지났다. 10월이면 만 칠 년을 맞이하니까 언니 말이 맞는 것이다. 믿어지지 않는 말들을 가끔 할 때면 쓸데없는 이야기를 한다면서 막무가내로 입막음하던 나였는데, 미안한 마음도 들었다. 날씨가 좋아도 아들이 보고 싶고 비가 와도 보고 싶다. 친구들이 가끔은 손자가 눈에 삼삼하다고 말하면 난 손자보다는 아들이라고 말한다. 신의 선물을 안겨준 아들과 며느리. 여기 시간으로 오후 4시이면, 미국은 새벽 1시 정도 되겠다. 아들을 많이 좋아하는 엄마. 항상 딸보다는 아들이 먼저였던 나였지만, 현실에서는 딸이 더 가까이에서 살고 있고 자주 보기도 한다. 엄마를 많이 생각하는 딸이다.

나 역시 그랬듯이 90을 바라보는 엄마를 생각하면 가슴이 미어져 온다. 말은 어버이 살아 계실 때 최선을 다해서 자주 찾아

뵙고 맛있는 것 많이 사드려야 한다고 정하곤 있지만, 현실엔 잘 하지 못하는 불효 여식이다.

나는 대산 특산물 수박이 나는 동네에 살고 있다. 올해 들어 아직도 수박을 내 손으로 사먹어 보지는 못했다. 맛있는 것 먹을 때 생각나는 우리 엄마다. 배가 고파도 고프다고 말할 수 없었던 시절의 엄마다. 산이 막혀 못 가는 것도 아니다. 형제자매가 인정하지 않는 내 삶이 서글플 뿐이다. 다시 찾은 행복 속에서 이 사람만 한 사람이 없다. 내가 믿고 내가 사랑하는 사람인데, 형제자매 부모가 인정을 안 해준다는 사실이 미워서, 고향집을 찾지 않을 뿐이다. 24㎞ 떨어진 곳에 내가 살던 내 고향 친정집이 있다. 친구들 부모님들의 별세 소식에 자주 고향을 찾게 되지만, 멍울진 마음이 불편해서 내 마음의 틈을 막아 버렸다.

세월이 지나고 엄마도 영원히 살아계시란 법도 없는데, 요즈음은 친정집을 벗어난 곳에서 되도록 멀리 도망가서 살고 싶다. 잘못한 일도 없는데 나만 잘 살면 된다고 생각했지만, 들려오는 소문들이 흉흉하다. 30㎞ 지척에 엄마를 두고도 자주 찾아보지 못하는 불효 여식은 사주팔자를 운운하며 서글피 울었다. 아프게 하지 않아도 일상적인 사람들과는 다른 모습들이 나 스스로 화가 날 때도 있다. 내가 이렇게 살고 싶어서 살았던 것은 아니지만, 순탄하지 못했던 20년 세월이 아프다. 눈물겹다. 지우고 싶지만 지워지지 않는 삶이다. 애써 태연한 척하며 즐겁게 살아보려고 노력하고 있다. 남의 시선 따위는 인식하지 않았지만, 나 스스로 위축되는 때도 많았다.

치킨 물류 센터를 운영하며 수많은 가맹점도 의식됐고, 본사에도 눈치를 보며 살아왔었다. 태연한 척해도 뜻하지 않은 이혼이었다. 재혼인 줄도 모르고 살았던 제2의 인생에 행복해하는 남편과 멀리서 지켜보고 있을 아들, 나로 인해 인연 지어진 모든 사람의 시선이 곱지만은 않았을 사람들을 이제 망각하고 싶다. 내 인생 역정을 이제 훌훌 털고 과거 속의 나는 잊고 싶다. 새로운 것에 도전하고 별것 아닌 일에 행복해하며, 남은 인생은 그와 함께 등 긁어주고, 아픈 마음은 쓸어 주며 내 삶은 내 것으로 멋진 인생이 되련다.

내면의 자아를 만나다

가을의 문턱. 하늘은 높고 바람 한 점 없는 날이다. 푸른 벌판에 벼 익어 가는 내음이 코끝에 와 닿는다. 집 뜰 안 두 평 남짓한 남새밭엔, 사과나무 두 그루에 열린 팔월 부사가 빨갛게 익어 가고, 가을이 무르익고 단감이 익어 갈 때면 생각나는 사람이 있다. 친동생보다 일주일 뒤에 결혼한 애들 작은 고모가 봉강으로 시집을 갔기에 가을이면 으레 단감 작업에 온 식구가 매달려 수확을 돕는 일을 오랜 세월 동안 해왔다. 시아버지 외엔 시골 농사 일이라고 잘하는 사람이 없었던 터라, 처남 댁이었던 내가 해마다 불려가곤 했었다. 감 따는 일이 결코 쉬운 일은 아니었다.

빨갛게 익은 과일을 보면 먹음직스러워 군침이 돌았다. 특히 단감은 맛있는 과일이기도 하지만, 내가 가장 좋아하는 감이었다. 어린 시절 고향 집 대문 옆에 감나무가 하나 있었다. 바깥소 외양간 옆엔 단감나무 한 그루가 있었다. 위로 오빠 둘이 있었기 때문에 단감은 익을 때까지 놔둔다는 것이 불가능한 일이었다. 지나가던 사람들도 손닿는 곳이면 익기도 전에 아주 아작을 내고 말았다. 그렇게 과일 귀한 집에 자랐으니 단감 철이면 거절하지 않았다. 일도 일이거니와 단감을 흔하게 먹을 수 있었기 때문이다. 창원 내동에 있을 때부터 아이들도 어렸지만 꼭 한 해 한 번은 단감 따기를 해주었다. 주일에 하루 가는 것으로는 일손이 턱없이 부족했겠지만, 아이들 맡겨 놓고 해 줄 수 있는 시간이 주말뿐이었다.

매번 애들 고모부 지인들을 데리고 와서 감 수확을 하곤 했다. 사진 수업을 받는다고 일찍부터 내려와서 사무실 옆방에 앉아 여행 중에 찍은 사진을 편집하다 보니 메타세쿼이아 길 옆 주남지를 누군가 찍어 포스팅해놓은 사진을 보게 됐다. 애들 고모 집 앞 주남저수지가 보였다.

참 가까운 곳에 살고 있다. 가끔 봉강을 지날 때마다. 예전 생각이 났다. 이런 위치에 놓여 있지 않았다면 아마도 지금까지 감이 익어갈 무렵이면 수확에 손길을 보태 주었으리라는 생각도 들었다. 애들 고모부 항상 하시던 말씀이 처남댁은 똥도 버릴 게 없을 정도로 정말 일도 잘한다는 칭찬이었다. 듣기 좋으라고 한 말치레였겠지만 그때 그 순간은 참 기분이 좋았다.

어느 날 북면까지 라이딩 나설 때 주남에서 가다 보니 봉강을 지나게 되었다. 고모가 시집가서 새로 지은 집이었다. 과일 농사를 짓기 위해 마당도 넓었던, 그 집이 할머니 할아버지 돌아가셨는지 농사도 짓지 않는 듯 빈집인 것으로 보였다. 물어볼 수도 없고 짐작으로만 생각하며 지나갔다. 며칠 전부터 아침마다 주남저수지 뚝방을 걷기로 했다. 아침마다 6㎞를 걷다 보니 많이 건강해진 느낌도 든다. 대만 다녀온 후로 오늘이 두 번째로 길을 걷는 아침이었다. 오늘 날씨만큼이나 기분이 산뜻한 아침이었다. 며칠 전과는 아침저녁 기온 차가 심한 것 같았다. 걷다 보니 강태공도 보이고 주남저수지 위 배에서 붕어를 건져 올리는 아저씨도 보인다. 항상 아침이면 카메라를 꺼내서 들고 걷다가 뒤돌아서서 붉게 올라오는 일출도 찍는다.

연밭에 뱃사공 아저씨도 찍으며 열심히 걸었다. 한참을 한 시간 반 걷기 운동에 몰입하다 보면 아침 시간이 무척 빠르게 지나간다. 8월 25일 대만여행을 출발하는 아침에 김해국제공항에 가서도 오늘 같은 느낌을 받았다. 시누이 딸아이가 승무원이라고 들었는데, 어느 항공사 근무하는지는 모른다. 혹여라도 만날까 봐 승무원만 보면 뚫어져라 바라보는 나도 모르는 행동들에 놀란다. 지은 죄도 없는데 왜 그럴까? 아무렇지도 않은 듯이 살고 있지만, 아직도 그 트라우마를 벗어나지 못했는지도 모른다. 어젯밤 꿈에서 허우적대던 꿈을 꿨지만 눈뜨면 뚜렷한 생각이 나질 않기에 살아가는 것인지도 모른다.

아팠던 지난날들도 망각이라는 단어가 있어서 살아가는가 싶다. 실제 겪었던 모든 일이 이젠 많이 희석된 것 같다. 미움과 증오로 내 가슴에 대못질해 본들 나 혼자만 아프다는 사실을 너무 잘 알기에 잊으려고 노력해본다. 친구라도 내 마음을 말하지 않으면 어찌 알겠냐만 희망차고 밝게 살기 위해 최선을 다한다. 오늘처럼 이런 맑은 날에 음악을 좋아하면 그때 많이 들었던 음악 중에 이 음악이 심금을 울린다. 가사 말처럼 살아온 인생이라 그런지 가슴에 와 박힌다.

너무 아픈 사랑은 사랑이 아니었음을

양현경

그대 보내고 멀리 가을 새와 작별하듯
그대 떠나보내고 돌아와 술잔 앞에 앉으면
눈물 나누나……
그대 보내고 아주 지는 별빛 바라볼 때
눈에 흘러내리는 못 다한 말들 그 아픈 사랑
지울 수 있을까……

어느 하루 비라도 추억처럼 흩날리는 거리에서
쓸쓸한 사람 되어 고개 숙이면 그대 목소리……

너무 아픈 사랑은 사랑이 아니었음을
너무 아픈 사랑은 사랑이 아니었음을……

어느 하루 바람이 젖은 어깨 스치며 지나가고
내 지친 시간이 창에 어리면 그대 미워져

너무 아픈 사랑은 사랑이 아니었음을
너무 아픈 사랑은 사랑이 아니었음을
이제 우리 다시는 사랑으로 세상에 오지 말길
그립던 말들도 묻어 버리기
못 다한 사랑……

너무 아픈 사랑은 사랑이 아니었음을
너무 아픈 사랑은 사랑이 아니었음을……

아카데미 사진 수업을 진행하며 이 공간을 사용한다. 지난날 소리바다에서 내려받았던 낡은 곡들만 애창곡으로 올려놓고, 가끔 상상의 나래를 펴본다. 가을 하늘이 유난히 맑아서 이런 날 조용한 음악들을 감상하며 가을날에 아파하던 그 시간에 잠겨 본다. 건강했던 삼십 대, 하루 반나절 동안 오징어를 씹어도 이가 아프지 않았던 청춘 시절도 있었지만 이젠 서서히 몸과 마음이 도태되어 가고 있음도 느낀다. 애써 나이를 실감하고 싶지 않지만, 눈에는 노안이 오고 러닝머신 속도를 조금만 높여도 다리에선 소리가 나는 현상이 일어나며 바람만 눈에 들어가도 눈물이 난다. 자갈돌을 삼켜도 소화해내겠다며 먹어도 배고프던 이십 대는 언제 지났는지 까마득하다.

수업시간에 회원이 사서 온 더치커피 한잔에도 밤잠을 설치는 나이로 변했다. 밤새 자고 일어나도 소화 기능 약화로 주남저수지를 한 바퀴 더딘 걸음으로 걸으며 아침 공기를 마시는 나이이다. 오래전부터 이어오던 아침밥 먹는 습관이 있는데, 얼마 전부터 남편이 대장검사를 하고 난 후 식이요법을 바꾸잔다. 아침에 두부, 닭 가슴살, 텃밭에서 따온 사과 하나, 삶은 고구마, 복숭아, 방울토마토, 콩, 우유를 열량이나 단백질 계산도 없이 먹었다. 나잇살이라고 붙어온 살덩이들은 찌긴 쉬워도, 정말 빼기는 어려운 것 같다. 가을이 또 살찌는 계절이기는 하나 노력하면 이루어지리라는 기대를 해 본다. 보이는 곳이 텃밭이라 사과도 익어가고, 가을이 무르익으면 감도 익어 가고 아픈 추억도 이젠 털어버려야겠다.

아픈 사랑은 사랑이 아니라고 노랫말처럼 너무 힘들어서 그만둔 사랑인데, 기억 속에 남겨 두어 무엇 하겠는가? 불가에서 흔히 쓰는 인연법을 수백 번 들어도 싫지 않은, 시절 인연이란 말이 오늘 아침에도 나왔다. 항상 그런 인연은 어디서든 만난다. 지금 함께하는 모든 인연이 그러하다. 아픈 사랑보다는 새로운 시절 인연에 의미를 부여하며 글 '사랑에 부는 인연'으로 하루를 시작해본다.

가슴이 따뜻한 삶

일본으로 유람선 여행을 다녀왔다. 7월 31일에 출발하여 8월 4일에 집에 도착하였다. 대구 지사장님의 소개로 코스타 빅토리아호를 타기 위해 두 개의 트렁크로 준비된 여행용 가방을 끌고 부산역으로 향했다. 한더위에 떠나는 유람선 여행이라 기대도 컸다. 부산역에서 4시 10분에 우리부부까지 6명이 한 조가 되어 여행을 시작했다. 아직 크루즈 문화가 정착되지 않아서 우왕좌왕하던 여객선 터미널의 북적거림을 비집고 시간의 흐름이 곧 여행으로 이어지고 있었다. 선박으로 발길을 옮기게 된 시간이 오후 5시 반이었다. 배에 오르는 그 순간부터 이탈리아 법이 적용된다고 한다. 북유럽 여행 때 노르웨이 오슬로 항에서 덴마크 코펜하겐을 가기 위해 일박을 배에서 보냈던 경험이 있었으므로 들뜬 마음은 아니었다.

그때는 세월호의 비보가 가슴에 박혀 있던 때라 즐겁지만은 않았다. 다들 배 타기를 꺼리던 때라 처음 접해보는 크루즈라도 즐거움보다는 두려움이 컸었던 듯하다. 그래서 다들 코스타 빅토리아호에 대한 기대치는 낮았다. 배에 오르자마자 숙소로 향했다. 6명이 모여서 저녁 시간까지 배를 세밀하게 층마다 들여다볼 것을 약속했다. 8층에 자리 잡은 숙소와 5층부터 시작된 크루즈 내부를 둘러보았다. 유럽풍으로 인테리어가 되어 있었다. 오래된 크루즈 같았지만, 최고의 환경을 만들기 위해 신경을 많이 쓴 흔적들이 보였다. 선상에서 3일을 꼬박 지낼 예정이었다. 선상신문에 기록되어 있는 행사 일정을 두루 섭렵하여 시간 맞춰 다니면서 크루즈 문화를 얼마나 즐기느냐에 따라 여행의 재미는 더해질 것이다.

남자들 틈바구니에서 혼자 무엇을 한다는 건 별로 재미나는 일이 아니었지만, 선상에 오르는 순간부터 손님맞이 팡파르가 울려 퍼졌다. 다른 세계에 온 듯한 이국적인 내음이 풍겨 나왔다. 방마다 배달된 여행용 가방을 찾아서 편한 옷차림으로 갈아입었다. 아침부터 여행 준비하느라고 저녁까지 간단한 음식으로 허기만 면했던 상황이라 유럽풍의 깔끔한 뷔페에서 오랜만에 마음껏 음식을 가져다 먹었다. 올해 들어 여행을 몇 번 다녀왔던 터라 유럽 문화에 익숙해져 있었다. 27개 국가의 문화가 마치 하나 된 듯이 잘 어우러져 항해하고 있었다. 5층부터 12층 갑판 위까지 즐길 것이 많았다. 이탈리아식 뷔페와 피자도 있었고 레스토랑에선 야식도 나왔다. 새벽이 오기까지 피자와 라면을 맛볼 수 있었다.

실내 서퍼는 뜨거운 물로 즐길 수 있도록 시설이 되어 있었다. 함께 서퍼를 즐길 수 있는 친구와 오지 않아서 못내 아쉬웠다. 혼자 다녀 봤지만, 삼삼오오로 모여 오는 사람들만 부럽게 느껴질 뿐이었다. 야외 수영장엔 가족 단위로 초등학생들을 데리고 온 부모님들과 수영을 즐기는 사람들이 많았지만 준비해 간 수영복을 뽐내지는 않았다. 공연장은 두 번 이용해봤다. 포르테 디 콰트로의 잘생긴 아들 같은 청년들의 예술적 끼를 보고 함께 즐겼다. 면세코너 메인 홀 등 구석구석 탐닉하며 파도와 혼연일체 된 여행이었다. 여유로운 식사시간, 테마가 있는 여행, 다채로운 공연 등을 즐기며 낯선 사람과 어울림도 함께 익숙해진 여행이었다.

청춘의 끓는 피로 똘똘 뭉친 음악가인 팬텀싱어 포르테 디 콰트로 공연은 두 번 다 참 인상 깊이 남았다. 4인 1조 각각의 개성 있는 보이스, 짙은 호소력에 귀가 열렸다. 마지막 앙코르 송 아다지오의 여운은 오랜 시간 남아 있는 듯하다. 기상 악화로 야외무대에서 치를 수 없었지만 약간 내린 비로 야간에 수영하는 선상의 사람들을 보는 재미도 쏠쏠했다. 선상에서 이루어진 진성 스님의 특별무대 정법 강연도 들었다. 메인 홀을 가득 채운 플라멩코는 두 번 다 참석했다. 발랄하면서도 애절한 연기로 무대복이 흠뻑 젖도록 춤추는 소녀와 함께 사진 촬영도 했다.

아침 시간 스트레칭과 함께 이어지는 에어로빅은 손과 발동작이 어색하고, 따로 놀긴 했지만, 함께한다는 의미도 부여해보았다. 늘 열려 있는 면세점에서 값비싼 시계도 한 번 껴보고, 눈으로 만족하기도 했다. 대구 지사장님과의 인연으로 코스타 빅토리아호 여행 전반을 담당하는 기획실장님을 알게 되어 배에 올랐다. 이모저모를 이야기했다. 이 배에 일하는 선원들이 720명이고, 이번 여행을 돕기 위해 승선한 한국 도우미가 100여 명이며, 여행객은 704명이란다. 선원이 여행객들보다 많은 배에 올라 선상에서의 문화를 제대로 즐겨 보았다. 이렇게 즐겁게 지내다 보니, 어느새 3박이 지났다. 배에서 내리는 시간이 다가왔다. 도쿄항에는 이른 시간에 도착했다. 이케부쿠로 로얄호텔에 체크인을 한 후 짐을 풀었다.

지인을 통해 하루 가이드를 불러 도쿄 도보 여행을 했다. 전철로 움직였다. 일본 현지에서 소바도 먹어보고 스시 또한 배불리 먹어본다. 일본식과 유럽식이 조합된 여행. 한국식 비빔밥도 곁들였다. 백 년 이상 된 가게에서 호두빵도 사 먹어 보고, 그들의 문화에 흠뻑 젖어본 시간이었다. 여행은 새로움을 창출하는 것이다. 항상 좋은 것은 함께하고 맛있는 것은 나눠 먹으며 함께 행복하여지자는 나의 지론이 맞아 떨어지는 날이었다. 이번 코스타 빅토리아 여행과 도쿄에서의 하루는 다소 어수선했던 예약들로 어지러웠다. 나리타공항에 너무 일찍 도착한 것이다. 부산으로 떠난 지인 2명과 대구에서 온 지인 2명이 먼저 떠나고 잘못 예약된 비행기 표를 들고 함께 나리타공항으로 나왔기 때문에 저녁 7시 비행기까지 기다리려니 공항에서 무엇을 하고 지낼 것인지 까마득했지만 시간은 붙잡아도 잘 흘러갔다.

미국에 있는 손자 신발도 하나 사봤다. 이탈리아 여행에서 딸 손자 주려고 면세점에서 옷 한 벌을 샀다가 실패했기에 이번에 그 보충으로 아이 옷을 두 벌 샀다. 할아버지 할머니 눈은 항상 딸아이에게 만족을 주지 못하지만, 또 도전해봤다. 핸드폰으로 미리 계산하기 전에 찍어서 허락 맡아 가며 샀다. 손자만 사주지 말고 남편 신발도 한 켤레 사보라고 했다. 샌들 하나를 샀다. 발이 편하도록 바로 신고 가자고 권했다. 은근히 기다렸다는 듯이 신고 다닌 할아버지셨다, 두 번을 둘러보고서야 자리에 앉았다. 휴대폰으로 먼저 도착한 식구들이 올린 사진을 구경하고 밴드와 카카오톡도 하다 보니 저녁때가 되었다. 북유럽에서 타본 크루즈도 인상 깊이 남았지만 이번 여행에서 동행했던 인연들과 4박 5일의 일정으로 생에 가장 뚜렷하게 기억에 남겨둘 추억을 만들 수 있어서 너무 행복했다.

아이들을 키울 때 20년을 함께 했던 애들 아버지와의 추억도 어찌 나쁜 기억들만 있을까만 여행을 해보지 않았기에 자랑할 만한 일도 없다. 간다고 해봐야 하루 만에 왔다. 강가나 갔다가 돌아왔을 뿐 텐트 치는 일은 한 번도 해보지 않았고, 애들과 모텔에서 숙박하는 일은 더더욱 없었다. 불쌍하리만치 추억거리를 만들어 주지 못한 아들이 미국으로 건너가 결혼할 때 나에게 한 말이 있다. 우리 가족과는 너무도 다른 장인, 장모님이시라고 했다. 두 분 다 세계여행을 좋아하시고 장인어른은 사진 찍는 걸 너무 좋아하신다고 말했다. 미국 먼 땅에서 가족과 함께 야영을 즐기는 일도 많이 했다는 것이다. 커서 해 본 일이었고, 어릴 때 기억엔 없는 일들이라고 말할 때 조금 부끄러웠다.

나 혼자만이 할 수 있는 일은 아니었지만, 우리 가족이 다 함께 야영을 즐겨 본 일, 수영복을 입고 놀아본 기억은 아마도 유치원 시절이 전부가 아닌가 생각되었다. 이제 아들이 아들을 낳은 상태라 상당히 예뻐해 주고, 경험하지 못했던 일들을 많이 알려주라고 말하고 싶다. 언젠가 아들이 말하기를 자기 닮은 아이 빨리 하나 낳아 길러 보고 싶다고 했었는데 소원을 이루었다. 잘하겠지만 엄마는 늘 염려한다. 엄마에게 아들이 묻는다. 아이 키우는 일이 쉽다고 하시더니 애 키우는 일이 장난이 아니라고. 셋을 목표로 삼았는데, 둘만 낳을 거라고 말하는 아들을 볼 때 그래 너도 애 키워 봐야 엄마 마음을 알겠지 하는 생각도 있었다. 때로는 남들이 하는 모든 것을 경험도 해봐야 한다.

이번 여행뿐만이 아니라 남편과 함께했던 이탈리아 여행과 코타키나발루 여행도 참으로 좋았다. 꿈과 이상이 달라 즐기는 종류도 제각각인 세상이다. 나처럼 살지 않기를 바란다. 내 아들과 딸은. 여름이 가기 전에 딸 아이에게 선물을 갔다 주러 다녀왔다. 하고 싶은 일은 꼭 해봐야 하는 엄마 때문에 여행 다녀온 기념품으로 내가 사다 준 선물이 더 많다는 딸. 요리를 좋아하고 찻잔 모으는 것이 취미인 딸이라, 찻잔만 보면 사주고 싶은 엄마의 마음을 이해할는지. 똑딱이 카메라를 장만하여, 두 번째 다녀온 여행에서 사진을 참 많이 담아 왔다. 사진을 하지 않았다면, 아마 추억 장에 고이 접어 둘 텐데. 덕분에 자주 꺼내보게 된다.

사진 수업방을 만들어 놓았기에 더 자주 꺼내보는 것도 있을 것이다. 오늘도 유람선 여행에서 찍은 사진들과 빅토리아 연담은 사진, 경남 수목원 사진을 올려놓고, 여름 한가운데에서 다녀온 스위스여행 사진을 55인치 TV에서 돌려보고 있다. 이런 재미 또한 나만의 여유로움이라고 말하고 싶다. 올드한 음악이 흐르고, 사진은 TV에서 슬라이드로 돌아간다. 방학이 끝나기 전에 한 번 더 다녀오려고, 중학교 동창들과 대만여행을 잡아 뒀는데 팔월이 가기 전에 행해졌다. 친구들이 말하기를 나는 국내보다 외국에 더 많이 있는 것으로 보인다고 말한다. 하지만 아직도 가보지 못한 수많은 나라를 가보고 싶은 곳으로 삼으며, 지금 처한 일에 최선을 다하고 있을 뿐이다. 기회가 된다면 어디든 떠나리라고 마음먹고 있다.

시월 연휴가 길어지고 떨이 관광이 좋은 곳으로 나오면, 또 한 번 도전해 볼 생각이다. 여행은 항상 새로운 도전이며 행복이다. 나의 결혼 생활 20년 동안 해보지 않았던 여행이기에 지금 광적으로 즐기는지도 모른다. 아마 갈망했던 지난날에 충족하지 못해서 더욱 열망하는게 아닐까. 아름다운 우리나라 지방 자치 단체에서 전국 각지를 아름답게 관리하고 있다. 사계절이 뚜렷한 우리나라. 어느 섬을 가든 어느 도시를 가든 작고 아름다운 곳에서 시간과 건강이 허락하는 그 순간까지 다녀야 한다. 사진 생활과 함께 자연에서 힐링하며 행복을 찾는 사람이 되고 싶다.

무엇이 행복인가

불교와 인연이 되어 당신을 만났고, 만남부터 누가 먼저랄 것도 없이 서로는 통하는 게 많았던 것 같다. 지난날을 되짚어 생각해본다. 산사에서 내려와 오작교 가게를 개업하여, 당신과 함께 치킨 사업을 하게 되었다. 당신과 함께했던 세월 또한 결코 좋은 일만 있었던 것은 아니었다. 당신 아픔이 내 아픔이고, 당신이 즐거우면 나 또한 즐거운 일이었다. 당신의 보물 딸 둘도 내 자식같이 생각한 나였다. 만나는 날부터 사랑하는 딸들에게 많은 것은 해준 것 없지만, 25세 성인이 될 때까지 봐줘야 한다고 했기에 지키려 노력했다. 삼 남매 둘째였지만 장남 못지않은 역할을 하게 될 줄 그땐 몰랐다.

이북이 고향인 아버지. 어머니와 나이 차 22년을 극복하고 사셨던 아버님은 나를 알기 전에 돌아가셔서 안 계셨다. 성격이 화통한 시어머님은 첫 만남부터 내 맘을 사로잡으셨다. 하나뿐인 시누이 또한 동생과 나이가 같아서 동생처럼 대해줬다. 우리보다 두 살 더 많은 시아주버님께도 깍듯이 대하는 제수씨로 살아왔다. 많은 가족사를 이야기하지 않았지만, 서로는 둘만을 위해주고 아낌없는 사랑을 주리라 생각하며 살았다. 치킨 사업하는 동안 당신과 만나서 새 가정을 꾸미는 동안에도 우린 서로 의견이 너무 잘 맞는 부부였다. 서로 이해하고 의지하며 살았다. 처음 시아주버님과 형님과 함께 시작했던 치킨 일도 한 달을 넘기지 못하고 두 분이 함께 떠났던 그때를 생각하면 아마도 치킨과 내가 제일 인연이 깊은 사람이었는지 모른다. 주변 사람들에게 보이는 우리 둘은 너무 잉꼬부부였다.

우리들의 아이 세 명만 노출시키는 오류를 범하기도 했다. 노심초사 그럴 수밖에 없었다.

누굴 속였다는 생각보다, 그냥 말하고 싶지 않은 과거였기 때문이다. 서로 아픔이 있는 사람끼리 너무 잘 통했다. 당신이 만나는 사람들을 통해서 당신은 딸 자랑만 했었다. 나 또한 나와 인연이 된 사람에겐 내 이야기를 하다 보니 자연스럽게 자식은 셋만 드러나게 되어 버렸다. 지금까지 살아오면서 가장 힘든 부분이었다. 알몸으로 세상 속에 뛰어든다는 것이 가장 힘들었다. 치킨 사업을 하면서 본사와의 계약이 있을 때마다 어려웠다. 가정사의 세밀한 부분까지는 들춰내지 않았지만, 알고 있었던 사람도 있었을 것으로 생각해본다.

사무실과 집이 한곳에 모여 있었기에 내 사위와 딸에게 가장 미안한 부분도 있었다. 이미 세상에 알려져 있다면 직원들에게도 떳떳이 딸과 사위라고 말할 수 있었을 것이다. 항상 물어보는 사람도 없었지만 눈치를 보게 되었고 애써 말하지 않았다. 가장 예쁘게 자라는 외손자도 생겼는데, 남들처럼 카카오스토리에 사진 한 장도 올릴 수 없었다. 아는 사람은 알더라도 모르는 사람에겐 굳이 말하고 싶지 않은 치부였는지도 모른다. 이젠 세상 속으로 나와 당신을 드러내기 위해 이 글을 쓰고 싶었는지도 모른다. 이 글을 쓸 때 당신이 용기를 줬다. 누구에게도 부끄럼 없는 삶을 살았기 때문에 당신이 중요하지 남의 눈 의식 않겠다는 약속을 했다. 그렇지만 지금까지 원고를 써오면서도 아직도 미지수다. 완성되는 그날까지 쓰긴 쓴다만 세상에 노출이 될지 안 될지는 끝까지 가봐야 할 것 같다.

내가 가장 아프게 생각하는 부분은 실제로 내 곁에서 가장 자주 볼 수 있는 딸이 있음에도 그 딸은 숨어 있었던 그림자였다는 점이다. 나 혼자만 아프면 되는 현실이라고 생각했다. 아이에게조차 이혼녀 엄마를 뒀다는 말을 듣게 하고 싶지 않았는지도 모른다. 당신 역시 마찬가지였을 것이다. 자랑스러운 큰딸, 참 예쁘고 잘생긴 딸이다. 사랑스러울만치 공부도 잘했으며, 자기 분야에서 열심히 일한다. 상법연구원이라는 이름을 달고 가끔 어머니라고 편지도 보내오고 문자도 보내온다. 나이가 있어서 자기 앞가림은 하는 예쁜 딸, 동생이 먼저 결혼하고 난 후 둥그런 사람을 만나서 사귀는 중이란다. 귀엽고 예쁜 막내 딸은 작년 겨울에 결혼했다. 사랑스러운 딸. 아빠를 너무도 많이 닮은 딸. 혼례식에 참석은 못 했지만, 예쁜 사위와 행복한 신혼생활을 즐기고 있다고 전해온다.

얼마 전 아빠에게 기쁜 소식을 신의 선물을 받았다는 것이다. 이제 3번째 손자가 탄생할 예정이다. 얼마나 행복한 사람인가. 큰딸아이는 가진 직업에 만족하여 결혼이 늦어지고 있을 뿐이다. 이젠 세 아이는 각자 가정을 이루고 행복하게 살고 있다. 많이 연로하신 시어머니와 친정엄마는 내가 가장 아파하는 부분이다. 늦은 나이까지 자기 앞가림 못 하는 딸을 둔 우리 시어머님께서는 요즘 가장 아픔을 지닌 분이다. 오작교를 끝내 지키지 못하고 떠났던 시누이는 현재 시한부로 돌아와서 시간 죽이기를 하고 있기 때문에 곁에서 바라만 봐야 하는 울 시어머님이 얼마나 아프실까? 마음은 아프지만 미운 감정이 아직도 가시지를 않아 나 스스로 시누이를 찾아본다는 것은 아직 시기가 이른 듯하다. 마음이 허락하지 않는다. 미우나 고우나 건강했으면 하는 바람이 가장 컸다.

그것마저도 허락하지 않은 삶을 살게 된 딸이 얼마나 안타까우실까? 날마다 가고 싶고 보고 싶으실 텐데 넉넉지 않은 생활로 그러지 못하실 것이 불 보듯 뻔하다. 어머님 혼자 눈물짓는 날이 몇 날일까? 얼마나 오랜 시간 기다려줄지 모르는 딸이기에 자주 다녀오시고 하시고 싶은 대로 하시라고 말했다는 남편 눈언저리에 이슬이 맺혔다. 가슴에 못 박고 떠났던 시누이를 아직도 들여다볼 용기가 나지 않아 가보지 않겠다고 했다. 죽음 앞에 무엇이 있을까만 응어리진 내 마음이 풀리기엔 이른가 보다. 마음이 행해지는 대로 할 것이다. 아픔은 그뿐만이 아니다. 밀양 지척에 두고 있는 귀 어두운 엄마를 두고 자주 가보지 못하는 현실이 되어 있다. 내 남편을 인정해주지 않은 형제들 때문에 발길을 끊고 있다. 아프다고 말하면 무엇 하겠는가?

형제가 가장 아프게 한다. 이혼 시점에도 가장 힘들게 했던 오빠였다. 한쪽 고막은 오빠가, 다른 한쪽은 애들 아빠가 터트려서 맘껏 울지도 못했던 지난날의 아픔이 가시지 않고, 뼛속 깊숙이 자리하고 있다. 그런데 오빠는 재회한 이 사람과의 만남도 인정해주지 않았다. 오빠가 미워 엄마까지 볼 수 없는 상황이다. TV에서나 주위에서 나이 많은 노모를 보면 가슴이 미어지는 듯이 아프다. 현실이 아프게 한다. 추석이 다가오고 있다. 2년 전 추석 전날에 일어났던 일들이 떠오른다. 자식도 20세가 넘으면 함부로 하지 못하는 부모 아니던가. 그런데 형제란 오빠가 아프게 한다. 안 보면 그만이라고 생각하며 살고 있으나 가끔 명절이 다가오면 어느 곳도 마음 편히 갈 수 없음을 한탄해 보기도 한다. 지난 구정 명절 다음날에는 이탈리아여행을 갔다. 작은딸이 집으로 인사 오겠다는 것도 만류한 채 둘만 오붓하게 다녀왔다.

7박 9일의 여행은 그 순간 모든 것을 잊게 했다. 가족이란 큰 틀에서 이해하고 함께 어울려 지내본 지가 꽤 오래되었다. 한때는 할아버지 칠 남매의 맏이로, 큰며느리로 명절이면 20명이 넘는 식구들이 한 끼 식사를 함께했던 때도 있었다. 아파하지 않으련다. 사랑하는 사람, 내 남편과 함께하는 모든 것에 만족하며 살련다. 취미로 배운 골프도 함께하고 4대강 살리기 하면서 아름답게 닦아 놓은 자전거 국토 종주길도 같이 타보기도 한다. 올여름은 너무 더워 자전거를 꺼내 보지 않았다. 남편은 한두 번 타는 것 같았다. 스위스여행을 친구들과 가고 난 뒤 무료함을 달래기 위해서 타보았단다. 지금은 아침마다 주남저수지 길을 걷는다. 나는 갑상선 암 수술 후에 아침 기상 시간이 늦어졌지만, 요즘은 남편이 6시가 되면 나를 깨운다. 함께 걷기 운동을 가기 위해서다. 가다 보면 주변 사람들을 많이 만나게 된다. 뒷집 언니도 만나고 저수지길에서 보이는 생태계의 아름다움에 취해 보기도 한다.

오늘 아침엔 남편이 살아온 이야기를 들으며 한 시간 반을 걸었다. 20대에 대우조선 가기 전에 대학을 전기과로 나와서 전기 일을 많이 했단다. 지금은 전봇대 청소를 하거나 불량 수리할 때 크레인 위에서 일하는 작업자를 많이 본다. 그땐 직접 전봇대 위에 올라서 일을 했단다. 하루 일당이 세기 때문이었다고 말한다. 가끔은 에피소드처럼 이야기하는 아버지 자랑이다. 우리 시아버님은 마작꾼이셨고 친정아버지는 돌아가실 때까지 타짜라고 하며 서로 마주 보고 웃는다. 일찍 사돈끼리 대면이 있었더라면 저승에서도 좋은 친구셨으리라 말한다. 이제 반평생 이상을 살아왔다. 힘든 과정을 겪으며 지내왔기에 서로 아픈 곳은 너무 잘 안다. 하고 싶은 일 하며 내가 가장 좋아하고 가슴 뛰는 일을 하며 살겠다는 남편이다.

당신과 나는 가난에서 비롯한 공통분모의 아픔을 많이 가지고 있는 사람이다. 내 어린 시절엔 등록금이 없어서 일 년을 쉬고 중학교에 가게 되었다. 꽁보리밥 도시락을 면할 수 없는 날들의 연속이었다. 당신 또한 배고픔을 참지 못해 수도꼭지 입에 대고 나팔 불었다는, 그 이야기를 듣고 많이 아팠다. 초등, 중등 시절에 선수 생활을 할 만큼 큰 키였다고 말한다. 그 키가 지금 현재의 키라고 말하는 당신이 이해가 되는 나였다. 밀알죽, 고구마밥, 무밥, 꽁보리밥만 먹고 자란 키만 멀대같이 큰 여자를 사랑하는 당신이다. 남들에게 키 큰 마누라를 자랑하지만, 보통 남자이기 때문에 더욱 사랑스러운 당신이다.

To be able to
love to the pain

PART 005

시간의 흐름이 망각이다

눈을 뜬 시간이 아침 7시 이후였다. 가장 먼저 하는 일은 약 먹기다. 물 한 컵을 따라 들고 알레르기약과 호르몬 약을 다른 한 손에 쥐었다. 물 한 모금 마시고 약 한 줌 입에 넣는다. 목을 가로저으며 약 넘어가는 걸 음미한다. 조금 쓴 듯한 약은 매일 먹어도 그냥 부드럽게 넘어가지지를 않는다. 이런 약을 평생 먹어야 하다니. 한 번도 깊이 생각해보지는 않았는데, 오늘따라 모든 게 마음에 걸린다. 나이를 의식해보지 않았는데. 서울 갔던 남편이 어제 새벽 한 시 이후에 들어온 것은 아는데, 아침에 몇 번 부르는 소린 들었으면서도 못 일어났다. 아침준비도 하기가 싫었다. 자주 끓여 먹는 숭늉 한 그릇에 마즙 한잔 사과 하나. 이렇게 먹은 날이 며칠 되는데 오늘은 왠지 남편이 석연치 않은 대답을 한다.

나 또한 오늘 아침까지 숭늉을 먹게 한다는 것이 마음에 걸렸다. 부엌으로 가서 냉동실 문을 열어보았다. 어묵 사다 놓은 게 있다. 어묵탕과 산나물을 해야겠다. 흰쌀 찹쌀을 미리 조금 섞어놨다. 두어 컵 떠 넣고 불린 콩 조금 넣고 밥을 올려놓는다. 어묵탕을 끓이고 산나물을 만들어 밥을 준비해놨는데, 이 사람이 조금 있다가 먹는다고 한다. 웬일인가했더니 속이 울렁거린단다. 어제 먹은 술이 힘들게 하는가 싶었다. 결국 토하고 난리가 났다. 한편 얄미운 마음이 들기도 하며 안타까웠다. 등이라도 몇 번 두들겨 줘야겠기에 뭐 한다고 그렇게 많이 마셨냐며, 몇 번을 쥐어박듯 두들겨 주었다. 안 해줘도 된다는 그 말이 고맙다는 말이겠지 했다.

도저히 아침은 안 넘어갈 것 같단다. 좀 있다 먹겠다는 말에 밥상을 치우고 난 뒤 TV를 보러 갔다. 안마의자에 누워 주물럭거리다 보니 어느새 취침 모드로 들어갔나 보다. 한참을 졸고 난 뒤 시간을 보니 12시가 넘었다. 부산대 양산병원 피부과에 예약이 되어 있었다. 5개월이나 먹었던 약인데 어젯밤엔 효과가 없었다. 아침에 일어나 보니 온몸에 알레르기가 일어나 있었다. 어제보다는 날씨가 상당히 더운 것 같다. 알레르기 일어난 피부도 내놓고 얇은 옷을 입은 채 양산으로 향한다. 두 시 예약인데 한 시 반에 도착했다. 예약 시간보다 빨리 진료를 보게 됐다. 5개월이나 먹어도 약 효과가 없었다. 다시 재발하는 걸 보며 알레르기는 고질병이라고 알려줬다. 피부과에서 이비인후과로 가보란다.

예약을 동시에 해놓고 약국으로 향했다. 이제 나도 나이 들어 가는가 보다. 만나는 사람마다 아픈 자랑이고, 이상하게 변해있는 내 모습이다. 약국 앞에 있는 아는 치킨집으로 향했다. 몇 개월 만이다. 먼저 병원 왔을 때 들렀기 때문이다. 사장님 혼자 나와 계셨다. 얼굴은 좋아 보였다 아픈 머리는 좀 괜찮아 보이신다며 마음을 조금 내려놓고 사시라고 권했다. 스트레스가 만병의 근원이라고 아프면 나만 손해라는 말을 했지만, 나 역시 가장 어려운 것이 이 부분이다. 할 일은 없어졌고, 늘 아픈 곳만 생기는 몸이다 보니, 자연히 누굴 만나든 아픈 이야기 빼면 시체다. 장사도 안 되는 김에 사모님은 절에 갔다가 병원에도 들렀다가 오셨다. 그분도 얼굴에 알레르기가 나 있었다. 행여나 대상포진일까 봐 먼저 겁먹었단다. 요즈음은 유난히 장사가 안 된단다.

TV에서 AI 진원지가 양산이라고 떠들었기 때문이기도 하지만, 사람들은 우리가 장사하던 2007년처럼 민감한 반응을 보인다고 했다. 이제 나는 그만둔 입장이라 이렇게 신경 쓸 이유 없는데, 늘 해왔던 일이라 신경이 쓰이는 부분이었다. 4시가 좀 넘어서 남편에게 전화가 왔다. 오는 중이냐고. 상공회의소에 계신 분이랑 약속이 잡혀서 나가는 중이란다. 나도 출발했다. 차를 타고 달리는 차 안에서 많은 사람이 생각나는 것은, 나만 그런 건지 다들 그런지 묻고 싶다. 달리는 차에서 경옥이 안부도 묻고, 진해 친구에게도 전화했다. 오랜만이라 보고 싶어 눈이 짓무른다고 말하는 친구 때문에 웃었다. 옛날 말에 살 만하면 죽는다던데 이제 할 일이 없어지고 살 만하니까 내가 아프다며 깔

깔대고 웃었지만 서글픈 현실이었다.

여기저기 아픈 곳 이름 대기를 한참 하다가 조만간에 얼굴 한 번 보잔다. 얼굴 잊어버리겠다는 말을 이구동성으로 내뱉는다. 수다 떨다 보니 동창원나들목이 눈앞에 보였다. 집에 왔는데 거실에 전깃불은 켜져 있었고, 아무도 없는 빈집이었다. 아침 겸 점심을 먹고 병원에 간 터라 배가 살짝 고파왔다. 국물에 불을 지피고 밥을 한 그릇 푼다. 어제 냉장고를 들여다보니 한 달쯤 전에 담가 놓은 고추 장아찌가 맛있게 맛이 들어있었다. 밥을 푸다가 생각이 나서 냉장고에 있는 고추 장아찌를 통에 조금 담아 왔다. 아침에 해놓은 밥과 함께 곁들여 먹으니 일품이었다. 새콤함, 달콤함, 짭짤함 삼합이 맛있는 음식이었다. 내가 해놓고도 신기했다. 고추 장아찌 하나만 봐도 엄마 생각이 난다.

농사지을 땅이 없어서 지주가 7을 갖고, 소작인이 3을 갖는 그런 시절이었다. 밭이 많지 않아서 여러 가지 농작물을 심을 밭이 없었던 우리 집이었다. 상추, 고추, 가지, 오이, 호박 같은 건 심지 못했던 가난한 농사꾼은 된장에 넣은 무 한 토막도 아끼던 그런 시절이었다. 꽁보리밥이라도 배불리 먹을 수 없었던 그 시절 우리 엄마는 애꿎은 가마솥에 보리쌀 밥알 둥둥 뜨는 숭늉마저도 맘껏 못 드셨을 것이다. 키만 크시고 허리가 굽으신 엄마를 생각하면, 가슴이 먹먹해지는 것은 자주 있는 일이다. 산업일꾼으로 일하던 고등학교 시절이었지 싶다. 요즘은 너무도 쉽게 만나는 김밥이지만, 엄마는 김밥 한 번 말아본 적 없으시기에 재료들을 준비해서 집에서 김밥 말기도 해드린 적이 있었다. 경험해보지 않은 일은 누구도 쉽게 할 수 없다.

요리 솜씨가 없는 것은 아니다. 배우지 못하고 만들어 보지 않았기에 못하는 것뿐이다. 먹거리가 흔하디흔한 시절에 타고난 딸내미는 어릴 적 소원이 요리사였다. 초등학교 4학년 때인가 보다. 요리 프로그램은 온종일 봐도 지겹지 않다던 딸이 내 친구들이 청솔아파트로 놀러 왔을 때 혼자 요리 솜씨를 발휘하겠다며 수제비를 끓였다. 딱 맞게 수제비 양을 맞추는 딸을 보고 대견해 했던 때도 있었다. 서울 굴지의 기업에서 조리사로 일하다가 현재는 예쁜 아들 하나 낳고 결혼생활을 잘하고 있는 딸을 보면 대견하기도 하다. 내가 살아온 세월에 비교하면 똑 부러지게 살고 있다. 하고 싶은 이야기 다 하며 남편과 잘 화합하여 사는 딸을 보면서도 나 자신을 돌아본다.

비록 편집증이 병이기는 하지만 좀 더 지혜로웠다면, 한 번쯤 흐트러지고 막무가내로 살아 봤더라면. 너무나 나 자신에게 완벽했었다. 흐트러지는 모습이 싫었다. 함부로 내 안의 고통을 남에게 호소해본 적도 없었다. 정신과 치료라도 받아 보았더라면 하는 아쉬움도 있다. 누구 잘못도 아닌 내 잘못이기도 하다. 한편으로는 그 사람이 나에게 집착할 수 있었던 것도, 나의 완벽함 때문일지도 모른다는 생각이 들 때도 있다. 후회해본들 무엇하겠는가. 하지만 술도 먹어보고, 죽어라고 대들어 보기라도 했으면, 자신이 잘못했다고 느낄 정도로 과격한 행동을 보이기라도 해볼걸 하는 생각일 뿐, 나보다 잘난 사람이었는데 항상 열등의식에서 오는 행동을 하곤 했다. 그것이 아니라고 일깨워주지 못했던 나였다.

보잘것없는 무식쟁이 마누라이었음에도 꽃같이 예쁘게만 보였단다. 무섭고 두려웠다. 아이들만 남겨놓고 나와 버린 비겁한 사람인지도 모른다. 의처증이라고 소문내고 병원도 찾아보고, 신경정신과에 의뢰도 해볼걸 하는 마음은 이미 건널 수 없는 강을 건너고 난 다음에 생각나는 일들이었다. 요리학원도 안 다녔던 나였다. 친정엄마에게서 배운 것도 없다. 나의 시어머니는 김치 할머니라고 불리울 만큼 김치와 한국 토속음식을 잘하시던 분이었다. 창원 시내 있는 귀산동 바닷가가 친정이었다. 시어머니는 구 남매 맏딸로 집안일만 하시다 칠 남매의 맏며느리가 되셨고 그렇게 평생 살림꾼으로 사신 분이다.

20년간이나 결혼생활을 했지만 한 번도 김치를 담가 본 적이 없었다. 맏며느리로서 임무만 수행할 뿐이었다. 칠 년간 함께 살아온 시집살이였지만, 몸만 부지런히 움직였을 뿐 시어머니의 인생에 더불어 살아온 나였나 보다. 대물림해서 누군가는 닮는다고 말했다. 내 딸이 할머니를 닮았는지도 모르겠다. 함께했던, 세월이 강산이 두 번 바뀐다는 20년이 지났다. 딸아이 할머니께서는 사찰에서 하산하던 그해 9월에 세상을 떠나셨다. 76세의 젊은 연세였지만 지병을 지니고는 오래 살지 못한다는 말은 맞는 것 같았다. 내가 시집오던 그때 48세 젊은 나이에도 관절이 안 좋았고 아픈 곳이 더 많은 시어머니였다. 큰며느리가 없는 기둥이 뿌리가 뽑힌 가문에서 시어머니는 얼마나 외로우셨을까? 세상을 떠났다는 비보를 듣는 순간 오열을 했다.

가슴이 미어지듯이 아팠다. 함께 했던 세월이 그만큼이었는데, 헤어진 이유가 무엇인지 알고 싶었겠지만, 몸이 불편하셨기에 한 번도 찾아오지 못했으리라는 위안을 하면서 울었다. 이후 사십구재 봉행은 내 손으로 해드렸다. 내 아들의 할머니, 내 딸의 할머니라는 이유로. 파란색 치마저고리를 입고 명서동 유채밭에서 찍었던 사진을 동서에게 받아들고 확대해서 천불사 법당에서 스님과 단둘이 시어머니 영정 앞에 놓았다. 그렇게 사십구재 마지막재 하나만 봉행을 했다. 내 아들딸의 할머니로 나와 인연 지어졌던 그 시간을 위로하며, 경건히 막재를 올렸다. 눈에선 눈물이 흐르고 스님의 목탁 치는 소리에 맞춰서 장엄 염불도 했다. 한 번 두 번 따라해본 염불이 아니었지만, 아직도 혼자 하라면 못하는 염불이다.

비구니가 되라고 그렇게 회유하시던 스님의 얼굴이 떠올랐다. 팔자에 없는 짓은 하지 않는다고 말씀하시던 스님. 부처님 인연된 3년 세월이 지났고, 속가로 내려온 삶이 내게 행복을 가져다주는 현실에 만족한다. 고추 장아찌 하나만 봐도 문득 떠오르는 엄마, 딸, 시어머니의 흔적들이 가슴에 맺혀 있기 때문이 아닐까? 망각이 있기에 살아가는데, 아팠던 지난날을 이야기하면서도 웃을 수 있는 내공은 언제쯤이면 쌓아질까? 그 아픔까지 사랑하기를.

이 글로 모든 것을 다 퍼냈으면 하는 바람이다. 며칠 전 주문한 성남주 교수님의 『코칭 공부』가 왔다. 앞표지 홍보글이 가슴에 와 닿는다. '나이만 먹는다고 어른이 되는 것은 아니다. 어른이 된다는 것은 배움에 대한 열정으로 넓은 포용력을 만들어 가며 익어가는 벼와 같다'는 글귀를 보며 들판을 바라본다. 풍성한 벼가 목마름이 느껴진다. 해갈되도록 내려 주기를 기도하는 오후다. 올바른 어른이 되어 바른길을 인도하는 엄마로 거듭나기를.

자연을 닮은 내가 되고 싶다

사물을 관찰하기, 자연을 사랑하기. 이 모든 인연으로 시작된 것이 사진 배틀이다.

어느 날 밴드에서 사진 찍는 사람들을 검색해 보았는데, 그중에 내 눈에 띄는 문구가 사진 배틀이었다, 순식간에 모인 사람들이 칠천 명이 넘었고 갖가지 특별 이벤트를 열었다. 이모티콘 개수와 댓글 숫자로 그날 포스팅 1위를 뽑기도 하고, 복면데이, 폰카데이 등등 참 많은 이벤트를 하기도 하며 사진 배틀의 인연이 폭넓게 변해간다. 2015년 8월에 가입하여 여태까지 꾸준히 출사도 다니고 일일 포스팅도 하면서 맺어진 인연들이 많다. 경상방 사진 배틀에도 가입하게 되면서 전국으로 포진된 사진 배틀에서 각자의 재능과 끼를 발동하여 인연은 커진다.

폰카로 찍던 사진이 날로 발전하여 DSLR도 사게 되었고 사진의 견문을 넓혀 간다. 정해진 날짜에 정해진 출사는 없지만, 인연 따라 자주 삼삼오오 모이기도 하면서 점점 사진으로 더 좋은 일들을 만들기도 했다. 초보 입문하며 사진과 자주 접하다 보니 남들의 포스팅도 보면서 눈높이는 높아져 갔다. 아주 기본적인 카메라만 있어도 좋겠다고 생각하여 캐논 600D로 시작한 사진 놀이였는데 최신 기종을 사기에 이르렀다. 이보다 더 좋을 수는 없는 카메라를 샀다. 아는 동생들의 도움을 받아 전자유통상가에서 MARK 4 DSLR 카메라를 선물받고 보니 새삼 남편이란 사람이 커다란 나의 지원군이었음을 깨닫는다.

어떤 일을 하든 나의 뒤를 잘 보살펴주고 있는 남편이 오늘따라 감사하고 고맙다. 요즈음 힘든 상황임에도 애써 표현하지 않는 대범한 신랑을 믿고 의지하며 함께 기대어 살고 있다. 번개 먹방 출사에 참여해준 '시작의 끝'이라는 사람은 키도 크고 인물도 잘생긴 훤칠한 남성이다. 아직 결혼은 안 했지만 유머러스하고 멋진 청년인 건 틀림없다. 사실적인 사진에 인접하게 찍기 위해 아침이고 밤이고 어디든 간다는 행동이 빠른 동생이다.

사진 강의를 좀 듣고 싶은데 수강생이 많이 없다는 이유로 경방 창원에는 아직 사진 강의가 없다. 아쉽기도 하다. 대구는 사진 수다방이 있다. 각 지역에서 사진 강의를 개강한 밴드이다. 사진을 사랑하는 만큼 대학교 강의실에서 하는 사진반은 매번 가득 찬다. 행복 동행방에 진주 수목원 사진을 올렸더니, 반응이 아주 좋았다. 함께 사진 강의를 듣지 않겠냐는 동생도 생겼다. 평생교육원이면 평일 수강은 가능하다고 했다. 사진에 대하여 알고 싶기도 하고 배워야 늘기 때문에 듣고 싶었다. 카메라는 구매했지만 기능 익히기가 쉬운 일은 아니었다.

MARK 4 카메라를 완벽하게 익히기 전에 출사를 갔다. 인물사진은 감히 접할 수가 없었지만, 동생들의 도움으로 이젠 조금 깊이 있는 사진을 찍을 수 있게 되어간다. 한 번 나가면 한두 가지 정도 알고 왔다. 처음에는 사용 가이드를 읽어도 눈에 들어오지 않았던 카메라였다.

글쓰기는 늘상 해오던 일이었지만, 요즘은 카카오톡이나 SNS로 간단하게 쓰는 경우가 더 많았다.

사랑하는 아우들과 나를 가장 아끼는 남편에게 고마움을 표현하는 날이 많다. 새로운 인연이 주어진 카메라 판매상 주인아저씨와의 인연에 감사하는 날도 있었다. 진주 수목원 출사 때는 이런 일이 있었다. 우리 지역에서는 나 혼자 출발했지만 전문 모델에 버금가는 모델인 '소소한 기록' 님, '블루' 님께서 모델이 되어 주었다. 두 번째로 담아본 인물사진이었다. 오월 양귀비 사진을 울산 태화강에서 찍어보고 두 번째로 나간 출사이지만, 이젠 무언가 조금 알 것 같았다. 날씨도 더웠고 목마름이 심했지만 메타세쿼이아길의 모델은 하늘을 나는 듯이 살포시 미소 지은 모습이었다. 그 모습을 담고 또 담으며, 나만의 자신감에 빠져본

하루였다.

밴드 장의 자상한 가르침으로 항상 궁금해하던 초점 맞추기를 알게 된 날이었다. 초롱이에게도 물어보고, '카멜레온' 님께도 전화했는데, 결국은 카메라 상점 주인과 통화 후에 십 년 먹은 체중이 내려가듯이 알게 되었다. 그 흥분은 좀처럼 가시지 않았다. 초점 거리, 셔터스피드, 빛 노출 정도를 알고 찍어본 사진들이 눈에 들어온다. 보정하지 않고도 보정한 작품의 근사치에만 가더라도 난 성공한 사진이라고 말한다. 늦도록 있지 못하고 노을 지는 풍경은 다음으로 미룬 채로 집으로 왔다. 창원대학교 경영 CEO 총동문회 골프회에서 아이언이 바뀌었는데 마침 그날 골프채를 바꾸러 온다고 전화가 왔기 때문이다.

오늘의 결과물을 블로그에도 올려보았다. 사진 작품 속에 살짝 글귀들도 끼워 가며 혼자 누리는 블로그에는 댓글이 없어도 내가 느끼는 행복함이 있기에 그저 그만인 것이다. 블로그를 시작한 건 글쓰기를 하면서부터다. 이웃을 만들고 서로 이웃을 하며, 댓글과 응원 글을 달아주면서, 서로를 알아 가야 하는데 닫혀 있는 것 같다. 밴드가 시작되기 훨씬 이전에 다음 카페도 운영해보고, 작가라 소리 듣기 이전에 일기 글도 올리기도 했으며, 익명게시판에 내 이야기를 써 보기도 했는데, 블로그 형식은 사뭇 다른 느낌이 들었다. 기록물들을 읽어보면, 참 잘 만들어 가고 있는 블로그들이 많다. 초보 수준인 나는 글쓰기가 부끄러웠지만 블로그에서 카카오스토리로 옮겨 놓기도 하고 글쓰기와 책

쓰기에 관한 홍보 활동을 해봤다.

『당신을 만났습니다』가 인터넷 서점에 올라온 날, 사진밴드 회원들에게도 홍보해준다는 밴드 리더님께서 말씀하셨다. "감사한 일이다. 사진과 글 그리고 미술 등은 뗄 수 없는 예술의 연관성이 있는 것 같다." 내 첫 작품 전시회는 김해 연지 못에서 담았던 반영이었다. '그리움'이라는 제목으로 서울에서 치렀던 밴드 사진전이 의미 있다 싶어서 출전했었다. 두 번째 작품전은 대구에서 있었다. 아카시아 향 맡고 날아온 호랑나비 봄이 두 번째였다. 세 번째 작품전은 마산 아트홀에서 진행했다. 삼락공원의 수련을 담았던 연꽃배, 내 이름을 주제로 했던 것 같다. 비가 오면 빗방울을 유심히 바라보고 봄이면 꽃들을 바라본다. 사진을 하면서 주변 환경들을 깊게 세밀히 관찰하는 습관이 생겼다.

눈부신 태양도, 구름 낀 날도, 노을 진풍경도, 내겐 소중하지 않은 것들이 하나도 없다. 자연을 닮고 싶다. 그 누구에게도 변함없는 사랑을 주는 자연의 이치를 알고 보면, 더 바 랄 것이 없는 삶을 살지 않을까 하는 생각에서다. 주변 상황이 자연과 어우러져 살고 있고, 그림 같은 환경 속에 살고 있어도, 더 멋진 자연을 찾아서 순수한 매력에 빠져서 사진을 하는 것 같다. 요즘은 밴드를 자주 들여다보지 않지만, 눈높이가 높아져서 자연에 가까운 사진을 갈망한다. 작품을 내고 전설이 되고, 자연을 찾아서 작품을 담는 진사들이 너무 많은 요즈음 눈살 찌푸리게 하는 진사들도 많이 있다고 한다. 자연을 훼손해가면서 자기 혼자만 소장하는 작품을 담기 위해서 욕 듣는 작가는 되고 싶지 않다.

흔히들 백세시대라고 하지만 건강백세를 살기 위하여 부단한 노력을 아끼지 말아야 할 것 같다. 남편이 하는 페이스북을 난 하지 않는다. 내가 좋아하는 것은 밴드나 카카오스토리이다. 오래전부터 해오던 스토리에 여행기록물을 쓰기도 하고, 밴드에 올리기도 한다. 팔불출 소리 듣기를 좋아하는 남편이 오늘은 백세시대에 마누라 좋아하는 물건 하나 사주기로 했다며, 사진기를 촬영하여 자랑하기 페이스북에 올렸다. 그랬더니 칭찬 댓글이 가득하다며 자랑하는 남편은 얼마 안 있으면 또 한 번 팔불출이 되지 싶다.

금요일 저녁 청춘 도다리에서 하는 작은 음악회를 관람해보기로 했다. 타이틀이 멋지다. 청춘 도다리 회원으로 가입하고 첫 번째 나들이를 간다. 시티세븐 43층은 한 번도 가보지 않은 곳이었다. 스피치 코칭 같은 느낌도 들었는데 이번엔 음악회란다. 기말고사주간이라 어제는 리포트 작성을 하기 위하여 워크넷에서 심리검사를 하였다. 직업 흥미검사에서는 사회형과 관습형이 나왔다. 사람들과 교류하고 협력하는 일을 좋아하는 사람이며, 조직적이고 체계적이며 규칙과 시스템이 잡혀 있는 일을 좋아하고 규정이나 시스템이 불확실하여 시시각각 변하는 일은 피하는 경향이 있다고 나와서 놀랐다. 맞는 듯했다. 직업 가치관 검사에서 말하는 나는 직업안정과 몸과 마음의 여유가 중요하며 인정받기를 좋아한다고 나왔다. 희망하는 직업 1순위는 작가 및 관련 전문가로 나와서 기분이 좋았다.

작가로서 활동할 수 있게 한 나의 초고가 완성되던 날이 기억난다. 출판사에 메일을 보내고 답장을 기다리던 때가 어제 같은데 두 번째 책을 쓰고 있다. 글 쓰는 삶이 나의 희망이 되고, 이루어가는 일 중의 하나가 되어 기쁘다. 이번 두 번째 책에서 가슴 아팠던 지난날을 이야기하고, 출간하게 될 날을 기다려 보며, 자연을 닮고 싶은 연주의 삶이 되고 싶다.

아픔을 딛고 성장하는 아들을 보며

박사 아들 내 아들이라고 자랑하고 싶다. 아들이 자라오면서 가장 많이 상처를 입고 자랐다고 해도 된다. 장손으로 태어나 할아버지 할머니 사랑을 한몸에 받고 살았지만, 정작 고등학교 2학년이 될 무렵에 엄마를 보내줘야 했기 때문이다. 아들 자랑을 해볼까 한다. 좋은 것은 원래 자기를 닮았다고 말하듯이 나쁘면 조상 탓이고 잘하는 것은 내가 잘해서 그런 법이다. 아들 둔 엄마는 누구나 그렇듯이 나도 아들 자랑이 미어진다. 어느 때부터 이야기해야 하나. 스트레스받는 엄마 그늘에서 자라다 보니 아들은 다른 애들보다 강하게 키웠다고 말하련다.

오락하고 왔다고 손들고 벌서기를 시키면 팔이 빠질 듯이 아파 눈물을 질질 흘리면서도 잘못했다고 용서해 달라 말하지 않았던 모진 놈이었다. 공놀이로 차가 다니는 대로까지 뛰어다닐 때는 찻길 옆에 몇 시간을 세워둬도 할아버지가 데리러 갈 때까지 빌지 않던 놈. 초등학교 다닐 때 받아쓰기 백점 못 받으면 1점에 한 대라고 말했던 엄마가 무서워 다른 아파트 놀이터로 찾아올 때까지 학원도 가지 않고 놀던 놈. 그런 놈이 공부는 습관이라고 말하며 중앙대 다닐 땐 3줄 슬리퍼에 헐렁한 운동복 바지 차림으로 빨리 먹을 수 있는 우유나 빵으로 끼니를 때우던 놈. 그놈이 미국 유타대학으로 가버렸다.

장가는 빨리 가야 하는데 여자친구가 없다며 공부하고 오면 서른이 넘어 늦을 텐데 어쩌지 걱정하며 떠난 지 2년 만에 예쁜이가 생겼다고 자랑하던 놈. 외로움을 함께하게 되었다며 자랑하던 날, 먼저 유학했던 예쁜이 도움을 받으면서 미국에서 결혼했다. 예쁜 며느리에게 비꼬며 말하기를, 아이를 키우려면 엄마처럼 키워야 한다고 말하는 아들이다. 어린 시절에 내가 준 벌이 좀 과했나 보다. 민망하였지만 틀렸다고 생각하진 않는다. 배트맨이 한창 유행하던 그 시절 아들은 지하실로 뛰어내려 엄마 숨이 멎게 하는 강한 아들이었다. 기절하기를 두어 번 했었다. 그러던 아들이 성주역에서 단체 폭행에 시달리기도 했다.

그 친구들마저도 함께 포용하고, 졸업까지 한 담대한 아들이다. 고등학교 시절엔 밥 푸는 남자로 기억되기 위해 밥 담당까지 했던 아들. 중앙대를 졸업하고 멀리 미국까지 돈 많은 나라에 가서 돈 안 들이고 공부하고 오겠다면서 떠난 세월이 7년이 되었고 자랑스러운 대한의 아들로 거듭났다. 유타에서 7년 세월을 보낸 후 박사학위를 받아서, 오하이오주로 떠난다는 이삿날에 문자가 날아왔다. 그 시간, 엄마인 나는 간절한 보고 싶음을 달래기 위해 이런 글을 써봤다.

이 시간 나는 눈 뜨고 손닿는 곳의 장난감 핸드폰이 가장 먼저 보인다. 어제 하다 말고 잠든 아들과의 대화를 열어보았다.

"가며 자며 일주일을 간다며? 차에서 아니면 밖에서?"
"아니 호텔에서 잤지."

이 말은 유타주에서 대학원 박사 학위를 마치고 오하이오주로 이주를 한다는 아들과의 대화 마지막 부분이다. 이렇게 비가 오거나 해 질 무렵 늑대와 개의 시간에 가장 보고 싶은 내 아들이다. 9시간 시차로 아침과 저녁이 바뀌었는데 옮겨가는 오하이오주는 어떤지 모른다.

2010년 7월 미국으로 돈 많은 나라로 가서 돈 안 들이고 공부하고 오겠다며 홀로 떠난 내 아들은 예쁜 마누라와 아들을 얻어 한 가정을 이룬 가장이다.

엄마 눈엔 항상 아기 같고 철없는 놈으로 보였는데 케이스 웨스턴 리즈버대 메디컬 엔지니어링 연구 박사 명칭을 달고 7박 8일에 걸쳐 서부에서 동부로 이동하는 중이란다.

성격이 전혀 다른 누나는 내심 걱정부터 하고 있었지만 정작 엄마인 나는 새로운 경험이 바탕이 되고 혼자가 아닌 처자와 함께여서 행복할 거라고 말했다.

단조로운 대화 속에 모든 의미가 내포되어있다. 자며 가며 밖에 잠자는 것이 아니라 호텔서 잔다는 그 말 한마디에 엄마는 너의 모든 것을 읽었다.

항상 도전적이고 몰입하는 정신력 공부는 습관이라고 말했던 너를 대견하게 생각하는 엄마는 무사 안전하게 이사 잘하고 새로운 보금자리에서 더욱 나은 미래를 창조하며 나라 발전에 이바지하는 연구 박사로 거듭나길 기도하련다.

시차는 밤낮으로 바뀌고 여기보다 2시간 늦게 보면 된다는 며늘아기의 카카오톡이 밤에 와있었다. 이렇게 비가 내리는 주남에서 삶의 터, 내 공간에서 음악과 함께 이 글을 쓰고 있다. 보고 싶음이 더할 때마다 난 아들에 대한 노래인 정윤선이 부른 '아들'을 인터넷으로 틀곤 한다. 아들이 언젠가 말했다. 엄마가 하고 싶은 대로 하라고 해서 떠났던 것 같다고. 항상 그 말을 잘못 한 것이 아닌가 하고 후회했다며 눈물짓던 아들. 아버지를 보면 아버지가 애처롭고 불쌍하고, 엄마를 보면 엄마가 불쌍하게 느껴지고. 어쩔 수 없는 운명으로 살아야 하지만 만나면 이렇게 말한다.

왜 우리 가족만, 왜 우리 집만 이런 건지 한창 시절엔 원망을 많이 했다고 한다. 아무것도 생각 않고 오로지 공부만 죽어라 해서 단란한 가정을 이루고 아빠 엄마처럼은 살지 않겠다고 다짐하지만 무의식중에 아빠 모습이 닮는다고 아빠 엄마 닮았다는 소리 듣기가 가장 싫다는 아들이다. 끝까지 보살펴 주지 못해서 아프다. 18살 때 편부 슬하에서 자랐다는 그 소리가 너무 싫어서 화가 났다는 내 아들은 지금 먼 나라 미국에서 재외 교포가 되어간다.

영주권을 신청해놓았고 단란한 가정을 이루고 살고 있다. 사돈 되는 사람도 명성이 있는 분이지만 한 번도 그분이 나의 사돈이라고 말할 수 없는 아픈 가슴을 안고 살아간다. 어쩌겠는가? 내 운명인 것을. 이렇게 살 수밖에 없는 현실을 원망하지 않으려고 난 이 글을 쓴다. 강한 트라우마 속에서 살아온 15년을 아프지만 펴내고 싶었다. 꿈속에서 헤매던 그날을 기억하고 싶지 않지만, 욕되게 살지도 않았다. 애들 할머니의 며느리로서 부끄럼 없이 부모님을 모셨고, 20년 동안 그 가문에 맏며느리로 칭찬받는 아들의 엄마로 부모님 봉양하고 살았던 세월은 내게 최선을 다해서 살았던 20년이었다.

이제 내려놓고 싶다. 편견에 찌든 시선에서 벗어나 문연주로 거듭나고 싶다. 이제는 여태 숨겨 온 15년 인생도 부끄럽지 않은 내 인생이었기에 편하게 드러내고 내 본연의 모습으로 사랑하는 딸과 아들, 그리고 내게 온 이 사람과 내 가족들과 함께, 나머지 인생은 행복한 내 모습을 연상할 수 있는 내 인생을 수놓고 싶다.

EPILOGUE

밝은 세상을 밝게 볼 수 있는 눈과 감성적인 마음을 갖게 해준 주변의 모든 인연이 된 분들에게 감사하는 시간을 가져본다. '아픔까지 사랑할 수 있기를' 바라는 마음이 간절한 소망이 되고 의연한 척 삶을 살 수 있게 해준 은 사부님께 또 감사한 마음을 전해본다. 마음의 빗장을 지고 한편의 일기장에 모두 피력할 수 없었던 엄청난 욕설의 단어들을 총망라해서 수록해보기도 했던 지난날들이었다.

"아팠다."

"슬펐다."

"괴로웠다."

"힘들었다."

멍들었던 아픈 흔적들은 이제 지우련다.

이제 아파하지 않으련다. 슬퍼도 미워도 하지 않으련다. 이런 단어를 써가며 이 책을 쓰게 되었기에 십수 년간 혼자 애끓어 하고 내 혈육에게도 드러내 놓고 알릴 수 없었던 지난 시간, 숨어서 울고 눈물조차도 과감히 흘릴 수 없었던 지난날을 끄집어내게 되었으므로 또 감사해본다.

한 편의 드라마 같은 내 인생을 누군가 한 사람이라도 읽어주고, 토닥여 주고, 아픔을 나눌 수 있다는 용기를 가지며, 이 책을 쓴 나에게 스스로 감사해한다. 아파하지 않아도 되고, 미워하지 않아도 되고, 이젠 꿈에 시달리지 않아도 될 만큼 마음에 성장을 가져 왔다며, 나 스스로 위안해 본다. 햇볕보기가 두려웠고, 문 열고 돌아다니기를 거부했던 지난 세월을 이 책 속에 고스란히 담았다. 이제 남은 인생은 사랑의 온도를 높이는 시간이 되어 보련다. 그대와 함께 체온을 1도 높여 건강한 삶을 살아갈 것이다. 지금 사는 이곳 주남은 주변 환경이 너무 좋은 곳이기도 하다.

삶의 터에서 이른 새벽에 눈을 뜨면, 신선한 공기가 불어오고, 환경오염이 심하지 않아 예쁜 철새들이 날아들어 새들의 울음소리를 아침마다 들으며, 산책할 수 있는 이런 삶을 나머지 인생은 아름다운 인생 여정을 함께 할 수 있는 나의 반쪽 내 인생의 동반자, 내 아픈 과거를 송두리째 지우고 싶어 하는 사랑하는 사람과 손잡고, 일일 만 보 이상을 걸으며 살아가고 있다고 자랑질해보련다. 왜 그토록 주변 사람들을 의식해야 했는지, 무엇 때문에 그렇게 자신이 없었는지, 나 자신을 사랑하지 않았는지 의문을 가져 보았기에 이제라도 이 글을 쓸 수 있지 않았겠는가 생각된다.

"삶이 그대를 속일지라도 미워하거나 노하지 말라."

이 말을 좋아한다. 지혜 부족으로 아직 미완성인 인생을 스케치하며 남은 인생은 좀 더 포용하고 세상 이치에 만족하며 작은 소망을 갖고, 낮은 곳을 바라보며, 하심하는 마음으로 살아가야겠다고 다짐해본다.

2018년 3월

소중한 내 인생을 위하여

노을빛 연주